Sarah Glicker

*Haley & Travis – L. A. Love Story*

**Die Autorin**
Sarah Glicker, geboren 1988, lebt zusammen mit ihrer Familie im schönen Münsterland. Für die gelernte Rechtsanwaltsfachangestellte gehörten Bücher von Kindesbeinen an zum Leben. Bereits in der Grundschule hat sie Geschichten geschrieben. Als Frau eines Kampfsportlers liebt sie es, Geschichten über attraktive Bad Boys zu schreiben.

**Das Buch**
Haley ist die älteste von drei Schwestern und musste in ihrer Kindheit schon früh Verantwortung übernehmen. Umso mehr genießt sie nun ihre Freiheiten als Erwachsene und ihren Job als Imagecoach. Auf einer Party lernt sie den gutaussehenden Travis kennen, und zwischen den beiden fliegen die Funken. Obwohl sie ahnt, dass er ein Playboy ist, lässt sie sich auf einen One-Night-Stand ein. Als sie am nächsten Tag ihren neuen Klienten trifft, fällt sie aus allen Wolken. Der heiße Motorradrennfahrer, der ein paarmal zu oft mit dem Gesetzt in Konflikt geraten ist, ist niemand anderer als Travis. Haley nimmt sich vor, auf keinen Fall etwas mit dem Bad Boy anzufangen. Doch da hat sie die Rechnung ohne Travis gemacht …

Sarah Glicker

# Haley & Travis – L. A. Love Story

Roman

FOREVER

MIX
Papier aus verantwortungsvollen Quellen
FSC® C083411
FSC
www.fsc.org

Originalausgabe bei Forever
Forever ist ein Digitalverlag
der Ullstein Buchverlage GmbH, Berlin
Dezember 2017

Umschlaggestaltung: zero-media.net, München
Titelabbildung: © FinePic®
Autorenfoto: © privat
Satz: Pinkuin Satz und Datentechnik, Berlin
Druck- und Bindearbeiten: CPI books GmbH, Leck
ISBN 978-3-95818-940-9

# 1

»Ich brauche unbedingt ein Glas Wein«, stöhne ich, als ich mich zu meinen Schwestern, Melody und Brooke, und Scott, dem Freund meiner jüngsten Schwester, geselle.

Ich lächle ein paar der Freunde meiner Großmutter freundlich an. Gerade brauche ich dringend eine Pause, da ich mich seit meiner Ankunft vor zwei Stunden von Grüppchen zu Grüppchen vorgearbeitet und mit allen gesprochen habe.

Das Haus meiner Großmutter ist so klein, dass die Gäste einander beinahe auf die Füße treten und man sich nicht so leicht aus dem Weg gehen kann, wie ich es mir gerade wünsche. Aber in diesem Haus lebt sie schon, seit ich denken kann, was allerdings nicht sonderlich dazu beigetragen hat, dass ich mich an die Größe gewöhnt hätte.

An Tagen wie diesem frage ich mich, was meine Großmutter und ihr verstorbener Mann gemacht haben, wenn Kindergeburtstage anstanden. Ich für meinen Teil hätte nach einer Stunde kurz davor gestanden, die Nerven zu verlieren. Das liegt nicht daran, dass ich Kinder nicht mag, sondern eher daran, dass man sie hier nicht vernünftig beschäftigen kann.

»Du weißt doch, dass du ihr Liebling bist. Das war schon immer so, und wahrscheinlich wird es sich auch nicht mehr ändern«, erklärt Brooke und grinst mich frech an. »Das kommt davon, dass du es dir damals zur Aufgabe gemacht hast, die Meute zu unterhalten.«

Sobald sie ausgesprochen hat, hebt sie ihr Glas, um einen

Schluck von ihrem Wein zu nehmen. Doch noch bevor der edle Tropfen ihre Lippen berühren kann, strecke ich meinen Arm aus und nehme ihr das Glas aus der Hand, um selbst einen Schluck daraus zu trinken.

Doch auch die kühle Flüssigkeit sorgt nicht dafür, dass ich nach den ganzen Unterhaltungen, die ich geführt habe, wieder klarer denken kann.

»Euch mögen alle genauso sehr«, erinnere ich sie, nachdem ich ihr das Glas zurückgegeben habe. Schnell trete ich einen Schritt zur Seite, um den Bruder meines Großvaters vorbeizulassen.

»Du bist nun mal die Älteste«, fügt daraufhin Melody hinzu und zuckt entschuldigend mit den Schultern.

Leise seufze ich und muss ihr im Stillen recht geben. Als älteste *Pink Sister* habe ich meinen Schwestern schon immer gewisse Dinge abgenommen. Irgendwie haben es sich die meisten Gäste deswegen in den letzten Jahren angewöhnt, die beiden in Ruhe zu lassen und stattdessen mit mir zu sprechen. Und in diesem Punkt teile ich Brookes Ansicht, es wird sich mit Sicherheit nicht mehr ändern.

»Ich gebe zu, dass ich die Hoffnung hatte, dass sie sich auf dich und Scott stürzen. Schließlich seid ihr das neue Paar«, erkläre ich und schaue Melody an, die in diesem Moment ihren Blick von ihrem Freund löst.

»Sorry, Haley. Wir waren für ungefähr eine halbe Stunde interessant«, klärt Scott mich auf. »Nachdem alle wussten, dass Melody nun in festen Händen ist, und wir unsere Runde gedreht hatten – in der wir übrigens hundertmal die gleiche Frage beantwortet haben – fiel mehrmals der Name Travis.« Während er spricht, greift er nach der Hand seiner Freundin und drückt sie fest, ehe er sie zu seinem Mund führt und einen zarten Kuss auf ihre Haut drückt.

Melody schenkt ihm ein schüchternes Lächeln. Normalerweise ist sie nicht so zurückhaltend, allerdings ist es das erste Mal, dass sie Zärtlichkeiten mit einem Mann austauscht und dabei von allen Freunden und Verwandten umzingelt ist.

Ein wenig neidisch betrachte ich die beiden kurz. Seit zwei Wochen machen sie nun kein Geheimnis mehr daraus, dass sie sich lieben, und das freut mich. Jedes Mal, wenn ich sie zusammen sehe, überhäuft er sie mit Aufmerksamkeit. Scott hat immer ein beschützendes Auge auf meine Schwester, fast so, als hätte er Angst, dass jemand sie ihm klauen könnte. Aber ich finde es süß. Und wenn ich das Gesicht meiner Schwester richtig deute, dann hat sie damit auch kein Problem.

Die beiden passen perfekt zusammen und ergänzen sich super. Obwohl sie einige Hindernisse überwinden mussten, haben sie es geschafft, ihre Leben zu verändern.

Es dauert ein paar Sekunden, aber schließlich dringt der Name in meinen Kopf, den mein Schwager in spe gerade erwähnt hat. »Travis?«, frage ich nach, da ich keine Ahnung habe, wer das sein soll. Ich kenne niemanden mit diesem Namen und habe weder meine Oma noch meine Eltern über ihn reden hören.

»Keine Ahnung, wer das sein soll.« Melody zuckt mit den Schultern. »Bis jetzt habe ich auch noch niemanden gefunden, den ich nicht kenne«, erklärt sie mir. Ihre Augen wandern über die Menschenmenge, die gekommen ist, um gemeinsam mit unserer Oma deren Geburtstag zu feiern.

Ich folge ihrem Blick, kann aber keinen Unbekannten entdecken. Allerdings ist es auch so voll, dass ich froh bin, meine Schwestern gefunden zu haben.

»Vielleicht irgendjemand, der mit Opa verwandt war«, überlege ich nun laut.

»Könnte sein«, stimmt Brooke mir zu, scheint aber nicht recht davon überzeugt zu sein.

Ich selber glaube auch nicht an diese Theorie. Mein Opa hatte eine enge Bindung zu seiner Familie. Hätte er einen Verwandten mit Namen Travis gehabt, hätte er ihn sicherlich ein paarmal erwähnt.

»Ich kenne jemanden mit diesem Namen«, erklärt nun Scott. Gespannt schaue ich in seine Richtung. »Oder besser gesagt, kannte. Schon seit Jahren habe ich ihn nicht mehr gesehen.«

»Wie kommt's?«, hakt Melody nach und hebt ein wenig ihren Kopf, damit sie ihren Freund besser betrachten kann.

»Er war immer viel mit seiner Arbeit beschäftigt, und ich war den ganzen Tag in der Kanzlei, so dass wir irgendwann den Kontakt zueinander verloren haben. Obwohl wir auf dem College jedes Wochenende zusammen unterwegs waren.«

»Wäre es nicht cool, wenn du ihn nach all der Zeit auf der Feier meiner Oma triffst?«

»Cool ja, aber ich halte es für unwahrscheinlich. In den letzten Jahren habe ich zwar gehört, dass er noch immer gerne feiert, aber die Location wäre doch eher eine andere. Und meistens hatte er mindestens fünf Frauen um sich herum, so dass man ihn gar nicht übersehen konnte. Man braucht nur nach einer Gruppe von Frauen Ausschau zu halten, die sich um einen Mann schart.«

Ich kann sehen, wie sich der Körper meiner Schwester bei den Worten ihres Freundes anspannt. Wahrscheinlich erinnert sie sich gerade daran, dass auch Scott vor ihr kein Kind von Traurigkeit gewesen war, er hatte sogar einen eigenen Fanclub im Büro. Für Melody hat er sich aber geändert, und das von der ersten Sekunde an und in jedem Bereich, den man sich nur vorstellen kann. Scott wurde umgänglicher und freundlicher, zwar nur zu ihr, aber das ist ja schließlich ein guter erster Schritt.

»Ich kann mir auch nicht vorstellen, dass so einer hier auftaucht«, sage ich deswegen und hoffe, dass er das Thema fallen lässt. »Und da ich keine Gruppe von Frauen sehe, die sich um einen Mann *schart*, gehe ich mal davon aus, dass wir hier von einem anderen Travis reden.«

»Halt dir einfach vor Augen, dass diese Feier nicht ewig dauern wird. Irgendwann gehen wir nach Hause, und du hast deine Ruhe«, wirft Brooke in den Raum und kommt somit auf unser eigentliches Thema zurück.

Ich drehe meinen Kopf in ihre Richtung und werfe ihr ein dankbares Lächeln zu.

Das ist der Vorteil daran, dass wir nicht nur Schwestern, sondern auch beste Freundinnen sind. Wir wissen immer, was in den Köpfen der anderen vor sich geht.

Um mich auf andere Gedanken zu bringen, lasse ich meinen Blick wieder über die Menge gleiten. Ich entdecke meine Oma, die sich ein wenig außerhalb des Geschehens befindet. Mit ein paar ihrer Freundinnen steht sie in der offenen Küche und unterhält sich, während sie ein Stück Kuchen auf die Gabel spießt und es sich in den Mund schiebt.

Man sieht ihr die siebzig Jahre, die sie mittlerweile zählt, nicht an. Aus diesem Grund habe ich mir auch schon vor Jahren geschworen, dass ich sie mir als Vorbild nehme und in ihrem Alter noch genauso gut gelaunt sein will, wie sie es ist.

Sie achtet auf ihre Gesundheit und nimmt das Leben nicht ganz so ernst, was in der einen oder anderen Situation von Vorteil ist.

Gerade, als ich mich wieder meinen Schwestern zuwenden will, die sich angeregt unterhalten, sehe ich, wie ein Mann in meinem Alter an meine Großmutter herantritt und ihr einen Blumenstrauß überreicht. Auf dem Gesicht meiner Oma breitet sich ein Lächeln aus, bevor sie ihn in ihre Arme schließt und fest an sich drückt. Er erwidert die Umarmung, während ihn die Frauen, die sich um ihn herum befinden, mustern.

Neugierig betrachte ich die Szene. Ich kann meine Augen nicht von dem Typen abwenden.

Er ist groß und muskulös. Seine weite Jeans, in der sich ein paar Löcher befinden, sitzt locker auf den Hüften, und an den Füßen trägt er Boots. Der Reißverschluss seiner schwarzen Motorradjacke steht offen, so dass man das ebenfalls schwarze Shirt darunter sehen kann, das sich um die Muskeln seines Oberkörpers schmiegt.

Mein Mund wird trocken und meine Haut beginnt zu kribbeln.

Von einer Sekunde auf die nächste macht sich in mir das Bedürfnis breit, meine Finger in seinen Haaren zu vergraben. Doch bevor er mich komplett in Besitz nehmen kann, schiebe ich den Gedanken wieder beiseite und rufe mir in Erinnerung, wo ich mich gerade befinde.

Die Feier ist sicherlich nicht der geeignete Zeitpunkt, um mir über so etwas Gedanken zu machen, ermahne ich mich selber. Schon gar nicht, weil es sich bei dem Mann um jemand völlig Fremden handelt. Obwohl ich zugeben muss, dass er wirklich heiß aussieht.

Ich bin so in seinen Anblick vertieft, dass ich gar nicht merke, wie sich Brooke und Melody neben mich stellen.

»Das ist bestimmt dieser Travis«, höre ich nun Melody sagen und zucke erschrocken zusammen.

Unsere Oma ist bekannt dafür, dass sie mit ihrer Meinung nicht hinterm Berg hält. Scott hatte von ihr kurzerhand den Spitznamen *Knackarsch* bekommen. Und irgendwie bin ich mir sicher, dass sie auch für Travis schon einen Spitznamen hat. »Ich muss zugeben, dass ich ein wenig neugierig bin, wie sie ihn getauft hat«, erwidere ich und drehe meinen Kopf zu den beiden herum.

»Vielleicht Hellrider«, schlägt Brooke vor und grinst von einem Ohr zum anderen.

Ihre Worte sorgen dafür, dass ich mich wieder in die Richtung drehe, in der er gerade noch stand. Doch nun kann ich ihn nicht mehr entdecken.

Kurz schaue ich nach rechts und links, aber auch dort werde ich nicht fündig.

Schließlich erkenne ich ihn in einer Ecke des Wohnzimmers. Fast erscheint es mir so, als suchte er jemanden. Doch ich habe nicht das Gefühl, als würde er hier jemanden kennen, mal abgesehen von meiner Oma.

Im nächsten Moment scheint die Welt stillzustehen. Als ich mich gerade von ihm abwenden will, trifft sein Blick meinen und zieht mich in seinen Bann. Ich sehe nur noch ihn und nehme nichts anderes mehr wahr. Mein Herz hört auf zu schlagen, und eine innere Stimme sagt mir, dass ich zu ihm gehen soll.

Ich höre zwar, dass meine Schwestern sich weiterhin unterhalten, aber ich kann nicht mehr verstehen, worum es geht. Alles um mich herum verschwimmt zu einem unscharfen Bild.

Als mein Herz endlich wieder anfängt zu schlagen, rast es, so dass ich meinen Mund ein Stück öffne, um besser Luft zu bekommen. Aber auch das hilft nicht, um wieder klar denken zu können.

Seine Augen fixieren mich, und nach wenigen Sekunden breitet sich ein unwiderstehliches schiefes Grinsen auf seinem Gesicht aus, dem ich mich nicht entziehen kann. Sein Look, sein Auftreten und seine Aura verraten mir, dass er ein Player ist. Ich bin mir sicher, dass er genau weiß, welche Wirkung er auf Frauen hat, und das auch ausnutzt. Genauso sicher bin ich mir, dass die meisten Frauen sich gerne auf ihn einlassen.

»Haley! Haley!«, dringt die energische Stimme von Brooke an mein Ohr.

So unauffällig wie möglich schüttle ich den Kopf und reiße mich von ihm los. Aber das ändert nichts daran, dass ich seine Augen auf mir spüre, selbst dann noch, als ich ihm den Rücken zugedreht habe.

»Entschuldigt mich, ich bin gleich wieder da«, murmle ich, ohne zu fragen, weshalb sie mich gerufen hat.

»Ist alles in Ordnung?«, fragt mich nun Melody irritiert, wobei ich in ihrer Stimme einen besorgten Unterton höre.

»Ja, alles bestens«, antworte ich ihr nur und gehe dann davon.

Geschickt weiche ich den Menschen um mich herum aus, als ich mit schnellen Schritten in Richtung Badezimmer laufe. Ich muss Abstand zwischen ihn und mich bringen, wenn ich mich wieder unter Kontrolle bekommen will.

»Haley, Kindchen. Wie geht es dir?«, ertönt es dicht hinter mir, als ich mein Ziel schon vor Augen habe. Doch ich bin gerade nicht in der Lage dazu, mich zu unterhalten. Deswegen lächle ich meine Großtante nur freundlich an, bleibe aber nicht stehen.

Ohne auf meine Umgebung zu achten gehe ich weiter und halte erst an, als ich das Bad erreicht habe. Meine Oma hat es in einem hellen Blau eingerichtet, was den Raum etwas freundlicher und weniger beengt erscheinen lässt. Trotzdem bleibt er, wie der Rest des Hauses, klein.

Erst als ich sicher bin, dass sich keiner hier drinnen aufhält oder versteckt, betrete ich das Bad und schließe die Tür hinter mir. Kaum ist sie zu, drehe ich den Schlüssel herum und atme tief durch.

*Was war das?*, frage ich mich, lehne mich dabei gegen die Tür und schließe für einen Moment die Augen.

Ich versuche den Schwindel zu vertreiben, der mich fest im Griff hat, aber so ganz will es mir nicht gelingen. Erst nachdem ich mehrmals tief durchgeatmet habe, bin ich wieder in der Lage, einen klaren Gedanken zu fassen.

Ich öffne meine Augen, überwinde die wenigen Schritte, die mich vom Waschbecken trennen, und drehe das kalte Wasser auf. Erfrischend kühl läuft es mir über die erhitzte Haut. Die gewünschte Wirkung bleibt jedoch aus, da ich immerzu den intensiven Blick vor Augen habe, mit dem der Typ mich betrachtet hat.

*Er hat nicht einmal geblinzelt, sondern war voll und ganz auf mich konzentriert.*

Obwohl ich kein einziges Wort mit ihm gesprochen habe, hat er eine Wirkung auf mich, mit der ich nicht umgehen kann. Ich bekomme sein Gesicht nicht aus meinem Kopf.

Doch nicht nur sein Gesicht verfolgt mich, sondern alles an ihm: sein Körper, sein Grinsen, das Leuchten seiner Augen und seine Präsenz.

*Er ist bestimmt ein Playboy, der nur auf der Suche nach seinem nächsten Opfer ist. Und das ist das Letzte, was ich gerade gebrauchen kann*, ermahne ich mich selbst, aber ohne Erfolg.

Der Gedanke fühlt sich zwar an wie eine kalte Dusche, hält jedoch nur kurz an.

»Verdammt«, stoße ich zwischen den Zähnen hervor und strecke meine Hand nach dem Handtuch aus, das sich neben dem Waschbecken befindet. Nachdem ich es wieder an seinen Platz gehängt habe, schaue ich in den gut beleuchteten Spiegel.

Ein paar Strähnen haben sich aus dem Zopf gelöst, mit dem ich mir die Haare aus dem Nacken halte. Ich entferne das Band und fasse mein Haar erneut mit routinierten Handgriffen zusammen, um das Haargummi wieder darum zu binden. Mit dem Zeigefinger streiche ich unter meinen Augen entlang, um den Mascara, der etwas verschmiert ist, zu korrigieren.

*Geh ihm einfach aus dem Weg. Hier sind genug Leute, es sollte nicht schwer sein*, weise ich mich in Gedanken zurecht, während ich weiterhin in den Spiegel schaue.

Ich unternehme einen letzten Versuch, meine Nerven zu beruhigen, wenigstens ein wenig, und atme tief durch. Mit einer fließenden Bewegung streiche ich mein Top glatt und richte mich zu meiner vollen Größe auf.

Aber all das ist nichts gegen das Gefühl, meine Knie würden gleich unter mir nachgeben. Trotzdem beschließe ich, dass es nicht dadurch besser wird, indem ich weiter hier stehe und mit meinen Gedanken alleine bin. Ich brauche Abwechslung und etwas zu tun.

Also drehe ich mich mit einer schwungvollen Bewegung um und schließe die Tür wieder auf, um das Bad zu verlassen.

Ich habe noch nicht einmal den Türgriff losgelassen, als ich *ihn* sehe. Er steht an die gegenüberliegende Wand gelehnt und hat die Arme vor der Brust verschränkt. Diese Haltung sorgt dafür, dass sich Shirt und Jacke um seine Arme und seine Brust spannen. Mit größter Selbstbeherrschung gelingt es mir, ihm ins Gesicht zu blicken.

Keine gute Idee. Ich begegne demselben Grinsen, mit dem er mich vor wenigen Minuten bereits bedacht hatte. Er betrachtet mich und lässt seine Augen über meinen Körper wandern. Mir wird heiß.

Am liebsten würde ich ihm entgegenschleudern, dass ich kein Stück Fleisch bin, sondern ein lebendiges Wesen, aber aus irgendeinem Grund bekomme ich die Worte nicht über die Lippen.

»Hi«, sagt er schließlich und stößt sich von der Wand ab, um auf mich zuzugehen. Seine Bewegungen sind so geschmeidig, als wäre er ein Raubtier.

Während ich ihn dabei beobachte, wie er sich nähert, formen sich in meinem Kopf die Worte zu Sätzen, mit denen ich ihm klarmachen will, dass er bei mir nichts erreichen kann.

Doch als er so nah vor mir steht, dass uns nur noch wenige Zentimeter trennen, kann ich nicht mehr klar denken. Sein Geruch, eine Mischung aus Duschgel und Parfüm, steigt mir in die Nase und sorgt dafür, dass ich kein Wort mehr herausbekomme. Ich komme mir vor, als wäre ich ein kleines Kind. Dabei habe ich doch sonst so eine große Klappe und verstecke sie auch nicht. Wenn mir etwas nicht passt oder nicht gefällt, dann sage ich das auch.

»Hi«, erwidere ich trotzdem wenig einfallsreich und könnte mir deswegen noch im selben Moment in den Hintern treten.

Ich lasse mich eigentlich nicht so schnell aus der Ruhe bringen. Normalerweise würde ich einem Typen wie ihm die Meinung sagen, aber obwohl ich die Wörter in meinem Kopf höre, bringe ich sie nicht heraus.

Fast kommt es mir vor, als würde sich eine Schranke zwischen meinem Gehirn und meinem Mund befinden.

»Ich bin Travis«, stellt er sich vor und streckt mir seine Hand entgegen.

*Also ist er es doch*, fährt es mir durch den Kopf, während ich seine Hand betrachte. Ich bin mir nicht sicher, ob ich sie ergreifen soll oder nicht.

Alles in mir schreit danach, einfach zu verschwinden und ihn stehen zu lassen. Doch bevor ich es verhindern kann, hebt mein Arm sich von alleine und meine Finger berühren seine. Ein elektrischer Schlag durchfährt mich, der mich atemlos zurücklässt.

Wie gebannt schaue ich auf die Stelle, an der wir uns berühren, und bin mir sogar sicher, dass ich die Funken zwischen uns hin- und herfliegen sehen kann.

Als ich meinen Kopf hebe, erkenne ich, dass er noch darauf wartet, dass ich etwas sage. Leise räuspere ich mich, damit ich überhaupt einen Ton herausbekomme.

»Haley«, gebe ich zurück und lächle ihn freundlich, aber zurückhaltend, an. Er ist schließlich ein Gast meiner Oma.

»Hübscher Name«, erwidert er mit einem verführerischen Ton in der Stimme.

»Kann ich dir irgendwie helfen?«, frage ich ihn, ohne auf das Kompliment einzugehen. Aber das ändert nichts daran, dass die Art und Weise, wie er es sagt, dafür sorgt, dass ich an Stellen von ihm berührt werden will, an denen er überhaupt nichts zu suchen hat.

Um nicht noch irgendeine Dummheit zu begehen, weiche ich einen Schritt nach hinten und bringe so ein wenig Abstand zwischen uns.

»Ich nehme mal an, dass du eine der drei Enkelinnen von Betty bist. Deine Oma hat mir viel von euch erzählt in den letzten Tagen.« Während er spricht, erscheint ein freches Grinsen auf seinem Gesicht.

In diesem Moment würde ich ihn am liebsten stehen lassen und meine Oma zur Seite nehmen, um sie zu fragen, wieso sie das gemacht hat, und vor allem, was genau sie ihm gesagt hat.

Bei dem Gedanken daran, dass sie ihm irgendwelche peinlichen Geschichten aus unserer Kindheit erzählt haben könnte, spüre ich, wie mir das Blut ins Gesicht schießt. Ich weiß genau, wie gerne sie die erzählt.

Auch wenn ich die Antwort auf meine zweite Frage nicht kenne, so kann ich mir doch denken, wie die auf meine erste Frage lautet. Jetzt, da Melody einen Freund hat, wünscht sie sich, dass auch Brooke und ich in festen Händen sind. Schon immer hatte sie betont, wie gerne sie es sehen würde, dass wir heiraten und Kinder bekommen, die sie dann verwöhnen kann.

Unsere Oma ist ein Familienmensch, und je mehr Leute sie um sich herum hat, desto wohler fühlt sie sich, was wohl der Hauptgrund dafür ist, dass ihr Haus beinahe aus allen Nähten platzt.

Auch wenn ich bei der Männersuche sicherlich keine Hilfe brauche, finde ich den Gedanken, dass sie uns verkuppeln will, doch irgendwie süß. Auf jeden Fall ist das der Grund dafür, dass ich beschließe, ihr keine Standpauke zu halten, obwohl ich der Meinung bin, dass sie wenigstens etwas hätte sagen können.

Ich konzentriere mich wieder auf den Mann, der vor mir steht und mich noch immer nervös werden lässt. »In den letzten Tagen?«, entgegne ich und ziehe meine Augenbrauen ein Stück nach oben. »Seit wann kennst du sie denn?«

»Ich wohne seit einer Woche in dem Haus nebenan. Bin also noch neu in der Nachbarschaft.« Ein frecher Ausdruck stiehlt sich auf seine Gesichtszüge. Vor meinem inneren Auge erscheint das Bild eines kleinen Jungen, der gerade Mist gebaut hat. Doch als ich ihn wieder ansehe, verschwindet das Bild. Schnell konzentriere ich mich wieder auf das Gespräch, das ich gerade mit ihm führe.

Nun weiß ich auf jeden Fall, wieso ich noch nie etwas von ihm gehört habe. In den letzten Tagen war ich beruflich sehr eingespannt gewesen, weswegen ich nicht mit meiner Oma telefoniert hatte. Allerdings habe ich auch so meine Bedenken, ob sie überhaupt ein Wort über Travis verloren hätte.

Ich will gerade etwas erwidern, als ich sehe, wie er seinen Kopf senkt. Er kommt mir so nah, dass ich seinen Atem auf meinem Gesicht spüren kann. Eine Gänsehaut bildet sich auf meinem Körper. Ich kann nur hoffen, dass er nicht so genau hinsieht.

Am liebsten würde ich ihn von mir stoßen, aber ich bringe es nicht fertig, mich zu bewegen. Ich kann nicht einmal mehr zurückweichen, da ich bereits die Wand in meinem Rücken spüre.

Er schafft es, mir das Gefühl zu geben, mit ihm alleine zu sein, obwohl wir von einer Menschenmenge umringt sind. Ich bin mir sicher, dass ein paar uns auch beobachten.

Langsam, fast schon in Zeitlupe, wandert sein Blick zu meinen Lippen und dann wieder zurück zu meinen Augen. Noch im gleichen Moment kommt in mir der verrückte Wunsch auf, ihm meine Arme um den Hals zu schlingen und ihn zu küssen.

*Verschwinde, bevor du deine guten Vorsätze vergisst*, ermahne ich mich in Gedanken, damit ich nicht etwas mache, was ich früher oder später bereuen würde.

Doch das ist gar nicht so einfach. Eine unsichtbare Kraft zieht mich magisch an, hält mich gefangen.

Dennoch reiße ich mich zusammen und schaue an ihm vorbei. Um nicht doch noch weich zu werden, fixiere ich einen Punkt im Wohnzimmer und versuche auszublenden, dass Travis so dicht vor mir steht. Noch immer reagiert jeder einzelne Nerv in meinem Körper auf ihn.

»Entschuldigung«, murmle ich kaum hörbar, drehe ihm meinen Rücken zu und entferne mich.

Mit jedem Schritt fällt mir das Laufen schwerer. Ich spüre seinen Blick auf mir, er brennt sich auf meiner Haut fest. Mir ist aber klar, dass es nichts als Ärger bringt, wenn ich mich auf einen Mann einlasse, der eine solche Wirkung auf mich hat.

Erleichterung macht sich in mir breit, als ich endlich um die Kurve biege und wieder im Wohnzimmer stehe, in dem ich meine Schwestern entdecke. Außerdem finde ich zu meiner inneren Ruhe zurück, die von Travis mächtig aufgemischt worden war.

Dieses Gefühl verschwindet allerdings schlagartig wieder, als ich sehe, mit wem Brooke und Melody sich gerade unterhalten. Kurz kneife ich die Augen zusammen und öffne sie dann wieder, um sicherzugehen, dass ich nicht träume. Doch als ich erneut hinschaue, hat sich an dem Bild nichts geändert.

Unsicher, ob ich mich wieder umdrehen und so tun sollte, als hätte ich sie nicht gesehen, bleibe ich wie erstarrt an Ort und Stelle stehen und beobachte das Schauspiel. Endlich beschließe ich, dass dies allzu kindisch wäre. Schließlich sind wir alle erwachsen. Obwohl ich das bei ihr nicht mit Gewissheit sagen kann.

Trotzdem gehe ich auf die kleine Gruppe zu, wobei ich mir absichtlich Zeit lasse.

»Haley, wie schön dich zu sehen«, ruft unsere Cousine Chrystal mit ihrer hellen Stimme und setzt ihr strahlendes Lächeln auf, als sie mich entdeckt.

»Chrystal«, begrüße ich sie und umarme sie kurz. Sie drückt mir auf beide Wangen einen Kuss, so wie sie es immer macht, wenn wir uns sehen. Gleichzeitig werfe ich meinen Schwestern einen Blick zu, der ihnen klar zu verstehen geben soll, dass ich nicht begeistert davon bin, ihr hier über den Weg zu laufen. Als ich zu ihnen schaue, erkenne ich, dass es ihnen ebenfalls so geht. Die beiden haben genauso wenig mit ihr gerechnet wie ich. Und den anderen Familienmitgliedern geht es wahrscheinlich ähnlich.

Die meisten in meiner Familie gehen Chrystal so gut es geht aus dem Weg, da es immer Ärger gibt, wenn sie in der Nähe ist. Schon zu oft hat sie bewiesen, dass sie eine falsche Schlange ist, der andere scheißegal sind. Um an ihre Ziele zu kommen geht sie über Leichen.

Dabei sieht sie so aus wie meine Schwestern und ich. Wie das sprichwörtliche Mädchen von nebenan, das immer nett und hilfsbereit ist.

Aber das ist sie nicht! Chrystal ist weder nett noch kann man sich auf ihre Hilfe verlassen, selbst dann nicht, wenn sie sie selbst angeboten hat.

»Es freut mich so, euch mal wieder zu sehen«, flötet sie nun.

»Das glaube ich sofort«, presst Melody zwischen den Zähnen hervor.

Kurz habe ich die Befürchtung, dass Chrystal die Ironie in ihrer Stimme bemerkt hat und nun einen Aufstand machen wird.

Nachdem ich aber kurz zu ihr geschaut habe, weiß ich, dass ich mir darum keine Gedanken machen muss. Sie strahlt uns noch immer mit ihrem falschen Lächeln an und tut so, als wäre nie etwas passiert.

»Wir sehen uns viel zu selten«, erklärt sie nun und zieht eine Schmolllippe.

Ich beiße mir auf die Unterlippe, damit mir nicht herausrutscht, dass ich es nicht bedauere, sie in den letzten zwölf Monaten nur zweimal gesehen zu haben.

Ich erkenne aus dem Augenwinkel, wie Brooke die Augen verdreht und ihr die Zunge herausstreckt. Ich muss mich beherrschen, um nicht zu lachen.

Als ich zu Melody sehe, fällt mir auf, dass Scott nicht neben ihr steht, worüber sie ausnahmsweise glücklich zu sein scheint. Ich kann das nachvollziehen, an ihrer Stelle ginge es mir genauso. Chrystal ist es egal, ob ein Mann vergeben ist oder nicht. Sie interessiert sich nicht einmal dafür, ob er Kinder hat. Wenn ihr jemand gefällt, macht sie sich an ihn heran. Und Scott passt leider genau in ihr Beuteschema.

Wie kleine Kinder, die nicht wissen, wie sie sich verhalten sollen, stehen wir nebeneinander. Verzweifelt durchsuche ich meinen Kopf nach irgendeinem Gesprächsthema. Da ich aber eigentlich keine Lust habe, mich mit ihr zu unterhalten, fällt mir nichts Gescheites ein.

Unangenehme Stille macht sich zwischen uns breit, während Chrystal von der Einen zur Anderen schaut.

Gerade, als ich den Mund öffnen will, um ihr zu sagen, dass wir alle beruflich sehr viel zu tun hatten, spüre ich, wie sich meine Nackenhaare aufstellen.

Um meine Hormone, die heute total verrücktspielen, wieder in den Griff zu bekommen, atme ich tief durch und konzentriere mich wieder auf meine Schwestern und meine Cousine. Das funktioniert allerdings nur bedingt.

Schmetterlinge machen sich in meinem Bauch breit und ich

werde unruhig. Mein Blick streift den von Melody, die mich mit einem vielsagenden Gesichtsausdruck ansieht und mir dann stumm zu verstehen gibt, dass ich mich umdrehen soll. Für den Bruchteil einer Sekunde überlege ich, ob ich ihrer Aufforderung folgen soll. Doch schließlich siegt meine Neugier und ich drehe meinen Kopf in die Richtung, in die meine Schwester gezeigt hat.

Sofort entdecke ich Travis. Er steht neben meinem Vater und meinem Onkel, scheint aber nicht zuzuhören, was die beiden zu berichten haben, da er immer wieder suchend über die Menge schaut. Bis er mich entdeckt.

Wie auf Kommando findet mein Blick seine stechend blauen Augen. Es wirkt fast auf mich, als könne er in mich hineinsehen und meine Gedanken lesen, was mir aber merkwürdigerweise keine Angst macht. Es fühlt sich irgendwie richtig an.

Ohne mich aus den Augen zu lassen, setzt er die Bierflasche an seinen Mund und nimmt einen Schluck. Augenblicklich muss ich ebenfalls schwer schlucken. In meinem Kopf erscheinen Bilder, die definitiv nicht jugendfrei sind.

Seine Augen durchdringen mich, als wolle er jede meiner Handlungen analysieren, um zu erfahren, was gerade in mir vor sich geht.

Herausfordernd hebe ich meine Augenbrauen, doch er verzieht keine Miene.

Normalerweise würde ich jetzt zu ihm gehen und ihm sagen, dass er sich eine andere Blöde suchen soll, die nicht sofort kapiert, worum es ihm geht. Aber ich kann es nicht. Und das hat nichts damit zu tun, dass mein Vater neben ihm steht.

Aus irgendeinem Grund bin ich mir sicher, dass ich die Worte nicht mehr herausbekomme, sobald er vor mir steht. Und das macht mir Angst.

Es macht mir deswegen Angst, weil es mir noch nie bei einem Mann so erging. Bis zu diesem Moment hat es noch keiner geschafft, dass meine Schlagfertigkeit mich verlässt und ich auf meine Selbstständigkeit pfeife.

Aber das ist nicht alles. Ich kann nicht leugnen, dass ich ein wenig eifersüchtig werde bei dem Gedanken daran, dass er mit einer anderen flirtet, egal ob es sich bei ihr um meine Schwester handeln würde oder nicht. Und dieser Gedanke gefällt mir überhaupt nicht.

»Wie läuft es denn beruflich bei euch?«, fragt Chrystal in dem Moment in die Runde, als ich mich ihr wieder zuwende.

»Besser könnte es gar nicht sein«, antworte ich ihr, noch bevor Melody oder Brooke etwas sagen können.

Ich sehe, dass meine Schwestern mich beobachten. Darauf gehe ich aber nicht ein. Stattdessen betrachte ich Chrystal, die nun mich mit großen Augen ansieht.

»Ehrlich?«, ruft sie mit verwunderter Stimme aus. Ich muss mich zusammenreißen, um ihr nicht die Meinung zu sagen. Nur zu gut kann ich mir vorstellen, was nun kommen wird.

»Ja, ehrlich«, antworte ich bloß und versuche so ruhig wie möglich zu klingen.

»Also ich habe gehört, dass Melody gerade erst ihren neuen Job gekündigt hat, weil sie es mit dem Sohn des Chefs treibt. Und Brooke arbeitet immer noch in dem gleichen Restaurant. Das ist ja wohl nichts, was man als super bezeichnen kann«, zählt sie die Ereignisse der letzten Wochen in einem selbstgefälligen Ton auf, für den ich ihr am liebsten eine klatschen würde.

Wären wir nicht auf dem Geburtstag unserer Oma, hätte ich auch schon lange ausgeholt. Stattdessen lächle ich sie freundlich an und mache gute Miene zu ihrem bösen Spiel.

Obwohl es mir eigentlich auf der Zunge liegt, ihr zu sagen, dass meine Schwestern nicht dazu verpflichtet sind, sich durch die ganze Chefetage zu schlafen, nur damit sie auf der Karriereleiter ein Stück nach oben steigen. Aber ich halte mich zurück. Ich will mich nicht mit ihr streiten, da es nur vergeudete Mühe wäre. Aber vor allem will ich mich nicht *hier* mit ihr in die Haare bekommen.

»Dann bist du ja bestens informiert. Aber das ändert nichts

daran, dass es bei uns allen dreien super läuft, und wir keinen Grund haben, uns zu beschweren«, kontere ich stattdessen. Ich versuche erst gar nicht, den genervten Ton in meiner Stimme zu verbergen. Chrystal kann ruhig wissen, dass ich keine Lust habe, mich mit ihr zu unterhalten, und sie diese Dinge auch überhaupt nichts angehen.

Sie bedenkt mich mit einem überraschten Ausdruck in den Augen und wendet sich wieder meinen Schwestern zu. Ich gebe zu, dass mir schon immer die nötige Ruhe gefehlt hat, um mich mit ihr zu unterhalten. Und schon in der nächsten Sekunde weiß ich wieder, wieso.

»Wie ich sehe, seid ihr noch immer unzertrennlich«, zischt sie zwischen den Zähnen hervor. Schwungvoll dreht sie sich herum und verschwindet in der Menge.

Perplex über ihren Abgang schaue ich ihr nach. *Dass du das nicht kennst, ist mir klar. Aber es ist nicht unsere Schuld, dass deine Geschwister nichts mit dir zu tun haben wollen*, denke ich. Dabei bin ich auf mich selbst stolz, weil ich mich dieses eine Mal zurückgehalten habe.

Sonst war das leider oft nicht der Fall gewesen, so dass wir uns einmal sogar lautstark vor der ganzen Familie gezofft hatten.

»Wenn sie weg ist, habe ich jedes Mal das Gefühl, als würde jemand eine riesige Last von meinen Schultern nehmen. Sie nimmt einem die Luft zum Atmen. Aber kommt es mir nur so vor, oder wird sie wirklich von Mal zu Mal schlimmer?«, fragt Brooke in die Runde und verdreht die Augen.

»Sie ist noch schlimmer geworden, wobei ich zugeben muss, dass ich nicht gedacht hätte, dass das geht«, stimmt Melody ihr zu und nickt eifrig.

»Das haben wir wohl alle nicht. Wahrscheinlich nicht mal ihre Eltern«, murmle ich mehr zu mir selber, als zu den beiden.

Ich will gerade den Mund öffnen, um noch etwas dazu zu sagen, als Scott zu uns tritt. Er schlingt seine Arme um Melody, die sich mit einem zufriedenen Seufzer an ihn sinken lässt. Kaum hat ihre Wange seine Brust berührt, beugt er sich nach unten und gibt ihr einen zärtlichen Kuss auf den Scheitel.

»Sorry, in der Küche hat sich eine lange Schlange gebildet. Es schien fast so, als hätten alle gleichzeitig beschlossen, sich gerade jetzt etwas zu trinken zu holen«, erklärt er uns, woraufhin Melody nur zufrieden brummt.

»Du hast nichts verpasst«, meint nun Brooke grinsend, woraufhin sich ein leichtes Lächeln auf meinem Gesicht ausbreitet. Nein, in diesem Fall hat er wirklich nichts verpasst, denn Chrystal ist jemand, dem man nicht unbedingt über den Weg laufen muss.

Wie immer, wenn die beiden sich so innig in meiner Gegenwart zeigen, betrachte ich sie. Melody ist glücklich mit ihm, und das ist alles, was zählt. Für sie war es die richtige Entscheidung, ihren Job zu kündigen. Ich bin mir sicher, hätte sie es nicht getan, würde das ihre Beziehung belasten, falls sie überhaupt auf Dauer eine Chance hätten, weil es immer zwischen ihnen stehen würde.

# 2

»Ladys, Scott«, dringt nun die tiefe Stimme an mein Ohr, die ich in den letzten Minuten nicht ganz vergessen konnte, obwohl ich versucht habe, sie aus meinem Gedächtnis zu verbannen. Meine Cousine hatte mich so in Beschlag genommen, dass ich überhaupt nicht gemerkt habe, wie Travis sich zu uns gesellt hat. Erst jetzt erkenne ich, wieso ich seit wenigen Minuten so ein komisches Gefühl in meinem Bauch habe.

Nachdem ich mich von meinem ersten Schreck erholt habe, schaue ich in die Richtung, aus der die Stimme kam, und sehe, dass er direkt neben mir steht. Er ist mir so nah, dass sich unsere Arme berühren. Ich vergesse für den Bruchteil einer Sekunde zu atmen und alles um mich herum.

»Travis«, ruft Scott nun begeistert aus und reißt mich damit aus meinem tranceartigen Zustand, »Ich hatte ja keine Ahnung, dass du gemeint bist, als ein paarmal dein Name gefallen ist. Erst vorhin habe ich den dreien noch von dir erzählt.«

Überrascht über seine Worte drehe ich mich zu meinem Schwager und schaue ihn mit großen Augen an.

*Er ist* der *Travis?*

Ich merke Scott an, dass er sich darüber freut, seinen alten Freund zu sehen. Allerdings habe ich keine Ahnung, was ich davon halten soll, dass die beiden sich kennen. Für einen kurzen Moment macht sich die Befürchtung in mir breit, dass es wahrscheinlich doch nicht so einfach sein wird, ihm aus dem Weg zu gehen. Aber andererseits freue ich mich darüber. Die Tatsache, dass er der Travis ist, über den Scott vorhin noch berichtet hat, zeigt mir allerdings auch, dass ich recht hatte.

Er ist ein Playboy und nutzt das von vorne bis hinten aus.

So unauffällig wie möglich atme ich tief durch und versuche mir nicht anmerken zu lassen, was für ein Chaos in mir tobt.

»Du weißt doch, mein Ruf eilt mir voraus.« Während Travis spricht, wackelt er mit den Augenbrauen, so dass meine Schwestern leise kichern. Ich gebe keinen Ton von mir. Ich betrachte ihn nur eingehend, denn ich habe noch keine Ahnung, was ich von dieser Situation halten soll.

Nur am Rande nehme ich wahr, dass Travis und Scott sich noch eine Weile unterhalten. Ich suche nach einem Ausweg aus dieser Situation. Aber so sehr ich mich auch bemühe, ich finde einfach keinen.

»Der ist doch ganz süß«, flüstert Brooke mir zu, nachdem sie sich ein wenig zu mir gelehnt hat. Ihre Stimme ist so leise, dass nur ich sie verstehen kann, aber in diesem Moment kommt es mir so vor, als hätte sie mir in die Ohren geschrien.

»Kein Interesse«, erkläre ich ihr mit fester Stimme.

»Na gut, dann werde ich ihn mir angeln, wenn du nicht willst.«

Noch ehe sie ausgesprochen hat, drehe ich meinen Kopf in ihre Richtung und schaue sie finster an. Bis zu diesem Zeitpunkt hat es mich nie interessiert, mit wem meine Schwestern sich getroffen haben, solange die Typen gut zu ihnen waren. Aber bei Travis ist das anders.

»Mehr brauche ich gar nicht zu wissen«, gibt sie mit einem vielsagenden Ton von sich, während ein leichtes Grinsen ihre Lippen umspielt.

Ihr Blick sorgt dafür, dass ich mich wirklich frage, ob ich so leicht zu durchschauen bin. Andererseits kennt sie mich gut genug, um zu wissen, was gerade in meinem Kopf vor sich geht.

»Ich hoffe, ihr seid mir nicht böse, wenn ich euch kurz eure Schwester entführe«, fragt Travis nun in die Runde.

In der nächsten Sekunde greift er schon nach meiner Hand,

ohne eine Antwort der beiden abzuwarten. Bei der Berührung durchfährt mich ein Stromschlag, der mein Herz schneller pochen lässt. Noch bevor ich die Gelegenheit habe, meine Reaktion auf unseren Hautkontakt zu verarbeiten, dreht er sich herum und führt mich hinaus in den Flur. Dort steuert er geradewegs auf den kleinen Abstellraum zu, der sich neben der Eingangstür befindet und in dem ich mich als Kind öfter versteckt habe.

Ohne auf die Gäste zu achten, die sich hier aufhalten, bugsiert er mich in den Raum und schließt die Tür hinter uns. Sofort werden wir von vollkommener Dunkelheit umgeben, da es hier kein Fenster gibt. In diesem kurzen Moment nehme ich ihn noch intensiver wahr als vorher. Ich höre seinen schweren Atem und bin mir sicher, dass er meinen Herzschlag spürt.

Das nächste, was ich höre, ist, wie er sich bewegt. Dann springt die kleine Lampe über unseren Köpfen an und erhellt die Kammer. Sie sorgt aber nicht nur dafür, dass ich nun etwas sehe, sondern auch, dass ich merke, wie nah er mir ist. Der Raum ist nicht so groß, dass ich ihm großartig ausweichen kann.

»Gibt es irgendetwas?«, frage ich ihn und lasse meine Stimme so gleichgültig wie möglich klingen.

Ich will nicht, dass er erfährt, welche Wirkung er auf mich hat. Allerdings gelingt mir das nicht so gut, wie ich es erwartet habe. Meine Stimme ist eindeutig zu hoch und mein Puls rast.

»Dich«, antwortet er mir knapp, während er immer wieder zu meinen Lippen sieht.

»Mich?«, hake ich vorsichtig nach, da ich mir nicht sicher bin, ob ich die Antwort überhaupt wissen will. Meine Augen werden immer größer.

Travis sagt nichts. Stattdessen nähert er sich mir langsam, mit einem unwiderstehlichen Lächeln auf den Lippen, auf mich zu und überbrückt so die wenigen Zentimeter, die uns noch voneinander trennen. Dabei lässt er mich keine Sekunde aus den Augen. Sie sind dunkel und lassen keinen Zweifel daran, dass er mich will. Ein Teil von mir ist aufgeregt deswegen und würde sich am liebsten an ihn schmiegen.

Der Wunsch, seinen Körper an meinem zu spüren, macht sich in mir breit. Ich will wissen, wie sich sein Oberkörper anfühlt und wie seine Lippen schmecken. In diesem Moment will ich von ihm berührt werden, und ich kann nichts dagegen tun.

Aber mein Verstand sagt mir, dass dieser Mann nichts als Ärger in mein Leben bringen wird, und es deswegen gefährlich ist, mich auf ihn einzulassen. Und auf diesen Teil höre ich weitaus öfter.

Um meine Gefühle wieder in den Griff zu bekommen, schließe ich meine Augen und versuche auszublenden, was er in mir wachruft.

Als ich sie wieder öffne, steht er so dicht vor mir, dass ich meinen Kopf ein wenig in den Nacken legen muss, um ihm ins Gesicht schauen zu können.

Doch wie sich herausstellt, ist das ein Fehler.

Ich spüre seinen Atem und Gänsehaut überzieht meinen Körper. Mir wird sogar ein wenig schwindelig.

Mein Gehirn überlässt meinem Körper die Arbeit. Ich sehe Travis zu, wie sein Mund sich dem meinen nähert, und will zurückweichen. Automatisch mache ich einen Schritt nach hinten, um ein wenig Abstand zwischen uns zu bringen, aber ich kann es nicht. Ich habe keine Kontrolle mehr über diese Situation, falls ich sie überhaupt jemals gehabt habe. Beinahe kommt es mir so vor, als würde ich danebenstehen und die Szene von außen beobachten.

Ich sehe, wie er seine Hand hebt, um mir im nächsten Augenblick sanft mit den Fingern über das Gesicht zu streichen. Ein Zittern überfällt mich.

Als nächstes spüre ich, wie er seine Lippen auf meine drückt und seine Hände auf meine Hüften legt. Mit sanfter Gewalt gibt er mir zu verstehen, dass ich ihm nicht entkommen kann. Mein Verstand schreit mich an, dass ich mich losreißen soll, aber mein Körper will etwas anderes.

Wie von alleine krallen sich meine Finger an seiner Jacke fest, jedoch nicht, um ihn von mir zu stoßen, sondern um ihn näher an mich heranzuziehen.

Als mir klar wird, was ich hier eigentlich mache, verfluche ich mich selber. Jeden anderen Mann hätte ich zwischen die Beine getreten und ihm eine Standpauke gehalten. Die Art und Weise, wie er mich festhält und wie sich sein Mund auf meinem anfühlt, hindert mich jedoch daran.

Wortlos macht er mir klar, dass ich ihm gehöre, und ich muss zugeben, dass mich das antörnt.

Der Kuss dauert eine Ewigkeit. Jedenfalls kommt es mir so vor, denn ich habe mein Zeitgefühl verloren. Immer wieder erobert er mich aufs Neue, während ich ihm hilflos ausgeliefert bin.

Schließlich entfernt er sich ein kleines Stück von mir. Verzweifelt ringe ich nach Luft und versuche meinen schnellen Puls wieder in den Griff zu bekommen. Es dauert eine Weile, bis ich es schaffe, mich wieder zu fangen und die Gedanken, die in meinem Kopf herumwirbeln, zu sortieren. Doch dann hebe ich meinen Kopf, damit ich ihn anschauen kann.

Was ich in seinen Augen erkenne, verschlägt mir die Sprache. Sein Blick hat sich gefährlich verdunkelt und gleitet gierig über meinen Körper.

Er entfacht ein Feuer in mir, das ich so extrem noch nie vorher verspürt habe. Ich weiß zwar nicht, wie ich es eindämmen soll, aber mir ist klar, dass ich es unter Kontrolle bringen muss.

»Was willst du?«, frage ich ihn ein weiteres Mal. Ich will die Worte aus seinem Mund hören, obwohl seine Taten keinen Zweifel an seinen Absichten lassen.

»Dich«, raunt er mir mit heiserer Stimme in mein Ohr.

Seine knappe und direkte Antwort überrascht mich, obwohl man von einem Mann wie Travis eigentlich nichts anderes erwarten darf. Vor allem dann nicht, wenn man ihm so eine Frage stellt.

Trotzdem hatte ich bis vor wenigen Sekunden noch die Hoffnung, dass er etwas anderes sagt, und es mir dadurch leichter macht.

»Ich bin kein Schoßhündchen«, erkläre ich ihm dennoch, nachdem ich mich kurz gesammelt habe. Ich überlege, ob ich noch hinzufügen soll, dass er sich in diesem Fall besser an eines seiner Anhängsel wenden soll, entschließe mich jedoch, diesen Teil für mich zu behalten.

Während ich spreche, trete ich einen Schritt zurück, um etwas Abstand zwischen uns herzustellen. Ich komme nicht weit, da ich schon nach wenigen Zentimetern die breiten Regale in meinem Rücken spüre. Meine Oma hat sie direkt gegenüber der Tür von rechts nach links einbauen lassen, und in ihnen bewahrt sie alles auf, was sie für den Haushalt braucht: Putzmittel, Konserven und Handtücher. Aber nicht nur das. Auch den Staubsauger, Wischeimer und Getränkekisten hat sie hier stehen.

Doch mich auf diese Dinge zu konzentrieren bringt nichts. Travis hat mich in seinen Bann gezogen, so dass ich ihm nicht ausweichen kann, und das in jeder Hinsicht.

»Das habe ich auch schon gemerkt, und ob du es mir glaubst oder nicht, aber das gefällt mir so an dir.«

Verwirrt hebe ich meine Augenbrauen ein Stück und betrachte ihn. Ich gebe ihm klar zu verstehen, dass ich keine Ahnung habe, wovon er spricht.

»Du sagst, was du denkst und lässt dir nicht auf der Nase herumtanzen. Aber vor allem liebst du deine Familie.«

Ich bin verblüfft über seine Feststellung. Wir kennen uns erst seit wenigen Minuten, aber trotzdem hat er die wichtigsten Punkte treffend zusammengefasst, als wären wir alte Freunde.

»Woher willst du das wissen?«, frage ich ihn in herausforderndem Ton. Es fällt mir schwer, ihm einfach zuzustimmen.

»Ich habe dich ein wenig beobachtet«, flüstert er und grinst mich dann an.

»Ach«, entfährt es mir mit schriller Stimme, obwohl ich das

gar nicht will. Erschrocken über den scharfen Ton schlage ich mir meine Hand vor den Mund.

Klar habe ich mitbekommen, dass er mich nicht aus den Augen gelassen hat, sonst wäre er mit Sicherheit nicht vor dem Badezimmer aufgetaucht. Ich habe aber nicht damit gerechnet, dass er es so gründlich getan hat.

*Wahrscheinlich hat er mich beobachtet, während ich mit Chrystal gesprochen habe.*

»Und irgendwie habe ich das Gefühl, dass du mich auch mehr als einmal angesehen hast«, fährt er fort.

»Wieso sollte ich verleugnen, dass ich das habe? Schließlich bist du der Einzige, den ich auf dieser Party nicht kenne«, erwidere ich in einem gleichgültigen Ton. Ich zucke mit den Schultern, als wäre das keine große Sache für mich. Normalerweise ist es das auch nicht, aber in diesem Fall ist es anders. Aus irgendeinem Grund ist es mir peinlich, dass er es mitbekommen hat. Aber bevor ich mir wie eine Zwölfjährige vorkommen kann, rufe ich mich wieder zur Ordnung.

»Zweimal«, korrigiert er mich und hält sogar die entsprechende Anzahl an Fingern hoch.

Seufzend verdrehe ich die Augen über seine Pedanterie.

»Willst du etwa von mir hören, wie unwiderstehlich du aussiehst? Falls ja, wirst du lange darauf warten müssen.« Während ich ihm die Worte um die Ohren haue, bin ich froh darüber, dass meine Schlagfertigkeit langsam wieder zurückkommt.

Sein leises Lachen erfüllt den Raum und ein wohliger Schauer läuft über meinen Rücken. Von dort breitet er sich über meinen ganzen Körper aus, so dass sich sogar meine Nippel aufrichten, bis sie schmerzen.

»Das heißt nicht, dass ich es niemals von dir hören werde. Ich kann warten.« Den herausfordernden Ton in seiner Stimme erkenne ich ganz genau.

»Eigentlich habe ich genau das gemeint«, kontere ich wütend. Ich bin sauer auf ihn, weil er anscheinend denkt, dass er nur mit den Fingern zu schnipsen braucht und ich sofort zu ihm eile. Aber wahrscheinlich ist das bei den meisten Frauen sogar der Fall.

Es dauert ein paar Sekunden, bis ich in der Lage bin, mich zu bewegen. Mein Kopf schreit mich an, dass ich verschwinden soll, und genau das versuche ich auch, ohne ihn zu berühren. Doch er stellt sich mir mitten in den Weg und macht keine Anstalten, mich vorbeizulassen. Selbst dann nicht, als ich ihm einen genervten Blick zuwerfe.

»Ich wette mit dir, dass du es dir noch in der nächsten Stunde anders überlegen wirst. Wie wäre es?«

»Eine Wette?«, frage ich ungläubig.

Travis sieht mich herausfordernd aus dunklen Augen an, so dass es mir schwerfällt, nicht zu offensichtlich zu schlucken.

»Wenn ich gewinne, wird es eine unvergessliche Nacht für dich«, erklärt er mir und schaut mich dabei herausfordernd an.

»Und was ist, wenn ich die Gewinnerin bin?«

»Dann werde ich dich in Ruhe lassen, sobald wir uns wieder über den Weg laufen. Wir werden uns einfach nett unterhalten und so tun, als wäre nichts passiert.«

»Falls ich dich daran erinnern darf, es ist auch nichts passiert.« Ich klinge nicht ganz so zuversichtlich, wie ich es mir wünsche.

*Es ist doch nichts passiert, oder? Das gerade war nur ein Kuss. Ich gebe auch meinen Schwestern mal einen Kuss, allerdings auf die Wange und ohne den Einsatz meiner Zunge …*

»Was sagst du?«, hakt Travis nach, nachdem ich noch nicht geantwortet habe.

»Das ist doch keine Wette«, antworte ich mit einem energischen Kopfschütteln.

»Wenn das so ist, dann hast du ja auch nichts zu verlieren.«

Ein freches Grinsen hat sich auf seine Lippen geschlichen. Nur zu gut kann ich mir vorstellen, was ihm gerade durch den Kopf geht. Er denkt, dass ich kneife.

»Okay, ich lasse mich darauf ein.« Ich muss zugeben, dass

mich bei seinen Worten die Kampfeslust gepackt hat. Alleine schon, um ihm zu zeigen, dass er nicht so unwiderstehlich ist, wie er denkt, und ich das größere Durchhaltevermögen habe.

»Ich möchte noch sagen, dass das total bescheuert ist.« Ich kann es einfach nicht lassen, ihm noch meine Meinung über diese Wette mitzuteilen. Als ich wieder in sein Gesicht schaue, erkenne ich, dass er mich zufrieden ansieht.

»Eine Stunde«, flüstert er, während er sich ein Stück zu mir neigt, einen vielversprechenden Ton in seiner Stimme, bei dem sich mir die Nackenhaare aufrichten. Automatisch habe ich ein Bild vor Augen, wie er mich dort berührt und mich küsst.

Auch wenn ich es vor ihm niemals zugeben würde, ist mir klar, dass die nächsten Minuten nicht leicht für mich werden. Denn alleine die Vorstellung davon, wie seine Lippen meinen Körper erkunden, sorgt dafür, dass ich feucht werde zwischen den Beinen. Aber das ist nicht mein einziges Problem. Ich bin mir sicher, dass er es weiß und es mir nicht einfach machen wird.

»Wo wir das jetzt geklärt haben, darf ich vorbei?«, frage ich ihn, ohne auf seine Worte einzugehen.

*Ich muss hier raus!*, schießt es mir durch den Kopf. Obwohl ich total durch den Wind bin, lasse ich es mir nicht anmerken, zumindest hoffe ich das. Stattdessen deute ich mit einem kurzen Kopfnicken auf die Tür, die sich hinter ihm befindet.

Travis schenkt mir noch ein letztes freches Grinsen. Doch dann macht er endlich einen Schritt nach links, so dass ich etwas Platz habe, um den Raum zu verlassen.

Trotzdem kann ich nicht genug Abstand zwischen uns bringen, als ich an ihm vorbeigehe. Mein Arm streift seinen, während ich versuche mich, so klein wie möglich zu machen. Auch wenn es nur für einen kurzen Moment ist, aber in dieser Zeit spielen meine Hormone verrückt.

Mein Herz setzt kurz aus und ich atme scharf und deutlich hörbar ein. Sogar die Geräusche, die vom Flur hereindringen, treten in den Hintergrund.

Nachdem ich die Tür erreicht habe, drehe ich mich herum und schaue kurz in seine Richtung. Die lockere und selbstsichere Haltung, mit der er noch immer an der gleichen Stelle steht, zeigt mir, dass er meine Reaktion auf unsere Berührung genau bemerkt hat. Stumm sagt er mir, dass ich das hier nicht gewinnen kann, und in diesem Moment habe ich die gleiche Befürchtung.

Aber da ist noch etwas anderes in seinem Blick, etwas, das ich nicht deuten kann, von dem ich mir aber sicher bin, dass es da ist.

Aus diesem Grund kostet es mich Überwindung, meine Augen von ihm abzuwenden, doch ich muss es tun. Wenn ich noch länger mit ihm in diesem kleinen Raum stecke, kann ich nicht dafür garantieren, mich weiterhin unter Kontrolle zu haben.

Mit zitternden Händen drücke ich die Klinke nach unten und öffne die Tür einen Spalt breit. So schnell wie möglich schlüpfe ich hindurch und betrete den Flur. Nachdem ich sie hinter mir geschlossen habe, bleibe ich stehen und atme mehrmals tief durch, aber es bringt nichts. Mein Verhalten hat nur zur Folge, dass mich einige Freunde meiner Großmutter und Eltern fragend ansehen.

*Wahrscheinlich denken sie, dass es mir nicht gutgeht*, überlege ich. Das könnte sogar der Fall sein, denn sonst hätte ich mich nie auf so eine bescheuerte Wette eingelassen. Und genau das ist sie. Bescheuert!

Ich suche mir einen Weg durch die Menge zurück ins Wohnzimmer. Dort bleibe ich nicht stehen, um mich zu unterhalten und somit abzulenken, sondern gehe auf die geöffnete Glastür zu und trete hinaus ins Freie.

Kaum habe ich die Terrasse erreicht, schlägt mir die warme Luft entgegen. Es weht nur ein leichter Wind, der aber auch nicht für Abkühlung sorgt.

Obwohl es langsam auf den Herbst zugeht, ist es noch immer warm. Aber das ist typisch für Los Angeles und einer der Gründe dafür, wieso ich die Stadt so liebe.

Für einen Moment bleibe ich stehen und schaue mich zwischen den Gästen um, die sich hier draußen befinden. Sie stehen im Schatten der umliegenden Bäume. Mein Vater hat heute Morgen auch noch ein paar große Sonnenschirme aufgestellt, so dass man es noch besser aushalten kann. Das Plätschern des kleinen Wasserfalls, der sich in den winzigen Teich im hinteren Teil des Gartens ergießt, dringt an meine Ohren.

Auch hier ist der Geräuschpegel ziemlich hoch, weil sich alle laut unterhalten, aber wenigstens ist es etwas angenehmer als im Haus. Außerdem hoffe ich, dass ich mich draußen ein wenig vor Travis verstecken kann und er mich zuerst im Haus suchen wird.

»Haley!«, ertönt in der nächsten Sekunde die Stimme meiner Tante hinter mir.

Nachdem ich mich in ihre Richtung gedreht habe, sehe ich, wie sie sich von ihren beiden Gesprächspartnern verabschiedet und zu mir kommt.

»Wie geht es dir?«, fragt sie mich, während sie mich für eine Umarmung an sich zieht.

Meine Tante und ihre Tochter Chrystal haben nichts gemeinsam. Während meine Cousine es darauf anlegt, allen das Leben so schwer wie möglich zu machen, ist ihre Mutter das genaue Gegenteil. Auch ihr Vater ist ihr nicht ähnlich, weswegen ich mich nicht zum ersten Mal frage, von wem sie das hat. Es gibt nicht einen Verwandten, der sich so hinterhältig verhält wie sie.

»Mir geht es gut«, antworte ich und lächle sie an.

»So siehst du auch aus. Aus euch dreien sind richtige Damen geworden. Ich sehe noch immer vor mir, wie ihr als Kinder bei uns im Pool gespielt habt. Ach, die Zeit geht einfach zu schnell vorbei. Aber deinen Eltern geht es da sicherlich nicht anders. Vor allem jetzt, wo deine Schwester vergeben ist, merkt man es noch mehr.«

»Ja, in der letzten Zeit hat sich bei uns sehr viel geändert.«

»Aber das ist gut. Ihr geht euren eigenen Weg, genauso soll es sein.«

Ich will gerade zu einer Antwort ansetzen, als ich eine federleichte Berührung an meinem Rücken spüre. Noch in der gleichen Sekunde drehe ich mich um und sehe Travis, der an mir vorbeigeht.

Er scheint mich nicht zu beachten, und hätten wir nicht gerade diese Unterhaltung in der Abstellkammer geführt, würde ich das sogar glauben, aber ich weiß es besser.

Während er an mir vorbeigeht, spüre ich seine Hand, wie sie kaum merklich über den dünnen Stoff meines Tops gleitet. Ein sehnsüchtiges Ziehen setzt in meinem Unterleib ein und die Schmetterlinge erwachen zum Leben.

Ich erwarte schon fast, dass er sich umdreht und etwas sagt, doch er geht stumm an uns vorbei, als wäre nichts gewesen. Während meine Tante noch etwas sagt, beobachte ich ihn, wie er sich zu Scott stellt, der sich gerade mit meinem Vater unterhält.

»Hast du Travis schon kennengelernt?«, fragt Mona mich nun und zieht somit meine Aufmerksamkeit wieder auf sich.

»Ja, er ist mir schon über den Weg gelaufen«, erkläre ich ihr. Ich versuche mir nicht anmerken zu lassen, dass wir uns in den letzten Minuten auch ein wenig nähergekommen sind.

»Ein netter junger Mann«, schwärmt sie.

*So würde ich das nicht unbedingt nennen*, denke ich, bin aber schlau genug, es für mich zu behalten. An ihren Worten erkenne ich, dass meine Tante genauso ein Fan von ihm ist wie unsere Oma. Und meine Mutter ist es wahrscheinlich auch, wobei er sich diesen Status dann mit seinem Freund Scott teilen darf.

»Und was ist mit dir? Willst du dir nicht einen Freund suchen und eine Familie gründen?«, fragt sie mich in der nächsten Sekunde.

»Ich bin auch ohne gerade ganz zufrieden, und für Kinder habe ich noch genug Zeit«, antworte ich.

»Sicher hast du das, so meinte ich das auch nicht«, verteidigt sie sich schnell.

»Ich weiß, ich nehme es dir auch nicht übel.«

Kaum habe ich ausgesprochen, erscheint ein erleichtertes Lächeln auf ihrem Gesicht.

»Irgendwann wirst du einen Mann treffen, der deine Meinung ändert.« Mit einem Grinsen im Gesicht zwinkert sie mir zu und nimmt einen Schluck aus ihrem Weinglas.

Bei ihren Worten schaue ich wie von alleine in die Richtung von Travis. Er steht noch immer bei meinem Dad und Scott. Für mich sieht es so aus, als würde er nicht sehr viel von der Unterhaltung mitbekommen, da er immer wieder zu mir sieht.

Ich komme nicht drum herum, zuzugeben, dass er heiß aussieht, wie er dort steht und aus seiner Bierflasche trinkt. Und alleine das ist mir schon Warnung genug, denn normalerweise braucht es sonst etwas mehr, damit mich ein Mann begeistert.

*Beruhige dich, Haley. Nur ein paar Minuten, mehr sind es nicht. Du musst ihm nur ein paar Minuten widerstehen.*

Mehrmals wiederhole ich diese Worte in meinem Kopf, doch ändern tut es nichts.

»Ihr drei könnt euch ruhig bei mir melden. Dieses Jahr wird Silvester ja bei uns gefeiert, vielleicht fallen euch ein paar Spiele ein, mit denen man sich die Zeit vertreiben kann.«

»Ich werde es den beiden ausrichten. Entschuldige mich, ich wollte mir gerade etwas zu trinken holen«, gebe ich zurück. Gleichzeitig zeige ich auf den Tisch, der hinter ihr steht und auf dem sich ein paar Flaschen Wasser befinden.

»Dann will ich dich nicht aufhalten, man sieht sich«, verabschiedet sich Mona von mir.

Mit diesen Worten geht sie an mir vorbei und betritt das Haus. Nachdem ich ihr kurz hinterhergesehen habe, laufe ich in die entgegengesetzte Richtung davon. Mit zielsicheren Schritten nähere ich mich den Getränken und nehme mir eine Flasche.

Die nächste halbe Stunde verläuft ereignislos. Ich bleibe draußen stehen und unterhalte mich mit ein paar Leuten, die mich schon seit meiner Geburt kennen. Währenddessen halte ich unbewusst immer wieder nach Travis Ausschau. Doch ich kann ihn nirgends entdecken. Auch mein Vater und Scott stehen nicht mehr dort, wo sie sich befanden, als ich aus dem Haus gekommen bin.

Das ändert aber nichts daran, dass ich mir sicher bin, dass Travis sich in meiner Nähe aufhält. Ich spüre, wie er mich beobachtet, da sich ein warmes Gefühl in mir ausbreitet.

»Hast du deine Schwester gesehen?«, fragt Scott mich, nachdem er neben mich getreten ist. »Ich muss gleich zum Training, und Melody wollte dabei sein«, fügt er noch hinzu.

Obwohl ich High Heels trage, ist Scott noch ein gutes Stück größer als ich, so dass ich meinen Kopf ein wenig heben muss, um ihn ansehen zu können. Ich habe ihn zwar noch nicht im Ring stehen sehen, aber ich kann mir vorstellen, dass seine Größe ein Vorteil für ihn ist.

»Vorhin war sie noch drinnen. Aber wo sie nun ist, weiß ich nicht«, erkläre ich ihm. Dabei setze ich einen entschuldigenden Gesichtsausdruck auf.

»Danke, dann werde ich mal schauen.« Mit diesen Worten will er mich wieder alleine lassen, doch noch bevor Scott sich entfernen kann, greife ich nach seinem Arm.

Überrascht dreht er sich zu mir um und sieht mich an.

»Kann ich dir irgendwie helfen?«

»Wie kommst du darauf?«, frage ich ihn, obwohl er mit seiner Frage direkt ins Schwarze getroffen hat.

»Du scheinst mir etwas nervös zu sein, und wenn Melody so drauf ist, liegt ihr immer irgendetwas auf dem Herzen.«

»Was weißt du über Travis?«, entfährt es mir, nachdem ich kurz darüber nachgedacht habe, ob ich ihm diese Frage stellen soll. Es ist nicht leicht für mich, die Worte über die Lippen zu bringen, und ich hoffe, dass er sich nicht erkundigt, wieso ich das wissen will.

Allerdings bin ich neugierig und will mehr über den Mann erfahren, mit dem ich so eine bekloppte Wette abgeschlossen habe.

»Wir sind zusammen zur Schule gegangen, kennen uns also

schon ewig«, erzählt er, obwohl es nicht einmal eine richtige Antwort auf meine Frage ist.

»Und wie ist er so?«, hake ich vorsichtig weiter nach.

Noch bevor ich ausgesprochen habe, schaut Scott mich mit einem Ausdruck in den Augen an, als wisse er genau, was in meinem Kopf vor sich geht. Automatisch beiße ich mir auf die Lippen und verfluche mich dafür, die Frage gestellt zu haben.

»Genauso wie er aussieht, in gewisser Weise ein Rebell. Er lässt sich von niemandem etwas sagen, aber wenn man ihn braucht, kann man sich auf ihn verlassen. Obwohl wir uns nun schon so lange kennen, habe ich ihn noch nie zweimal mit der gleichen Frau gesehen. Er wechselt sie wie seine Unterhosen und macht auch kein Geheimnis daraus. Der Fairness halber muss ich sagen, dass die Frauen das nicht zu stören scheint.«

»Du hattest doch auch vor meiner Schwester keine feste Beziehung«, erinnere ich ihn.

»Ja, das stimmt. Irgendwann trifft man einfach die Person, die es schafft, das zu ändern.«

Bei seinen Worten muss ich an das denken, was meine Tante noch vor wenigen Minuten gesagt hat. Irgendwann wird der richtige Mann kommen und alles ändern.

Schnell verbanne ich den Gedanken wieder und konzentriere mich auf unsere Unterhaltung.

Ich verspüre einen Stich der Eifersucht. Ich bin nicht eifersüchtig auf die Frauen, die mit Travis geschlafen haben, sondern auf Melody. Und das, obwohl ich nie eifersüchtig auf eine meiner Schwestern war.

Scott liebt sie, daran lässt er keinen Zweifel. Das ist auch der Grund, wieso wir ihn sofort ins Herz geschlossen haben. Er macht sie glücklich, und als ihre älteste Schwester will ich nichts anderes sehen. Aber ihre Beziehung hält mir auch vor Augen, was ich selbst nicht habe. Obwohl ich gerade noch gesagt habe, dass ich es nicht brauche, fühle ich mich unwohl.

Ich will gerade ansetzen, um etwas zu erwidern, als das Lachen von Chrystal an mein Ohr dringt. Mit ihrer schrillen Stimme übertönt sie locker die Unterhaltungen, die um uns herum geführt werden. Ich bin mir sicher, dass ihre Stimme Tote aufwecken könnte.

Doch bevor ich nachschauen kann, mit wem sie gerade spricht, redet Scott weiter. »Ich werde jetzt Melody suchen, und dann müssen wir auch schon los. Falls du Travis noch siehst, sag ihm, dass ich mich in den nächsten Tagen bei ihm melden werde«, verabschiedet er sich von mir.

»Alles klar, wird gemacht«, verspreche ich ihm und verabschiede mich dann. Scott dreht sich um und geht wieder in das Haus hinein und verschwindet so aus meinem Sichtfeld.

»Haley«, ertönt in der nächsten Sekunde die Stimme meiner Oma.

Suchend sehe ich mich um und entdecke sie, wie sie aus einer Gruppe heraustritt und zu mir kommt.

»Was kann ich für dich tun?«

»Ich habe dich schon gesucht. Zuerst dachte ich, dass du schon verschwunden bist, schließlich hat Melody sich ja auch gerade verabschiedet, weil sie den Knackarsch zum Training begleiten will. Aber du würdest nicht einfach gehen, ohne mir Auf Wiedersehen zu sagen.«

Als ich höre, wie sie Scott nennt, muss ich grinsen. »Ich werde mich aber auch gleich auf den Weg machen«, erkläre ich ihr, wobei mir wieder die Wette mit Travis einfällt.

Schnell werfe ich einen prüfenden Blick auf meine Uhr und stelle fest, dass die Stunde in wenigen Minuten vorbei ist. Und das wiederum heißt, dass ich mit einem ruhigen Gewissen verschwinden kann.

Es war von Anfang an klar, dass er nicht gewinnen kann, aber dass er es mir so leicht machen würde, damit hatte ich nicht gerechnet. Ich dachte, dass er sich wenigstens ein wenig anstrengt und etwas Einsatz zeigt. Ja, ich war davon ausgegangen, dass er immer wieder versuchen würde, mit mir zu flirten, oder mir verdeutlicht, was seine Nähe mit mir anstellt. Stattdessen habe ich ihn seit dem Gespräch mit meiner Tante nicht mehr gesehen.

Um ehrlich zu sein bin ich sogar ein wenig enttäuscht darüber.

*Aber wahrscheinlich hat er es sich einfach anders überlegt*, schießt es mir durch den Kopf. Schließlich gehört er zu den Männern, die nur einen Club betreten und schon von Frauen umzingelt sind.

»Die anderen verschwinden auch langsam«, gibt meine Oma nun von sich. Als ich mich ihr wieder zuwende, sehe ich, dass sie über den Garten blickt.

Erst jetzt fällt mir auf, dass er ein wenig leerer geworden ist und sich die Menge auch im Haus etwas gelichtet hat.

»Musst du morgen arbeiten oder hast du dir endlich mal ein paar Tage freigenommen?«, fragt sie mich.

Noch bevor sie ausgesprochen hat, erscheint bereits ein leichtes Lächeln auf meinem Gesicht. Schon seit Monaten liegt meine Oma mir damit in den Ohren, dass ich mir endlich mal etwas Urlaub gönnen soll. Aber in meinem Beruf ist das nicht so einfach, wie sie es sich vorstellt.

»Zurzeit ist viel zu tun, aber ich mache meinen Job auch gerne«, antworte ich.

»Es freut mich, dass dir deine Arbeit so gut gefällt. Das ist wichtig, doch genauso wichtig ist, dass man sich ein paar Tage Ruhe nimmt. Aber ich bin stolz auf euch, ihr habt euren Weg gefunden, nun müsst ihr ihn zu Ende gehen.«

Ich höre den Stolz in ihrer Stimme. Aber mir ist klar, dass sie nicht nur auf meine Schwestern und mich stolz ist, sondern auf all ihre Enkelkinder. Das schließt Chrystal mit ein, obwohl sie es einem nicht immer leicht macht.

Ich arbeite in einer Agentur, die Menschen, die in der Öffentlichkeit stehen, zu einem besseren Image verhilft. Das ist nun schon seit fast fünf Jahren so und ich liebe meinen Job noch genauso sehr wie am ersten Tag. Da ich immer mit anderen

Menschen und unterschiedlichen Problemen zu tun habe, wird es nicht langweilig, und darum geht es doch.

Geistesabwesend nehme ich wahr, dass meine Oma bereits weiterspricht, aber ihre Worte kommen nicht mehr bei mir an. Stattdessen zieht Chrystal erneut meine Aufmerksamkeit auf sich.

Langsam, fast schon genervt, drehe ich mich zu ihr um. Doch bereits in der nächsten Sekunde habe ich keine Ahnung, wie ich reagieren soll. Gerade lehnt sie sich ein Stück zur Seite, so dass ich ihren Gesprächspartner sehen kann; es ist Travis. Er erzählt irgendetwas, allerdings befinden sie sich zu weit von mir entfernt, als dass ich ihrer Unterhaltung folgen könnte.

Fassungslos und unfähig etwas zu unternehmen stehe ich wie vom Donner gerührt neben meiner Oma, die unbeirrt weiterredet. Zumindest glaube ich das, denn ich bin nicht in der Lage, auf sie zu reagieren.

Beim Anblick der beiden erstarre ich zur Salzsäule.

*Aber ist es nicht genau das, was ich wollte? Dass er sich eine andere sucht?*

Dabei hatte ich aber nicht an Chrystal gedacht und auch nicht, dass er es so schnell tun würde.

Lachend lehnt sie sich nach vorne und hat ihre linke Hand auf seinen Oberarm gelegt. Für meinen Geschmack ist sie ihm eindeutig zu nah.

Da ich sie schon ein paarmal beobachtet habe, wenn sie sich ein neues Opfer ausgesucht hat, weiß ich leider zu gut, wie sie sich verhält. Und das Theater, was sie gerade abzieht, bestätigt meine Vermutung.

Ich muss mir Mühe geben, damit meine Hände sich nicht zu Fäusten ballen. In diesem Moment würde ich sie am liebsten von ihm wegzerren und zu Boden werfen.

Dieses Verhalten wäre aber schon deswegen daneben, weil ich felsenfest gesagt habe, dass ich nichts von ihm will. Und dazu gehört auch, dass es mir egal ist, wenn er sich mit ihr unterhält.

Trotzdem bin ich nicht in der Lage mich abzuwenden. Eine Weile bleibe ich wie angeklebt stehen und beobachte sie. Ich presse meine Lippen aufeinander.

Immer wieder dringt Chrystals lautes Lachen an meine Ohren. Mit jeder Sekunde, die ich den beiden zusehe, wie sie sich unterhalten, werde ich wütender. Und die Tatsache, dass meine Cousine auf Tuchfühlung mit ihm geht, trägt den Rest dazu bei.

So ruhig wie möglich versuche ich weiterzuatmen und halte mir vor Augen, dass ich ihm eine Abfuhr gegeben habe. Wenn er sich nun Chrystal ausgesucht hat, ist es gut für mich. Schließlich wollte ich diese Wette gewinnen, und das habe ich wohl.

Er ist ein Idiot, und das ist das Letzte, was ich zurzeit in meinem Leben gebrauchen kann. Aber meine Cousine ist ein Biest, und das hat er auch nicht verdient. Kein Mann hat das verdient. Davon abgesehen gefällt mir die Vorstellung nicht, dass sie heute Abend in seinem Bett landen könnte.

»Schick sie zu mir«, erklärt meine Oma schließlich mit fester Stimme.

Erschrocken zucke ich kurz zusammen und schaue sie wieder an. Ich war so auf die beiden konzentriert, dass ich gar nicht mehr daran gedacht habe, dass meine Großmutter sie ebenfalls entdeckt haben könnte.

»Was?«, frage ich. So unauffällig wie möglich schüttle ich meinen Kopf und konzentriere mich wieder auf sie.

»Ich weiß, wer da hinter mir steht. Chrystal ist ja schließlich nicht zu überhören. Das war sie schon als Kind nicht. Schick deine Cousine zu mir, ich werde sie schon für ein paar Minuten ablenken können. In der Zeit kannst du mit ihm verschwinden.« Bei diesen Worten zwinkert sie mir kurz zu.

Obwohl mich ihre Worte eigentlich nicht überraschen dürften, bin ich es doch. Schließlich hat sie mir gerade mehr oder weniger gesagt, dass ich mit ihm schlafen soll.

»Und woher willst du wissen, dass ich das will?«

Kaum habe ich die Frage ausgesprochen, sieht meine Oma

mich an, als würde sie mich fragen wollen, ob ich meine Worte wirklich ernst gemeint habe.

»Kindchen, ich habe Augen im Kopf, und ich hatte ein Leben vor deinem Großvater, auch wenn deine Mutter es wahrscheinlich nicht glaubt.« Bei diesen Worten verdreht sie ein wenig die Augen, was mich zum Lachen bringt. »Ich weiß also, wie eine eifersüchtige Frau aussieht. Würdest du es nicht wollen, würdest du nicht so reagieren.«

»Und wie reagiere ich?«

»Als würdest du ihr gleich an den Hals springen, um ihr ernsthaften Schaden zuzufügen.«

»Was würde Chrystal eigentlich dazu sagen, wenn sie wüsste, dass du dich immer auf unsere Seite schlägst? Nicht, dass ich darüber traurig bin.«

»Glücklich wäre sie nicht darüber, aber ich kann mir nicht vorstellen, dass sie es nie mitbekommen hat. Ich finde es nur fair, dass ich ein wenig dazwischengehe, wenn sie wieder einmal wild um sich schießt.«

Ein paar Sekunden bleibe ich noch stehe, bevor ich nicke und so meine Zustimmung gebe.

»Okay«, murmle ich, gehe an ihr vorbei und steuere auf die beiden zu.

Während ich mich ihnen nähere, fixiere ich Chrystal. Ich beobachte sie, wie sie sich zu ihm lehnt, so dass ihre großen Brüste beinahe in sein Gesicht springen. Dass sie überhaupt noch in ihrem Oberteil stecken ist ein Wunder; ihr Top ist so eng, dass oben beinahe schon alles herausquillt.

Obwohl ich keinen Grund habe auf sie sauer zu sein – schließlich weiß sie nichts von der Wette – würde ich ihr in diesem Moment am liebsten die Augen auskratzen. Genauso wie es unsere Oma noch vor wenigen Sekunden gesagt hat.

»Chrystal«, unterbreche ich ihren Redefluss mit meiner freundlichsten Stimme und lächle sie an.

Mein Herz rast und mein Körper zittert ein wenig, so dass

ich meine rechte Hand in der Hosentasche vergrabe, um es mir nicht anmerken zu lassen. Ich lächle meine Cousine unschuldig an und lasse sie nicht aus den Augen. Für einen kurzen Moment sieht sie mich an, als würde sie mich fragen wollen, ob ich sie noch alle habe. Doch sie hat sich schnell wieder im Griff, so dass ich nicht glaube, dass Travis davon etwas mitbekommen hat.

»Was ist?«, fragt sie mich ebenso freundlich. Aber ich kenne sie lange und vor allem gut genug, um zu wissen, dass sie mir gerade die Pest an den Hals wünscht.

Ihre Augen funkeln wütend und ihr Kiefer ist angespannt. Sie will mir Angst machen, aber da es nicht das erste Mal ist, dass sie das versucht, reagiere ich nicht darauf. Um genau zu sein habe ich das noch nie.

»Oma möchte mit dir sprechen. Sie meinte, dass es etwas Wichtiges wäre, mehr hat sie nicht gesagt«, erkläre ich ihr und zeige in die Richtung unserer Großmutter. Als ich ebenfalls zu ihr schaue, sehe ich, dass sie uns zuwinkt. »Und da ich gerade reinwollte, habe ich ihr angeboten, dass ich dir Bescheid gebe.«

»Jetzt?«, fragt Chrystal mit schriller Stimme, von der mir die Ohren klingeln.

»Sie hat es vorhin schon versucht, aber du warst immer beschäftigt, und da wollte sie dich nicht stören«, antworte ich ihr und zucke mit den Schultern.

»Aber ich unterhalte mich gerade«, kontert sie und zeigt auf Travis.

»Wahrscheinlich hat sie Angst, dass ihr nachher keine Zeit mehr bleibt, wenn sich alle verabschieden.« Ich bin mir sicher, dass man mir die Ungeduld genau anhört. Normalerweise ist Chrystal eine Person, die sofort springt, wenn ihre Mutter oder unsere Großmutter nach ihr rufen.

Sie schaut zu Travis, der neben uns steht und seine Augen immer wieder zwischen uns hin- und herwandern lässt. Er hat ein freches Grinsen aufgesetzt, das mir zeigt, dass er ganz genau weiß, was ich bezwecke.

Aber gerade ist mir das egal. In diesem Moment kann und soll er doch denken, was er will. Würde er meine Cousine besser kennen, würde er sich auf Knien dafür bei mir bedanken. Aber wahrscheinlich hätte er in dem Fall von Anfang an einen riesigen Bogen um sie gemacht.

»Na gut«, grummelt Chrystal schließlich.

Ihr Ton und ihre Körperhaltung, die sich in den letzten Sekunden deutlich angespannt hat, geben mir zu verstehen, dass sie nicht erfreut darüber ist. Allerdings interessiert mich das nicht, vor allem wenn ich daran denke, wie viel Ärger sie uns seit Jahren bereitet hat.

Wenn es darauf ankommt, kann ich genauso sein wie sie.

Meine Cousine fährt sich durch die Haare und seufzt leise. Immer wieder schaut sie erst zu Travis und dann zu mir. Wahrscheinlich erwartet sie, dass ich ihr sage, dass sie ruhig hier bei ihm stehenbleiben kann, aber das werde ich nicht tun.

Schließlich dreht sie mir den Rücken zu und beachtet mich nicht mehr. »Ich bin gleich wieder da, nicht weglaufen«, trällert sie Travis zu und tätschelt seinen Arm. Dieser antwortet aber nicht. Lediglich ein kleines Nicken schenkt er ihr, mit dem er ihr zeigt, dass es für ihn in Ordnung ist.

»Das würde mir im Traum nicht einfallen«, ergänzt er, nachdem Chrystal sich noch kein Stück bewegt hat und auf eine Antwort wartet.

Als er mich ansieht, erkenne ich in seinen Augen, dass er seine Worte nicht ernst meint. Er würde von hier verschwinden, wenn ich ihm einen Grund dafür gebe.

Chrystal scheint davon aber nichts bemerkt zu haben, denn im nächsten Moment dreht sie sich so schwungvoll zur Seite, dass sie mich beinahe umwirft.

Ohne noch etwas zu sagen entfernt sie sich von uns, wobei sie ihre Hüften bei jedem Schritt von rechts nach links gleiten lässt.

»Bilde dir darauf nichts ein. Meine Cousine ist hinterhältig und verlogen, das hast nicht einmal du verdient«, erkläre ich ihm, bevor er etwas sagen kann. Ich hoffe, dass ich ihm damit den Wind aus den Segeln genommen habe. In der nächsten Sekunde merke ich jedoch, dass das Gegenteil der Fall ist

»Nicht einmal ich?« Meine Worte scheinen ihn wirklich gekränkt zu haben, aber ich gehe nicht weiter darauf ein.

Anstatt einer Antwort nicke ich nur leicht.

»Warum machst du es dir selber so schwer?«, fragt er mich schließlich, nachdem er mich nachdenklich betrachtet hat.

Überrascht schaue ich ihn an. »Ich mache es mir schwer?«

»Gib doch einfach zu, dass du mich willst. Dann könnten wir den ganzen Mist hier überspringen und eine unvergessliche Nacht zusammen verbringen. Und wenn ich unvergesslich sage, dann meine ich das auch so.«

Am liebsten würde ich ihm um die Ohren hauen, dass er nicht so überheblich sein soll. Die Worte kommen mir aber nicht über die Lippen, da er recht hat. Ich will ihn. Das wollte ich schon, als ich ihn zum ersten Mal gesehen habe.

Da ich nie auf der Suche nach einer festen Beziehung war, hatte ich schon den einen oder anderen One-Night-Stand. Deswegen weiß ich selber nicht, wieso ich mich überhaupt so ziere. Aber er hat irgendetwas an sich, was mich unsicher werden lässt.

In seiner Gegenwart fühle ich mich verletzlich, weil ich mich nicht vor ihm verstecken kann. Anhand meiner Worte, meiner Taten weiß er genau, was ich bezwecke oder was ich gerade denke.

Fieberhaft suche ich nach einer guten Antwort. Doch bevor ich sie gefunden habe, sehe ich, wie er seine Hand hebt. Zärtlich lässt er sie über meinen Arm nach oben wandern, bis er meinen Hals erreicht hat.

Scharf atme ich ein und versuche mir nichts anmerken zu lassen. Im gleichen Moment schaue ich in seine Augen und weiß, dass es mir nicht gelungen ist.

Während sein Blick meinen nicht loslässt, kommt sein Gesicht mir immer näher. Ich konzentriere mich nur noch auf ihn.

Die Geräusche um uns herum rücken in den Hintergrund, bis ich sie kaum noch wahrnehme.

Sein Mund bleibt nur wenige Zentimeter von meinem entfernt stehen.

Mir ist bewusst, dass wir uns noch immer auf der Feier meiner Großmutter befinden und uns jeder beobachten kann. Trotzdem bin ich nicht in der Lage, mich von ihm zu entfernen. Wenn es um Travis geht, habe ich keinen freien Willen mehr.

»Vielleicht hilft es dir ja, wenn ich den Anfang mache«, flüstert er mit fester und gleichzeitig verspielter Stimme.

»Den Anfang?«

»Ich will dich. Ich will, dass dein Stöhnen mein Schlafzimmer erfüllt. Ich will, dass du meinen Namen schreist, wenn du kommst. Ich will dich überall berühren und wissen, wie es ist, wenn du dich um mich herum zusammenziehst.« Seine Worte sind nicht mehr als ein Raunen, so dass nur ich ihn verstehen kann. Seine dunkle und gefährliche Stimme sorgt dafür, dass mir ein Schauer über den Rücken läuft und meine Nippel schmerzen, so sehr sehnen sie sich nach seiner Berührung.

»Travis«, entgegne ich tonlos, während sich meine Gedanken überschlagen. »Das ist keine gute Idee.«

»Wieso?«

*Ja, wieso?* Das ist die Frage, auf die ich selbst keine genaue Antwort weiß.

Mir kommt es wie eine Ewigkeit vor, in der wir nichts sagen. Ich schaue ihn bloß an, während er mich mit einem höllisch sexy Grinsen beobachtet, das meine Knie weich werden lässt.

Mir ist klar, dass ich mich schnell entscheiden muss. Gleich wird Chrystal wieder auftauchen und dann ist meine Chance vertan.

*Was habe ich schon zu verlieren?*

Ich muss Scott ja schließlich nicht auf die Nase binden, dass ich eine weitere Kerbe im Bettpfosten seines Schulfreundes bin. Und ich kann nur hoffen, dass Melody das auch nicht tut.

Ein letztes Mal atme ich tief durch und schaue mich nach allen Seiten um, bevor ich mich wieder zu ihm drehe.

»Küss mich«, flüstere ich und blicke unverwandt in seine Augen. Ich lasse keinen Zweifel daran, dass ich das wirklich will, dass ich ihn will. In diesem Moment ist der letzte Rest meiner Selbstkontrolle verschwunden, und ich pfeife darauf, dass ich diese Wette eigentlich gewinnen wollte.

»Du hast keine Ahnung, wie sehr ich das will und wie oft ich das in den nächsten Stunden machen werde, und zwar überall, aber nicht hier. Wir treffen uns in zehn Minuten vor dem Haus«, antwortet er mir und streicht ein letztes Mal mit seiner Handfläche über mein Gesicht. Wie von alleine schließen sich meine Augen, so sehr genieße ich seine Berührung.

Als ich sie wieder öffne, lächelt er mich an, dreht sich um und verschwindet.

Verblüfft schaue ich ihm nach. Ich hatte nicht erwartet, dass er mich hier einfach stehen lässt. Eigentlich hatte ich gehofft, dass er mich hinter sich herschleift, bis wir in seinem Haus stehen.

Unfähig mich zu bewegen bleibe ich an Ort und Stelle stehen und sortiere meine Gedanken. Langsam wird mir klar, worauf ich mich da eingelassen habe, aber ich bereue es nicht.

Ich kann sogar sagen, dass ich Vorfreude empfinde. Vorfreude auf das, was mich erwartet.

Ein paar Minuten später habe ich mich von meiner Großmutter verabschiedet und meinen Eltern versprochen, dass ich mich in den nächsten Tagen bei ihnen melden werde.

Hibbelig laufe ich auf dem Gehweg vor dem Haus hin und her. In den letzten Sekunden habe ich mehrfach auf die Uhr geschaut und jedes Mal wurde mir schlechter.

*Hat Chrystal ihn abgefangen?*, frage ich mich und werfe einen Blick auf das Haus meiner Großmutter. Leider muss ich sagen, dass ich es ihr zutrauen würde.

Doch kaum habe ich meinen Gedanken beendet, merke ich,

wie die Tür sich öffnet. Ich drehe mich komplett herum und sehe, dass Travis im Türrahmen erscheint. Bei seinem Anblick stockt mir der Atem. All meine Nerven, jeder Zentimeter meines Körpers richtet sich auf ihn aus, fast so, als würde sich meine Welt nur um ihn drehen.

Ich beobachte ihn, wie er mit geschmeidigen Bewegungen auf mich zukommt.

»Warum so nervös?«, fragt Travis mich, als er so nah vor mir steht, dass wir uns beinahe berühren.

Sein Geruch steigt mir in die Nase und lässt die Schmetterlinge in meinem Bauch hochfliegen. Bei jedem Atemzug berührt meine Brust ihn.

»Das bin ich nicht«, antworte ich trotzdem und hoffe, dass er mir die Lüge abkauft.

»Wenn du meinst«, gibt er skeptisch zurück, nachdem er mich angesehen hat. In der nächsten Sekunde spüre ich seine Lippen auf meinen.

Es geht alles so schnell, dass ich überhaupt keine Zeit habe zu reagieren. Ich hebe meine Arme, so dass ich mich mit den Fingern in seiner Jacke festkrallen kann.

Der Kuss ist heiß und leidenschaftlich. Seine Zunge streicht über meine Lippen, die ich sofort bereitwillig öffne. Unsere Zungen beginnen einen sanften Tanz miteinander. Ein leises Stöhnen entfährt mir, während ich ihn näher an mich heranziehe.

Es dauert ein paar Sekunden, aber mir wird klar, dass wir auf der Straße stehen, weswegen ich mich ein Stück von ihm trenne.

Völlig außer Atem ringe ich nach Luft und spüre, dass Travis' Hände immer noch auf meinen Hüften liegen. Mit festem Griff hält er sie umklammert und gibt mir so zu verstehen, dass er es sich nicht anders überlegt hat.

»Ich gebe zu, dass ich nicht vorhatte, schon auf der Straße über dich herzufallen. Aber ich fand es einfach zu süß, wie du da so standst.«

»Wie stand ich denn da?«, hake ich nach.

»Nervös und verträumt.«

Ich will gerade etwas erwidern, als er mich loslässt und stattdessen nach meiner Hand greift. Ohne ein weiteres Wort setzt er sich in Bewegung und führt mich über den Rasen auf eine Hofeinfahrt zu.

Mit schnellen Schritten folge ich ihm zum Nachbarhaus. Zusammen gehen wir den Weg durch den Vorgarten entlang und schließlich die drei Treppen nach oben, die auf die Terrasse führen, die sich vor dem Haus befindet.

Kurz schaue ich mich um und bemerke, dass hier keine Blumen wachsen. Auch sonst gibt es keine persönlichen Gegenstände, was ich aber darauf schiebe, dass er noch nicht lange hier wohnt.

Schließlich gehören solche Sachen nicht unbedingt zu den ersten, die man sich anschafft.

Als ich meinen Kopf wieder in seine Richtung drehe, erkenne ich, dass er mich aufmerksam betrachtet. Er gibt nichts von dem preis, was gerade in ihm vor sich geht.

»Was?«, frage ich ihn ein wenig skeptisch und ziehe eine Augenbraue nach oben.

»Nichts.« Mehr sagt Travis nicht, sondern steckt die Hand in die Hosentasche und zieht sie sofort wieder hervor.

Mit einem verschmitzten Grinsen im Gesicht lässt er den Hausschlüssel von seinem Finger baumeln.

»Komm«, fordert er mich auf und dreht sich wieder der Tür zu.

Als ich ihn dabei beobachte, wie er den richtigen Schlüssel in das Schloss steckt, sehe ich, wie seine Muskeln bei jeder Bewegung arbeiten. Sogar durch seine Lederjacke kann ich erkennen, wie durchtrainiert er ist.

Um nicht meinen Verstand zu verlieren, schaue ich wieder auf die Tür, die in diesem Moment aufspringt. Nachdem er sie ganz geöffnet hat, trete ich näher. Ich mache ein paar Schritte in das Innere des Hauses und schaue mich um.

Die Aufteilung ist genauso wie bei meiner Oma. Auf der linken Seite befindet sich der Abstellraum und auf der rechten Seite etwas versetzt das kleine Gästebad. Zum richtigen Badezimmer kommt man durch einen separaten Flur, der aus dem Wohnzimmer abgeht.

An der rechten Wand erkenne ich ein paar Bilder, die dort verteilt hängen. Ohne auf Travis zu achten gehe ich zu ihnen und betrachte sie. Auf den Fotos ist Travis von Frauen umringt, nur im Hintergrund erkenne ich ein paar Männer. Er steht neben einem Motorrad oder neben schicken Sportwagen und grinst stolz in die Kamera. Kurz schaue ich sie an und komme nicht drum herum, mich zu fragen, mit wie vielen dieser Frauen er geschlafen hat.

Doch bevor diese Frage dafür sorgt, dass ich mich direkt wieder umdrehe und das Haus verlasse, gehe ich weiter den lichtdurchfluteten Flur entlang, bis ich im Wohnzimmer stehe. Es ist gemütlich eingerichtet, mit hellen Möbeln. Auf dem Sofa befinden sich mehrere Kissen und eine Decke, die dafür sorgen, dass man sich am liebsten sofort hinlegen möchte.

Der Fernseher ist an der Wand gegenüber angebracht und umgeben von Hängeschränken, in denen sich Zeitschriften, Shot-Gläser und ein paar gerahmte Urkunden befinden.

Langsam drehe ich mich zu Travis um und werfe ihm einen fragenden Blick zu.

»Ich gebe zu, dass ich nicht oft hier bin, aber wenn ich es bin, will ich es ordentlich haben«, erklärt er mir.

»Und ich gebe zu, dass ich damit nicht gerechnet habe. Ich dachte eher an eine typische Junggesellenbude, wie sie Studenten haben. Aber ich muss sagen, dass es mir hier gefällt.«

Für einen kurzen Moment sieht er aus, als wäre er erleichtert über meine Worte. Doch dann erfüllt sein heiseres Lachen den ansonsten stillen Raum, und ich bin mir nicht mehr so sicher, ob ich das wirklich gesehen habe.

»Ich stecke eben voller Überraschungen.«

Mit diesen Worten greift er nach meiner Hand und zieht mich ruckartig an seine Brust. Als nächstes dreht er sich mit mir, so dass ich die Wand in meinem Rücken spüre, während sein Mund meinen findet und sie sich zu einem leidenschaftlichen Kuss verbinden.

# 3

Lust und Verlangen durchfahren meinen Körper und lassen mich keuchend zurück. Seine Hände gleiten über meine Haut und setzen jeden Zentimeter in Brand, den sie berühren. Es fühlt sich an, als würde ich jeden Moment meinen Verstand verlieren, so viele Empfindungen setzt er in mir frei.

Travis streicht über meinen Bauch und fährt quälend langsam mit den Händen unter mein Oberteil. Sanft bewegt er eine Hand nach oben und legt damit immer mehr Haut frei. Als er meinen BH erreicht, lässt er seinen Zeigefinger über die Bügel gleiten. Als nächstes fahren seine Finger nach hinten, um den Verschluss zu öffnen.

Kaum hat er die beiden Enden voneinander gelöst, zieht er mir mein Oberteil und den BH über den Kopf und lässt beides achtlos auf den Boden fallen. Sein begehrender Blick wandert über meinen Oberkörper und macht mich atemlos. Meine Nippel richten sich auf und wollen ihn auf sich aufmerksam machen, während meine Brüste schwer werden.

Ich sehne mich danach, dass er meine Brustwarzen in den Mund nimmt und mit seiner Zunge umkreist. Allein der Gedanke daran, wie es sich anfühlen könnte, sorgt dafür, dass mir ein Stöhnen über die Lippen kommt.

Ein wissender Ausdruck macht sich in seinen Augen breit. Erst dann senkt er seinen Kopf ein Stück und kommt meinem unausgesprochenen Wunsch nach. Er legt seine Lippen darüber und zieht meine Nippel tief in seinen Mund.

Automatisch greifen meine Finger in seine Haare, so dass ich ihn dort gefangen halten kann. Während er an der linken Brust saugt und leckt, fährt sein Daumen immer wieder sanft über die rechte, und umgekehrt. Es fühlt sich phantastisch an, so von ihm verführt zu werden.

Stöhnend halte ich mich an ihm fest, da ich die Befürchtung habe, dass sonst meine Beine jederzeit unter mir nachgeben. Ich spüre, wie mein Höschen immer feuchter wird.

Als er sich von mir löst, sind seine Augen noch dunkler als zuvor, falls das überhaupt möglich ist. Begierig schaut er mich an, was dafür sorgt, dass ich mir auf die Lippen beiße.

Ich greife nach seiner Jacke, die er noch immer trägt, ziehe sie ihm über die Schultern und lasse sie neben meinem Oberteil zu Boden fallen. Ungeduldig mache ich mich an seinem Shirt zu schaffen, so dass sein muskulöser Bauch und die durchtrainierte Brust zum Vorschein kommen.

Während ich ihn davon befreien will, bemerke ich auf der rechten Schulter ein Tattoo, das sich über die ganze Seite erstreckt. Doch da es sich auch über seinen Rücken zieht, kann ich leider nicht erkennen, was es ist.

Meine langen Fingernägel kratzen über seine Haut und hinterlassen rote Spuren. Diese sind ein weiterer Beweis dafür, dass er gerade nur mir gehört, genauso wie ich ihm.

Travis senkt erneut seinen Kopf, um mir mit der Zungenspitze über meine Halsschlagader zu fahren. Ein Zittern überkommt mich, so dass ich meinen Körper nicht mehr unter Kontrolle habe.

»Komm mit«, flüstert er in mein Ohr, wobei seine Lippen meine Haut berühren.

Er nimmt mich an die Hand und verschränkt seine Finger mit meinen. Ein seltsames Gefühl überkommt mich. Ich schiebe es aber schnell beiseite, als er mich die Treppe nach oben führt und dort auf eine der Türen zuhält. Irgendwie fühlt es sich merkwürdig an, halbnackt durch sein Haus zu schleichen. Merkwürdig, aber trotzdem erregend.

Vor einer der Türen bleibt Travis stehen, dreht sich zu mir um und zieht mich ruckartig an seinen harten Körper. Erneut erobert sein Mund den meinen, dann umfasst er meinen Po und hebt mich hoch, so dass ich erschrocken meine Beine um seine Hüften schwinge.

Zusammen betreten wir das Zimmer. Kurz schaue ich mich um und sehe, dass es das Schlafzimmer ist. In der nächsten Sekunde lässt er mich los, und ich komme vor ihm zum Stehen. Er drängt mich ein paar Schritte rückwärts, bis ich die Kante des Bettes in meinen Kniekehlen spüre.

Doch als ich mich rückwärts darauf fallen lassen will, hält er mich an der Hüfte fest und schüttelt den Kopf. Ohne mich aus den Augen zu lassen macht er sich an dem Gürtel meiner Hose zu schaffen. Nachdem er auch den Knopf meiner Jeans geöffnet hat, schiebt er sie mir über den Hintern nach unten, bis ich sie mir zusammen mit den High Heels von den Füßen streifen kann.

Travis tritt einen Schritt zurück und begutachtet mich. Ich trage nur noch mein knappes Höschen, doch das verbirgt nicht allzu viel.

»Leg dich hin«, raunt er mir mit gefährlicher Stimme zu. Diese sorgt dafür, dass sich eine Gänsehaut auf meinem Körper bildet und meine Brustwarzen sich noch schmerzlicher nach ihm sehnen. Aber auch meine feuchte Mitte pocht und will seine Aufmerksamkeit.

Zögerlich komme ich seinem Befehl nach. Kaum hat mein Kopf das weiche Kissen berührt, neigt er sich ein Stück nach vorne und greift nach meinem Tanga. Mit einer flinken Handbewegung zieht er ihn mir von den Beinen, so dass ich vollkommen entblößt und mit gespreizten Beinen vor ihm liege.

Obwohl ich sehe, wie er sich wieder nach vorne beugt, kann ich mich nicht auf die Empfindungen vorbereiten, die er in mir wachruft, als er seine Lippen in der nächsten Sekunde auf meine heiße und geschwollene Mitte drückt.

Ein lautes Stöhnen entfährt mir und mit den Fingern suche ich nach Halt. Sie krallen sich an der Decke fest, während mein Rücken sich durchbiegt und ich ihm auf diese Weise noch näher komme.

Bereits nach wenigen Sekunden fühlt es sich an, als würde ich den Verstand verlieren. Immer weiter verwöhnt er mich. Als er schließlich zwei Finger in mich hineinschiebt, habe ich keine Kontrolle mehr über meinen Körper.

Meine Muskeln spannen sich an und ich schreie immer wieder seinen Namen, so dass ich mir fast sicher bin, dass der Besuch meiner Großmutter es hören kann. Aber das ist mir egal, in diesem Moment bin ich nicht fähig, an mich zu halten.

Immer weiter drücke ich mich an ihn, da ich nicht will, dass dieser Orgasmus jemals endet. Ich will noch viel mehr von diesem intensiven Gefühl.

Es scheint eine Ewigkeit zu vergehen, bis ich wieder zu mir komme und in der Lage bin, mich zu bewegen. Als ich zu Travis schaue, erkenne ich, dass er mich aufmerksam betrachtet. Nicht eine Regung in meinem Gesicht entgeht ihm.

»Das will ich noch viel öfter hören«, erklärt er zufrieden.

Seine Ankündigung raubt mir für den Bruchteil einer Sekunde den Atem. Doch ich habe mich schnell wieder im Griff und hoffe, dass er es nicht gemerkt hat.

»Dann komm her«, fordere ich ihn auf. Ich unterstreiche meine Worte noch, in dem ich Travis mit dem Zeigefinger zu verstehen gebe, dass ich nicht länger alleine sein will.

Travis entledigt sich seiner Hose und seiner Boxershorts, ehe er langsam auf mich zukommt. Während er zu mir auf das Bett klettert, kann ich meine Augen nicht von seinem steifen Schwanz abwenden, der vor ihm in die Luft ragt. Er ist riesig und dick und verlangt danach, dass ich ihn berühre.

Meine Gedanken werden von dem Wunsch beherrscht, ihn so schnell wie möglich in mir spüren.

Ich beobachte seine raubtierhaften Bewegungen, als er sich

neben mich legt und zärtlich über meinen Bauch und meine Brüste streicht. Einen kurzen Moment erlaube ich mir, diese Berührung zu genießen.

Er lässt von mir ab und holt in der nächsten Sekunde ein Kondom aus der Nachttischschublade, welches er sich schnell überzieht. Nachdem er sich mir wieder zugewandt hat, betrachte ich ihn noch kurz, doch dann setze ich mich rittlings auf ihn und drücke ihn so auf die Matratze.

Mir ist klar, dass er stärker ist als ich und unsere Position jederzeit ändern könnte, aber es verleiht mir ein Gefühl der Macht, dass er meinem Wunsch nachkommt.

Travis lässt ein wenig seine Hüften kreisen, so dass ich fühlen kann, wie seine Spitze sich an meiner empfindlichen Stelle reibt. Ihn dort zu spüren fühlt sich so überwältigend an, dass ich kurz meine Augen schließen muss. In diesem Moment umgreift er meinen Hintern, hebt ihn ein Stück nach oben und lässt mich dann auf sich sinken.

»Travis«, stöhne ich, als er immer wieder aufs Neue in mich eindringt.

Seine Hände umfassen meine Brüste, kneten sie und streicheln meine Nippel. Seine Bewegungen werden immer fester und wilder. Bei jedem Stoß komme ich ihm entgegen, um ihn noch tiefer in mich aufzunehmen.

Schon bald spüre ich den vertrauten Druck, der sich in mir aufbaut.

Travis treibt mich immer weiter, bis ich komme. Um mich herum verschwindet alles, und mein Kopf fühlt sich leer an.

Wenige Sekunden später kommt auch Travis. Er pumpt seinen Samen in mich und keucht immer wieder meinen Namen.

Erschöpft und völlig außer Atem lasse ich mich auf seine Brust sinken, nachdem ich wieder ein wenig zu mir gekommen bin. Wir schwitzen beide, doch das nehme ich nur am Rande wahr.

Vorsichtig legt er mich neben sich auf den Bauch und streicht zärtlich von meinem Hals bis zu meinem Hintern und wieder hinauf. Dies macht er einige Minuten.

Genießerisch schließe ich meine Augen.

»Ich habe dir doch gesagt, dass es unvergesslich wird. Und die Nacht hat gerade erst angefangen«, raunt er so leise in mein Ohr, dass ich seine Worte kaum verstehen kann.

Dennoch öffne ich meine Augen ein Stück und schaue ihn nachdenklich an. Ich weiß nicht, was er noch mit mir vorhat, aber dieses eine Mal wird mir auf jeden Fall für immer im Gedächtnis bleiben.

Müde und verschlafen öffne ich meine Augen und versuche mich zu orientieren. Wegen der Dunkelheit, die um mich herum herrscht, erkenne ich nicht viel. Das einzige Licht, was hereinscheint, kommt von der Laterne, die auf der Straße vor dem Zimmer steht und dieses nur spärlich beleuchtet.

Schließlich habe ich mich so weit an meine Umgebung gewöhnt, dass nun auch die leisen und gleichmäßigen Atemgeräusche von Travis an mein Ohr dringen. Vorsichtig, um ihn nicht zu wecken, drehe ich mich herum und betrachte ihn.

Er schläft tief und fest, wobei ihm die Decke, mit der er uns nach dem dritten Mal zugedeckt hat, bis zu den Hüften gerutscht ist. Aus diesem Grund kann ich seinen Oberkörper betrachten, der mit den dunklen Schatten auf seiner Haut noch verführerischer aussieht.

Travis scheint fast nur aus Muskeln zu bestehen. Sein Kreuz ist breit und die Brust und der Bauch sind gut definiert.

Ich spüre, wie meine Muskeln sich melden, da ich nicht einmal ansatzweise so gut trainiert bin wie er. Aber es ist ein angenehmer Schmerz, der mich daran erinnert, was wir in den letzten Stunden miteinander getrieben haben. Nicht, dass ich das vergessen könnte.

Obwohl ich schon unzählige Male mit einem Mann geschlafen habe, war es diesmal anders, aber im Guten. Travis war wild und einfühlsam zugleich. Geschickt hat er dafür gesorgt, dass ich nach mehr bettle, obwohl ich bereits das Gefühl hatte, dass ich nicht mehr kann.

Bei der Erinnerung kommt ein leises Seufzen aus meinem Mund.

Auf der Suche nach einer Uhr schaue ich mich im Zimmer um. Schließlich entdecke ich einen Radiowecker neben ihm auf dem Nachttisch, auf dem ich die hellen Zahlen lesen kann.

Drei Uhr morgens.

Obwohl er sich in den letzten Stunden alles genommen hat, was ich zu geben habe, kann ich nicht mehr schlafen.

Normalerweise müsste ich total müde und k. o. sein, aber komischerweise fühle ich mich ausgeruht und fit. Und das, obwohl ich die beiden Nächte zuvor auch nicht sehr viel geschlafen habe.

Ein letztes Mal sehe ich zu Travis, der mir sein Gesicht zugewandt hat. Langsam lehne ich mich zu ihm und gebe ihm einen Kuss auf die Wange. Er kommentiert dies mit einem leisen Knurren, was mir wiederum ein Lächeln entlockt.

Am liebsten würde ich neben ihm liegen bleiben, mich an ihn kuscheln und wieder einschlafen. Dennoch rutsche ich so leise wie möglich ans Fußende des Bettes und stehe auf. Nachdem ich mich kurz umgesehen habe, erkenne ich meine Sachen, die im Schatten liegen. Vorsichtig, da ich nichts umstoßen will, beginne ich sie zusammenzusuchen und schlüpfe schnell in mein Höschen und meine Jeans.

Ruckartig bleibe ich stehen und wende meinen Kopf in Travis' Richtung, als ich ein Geräusch höre. Mein Herz schlägt vor Aufregung ein paar Takte schneller. Doch nachdem ich ihn ein paar Sekunden beobachtet habe, merke ich, dass er sich nur umgedreht hat und noch immer schläft. Seine Hand gleitet über die Stelle, an der ich vorhin noch lag, was mir einen Stich versetzt.

Er sieht so friedlich aus, dass es mir schwerfällt, ihn einfach alleine zurückzulassen. Dennoch brauche ich Abstand von ihm.

Dieser Mann stellt Dinge mit mir an, die ich nicht zuordnen kann. Und das nicht nur im Bett.

Alleine schon die Art und Weise wie er mich ansieht reicht aus, um mich in den Wahnsinn zu treiben. Mir ist klar, dass ich mich in den nächsten Monaten, wenn nicht sogar Jahren, an mehr als nur an den Sex mit ihm erinnern werde. Wahrscheinlich werde ich sogar jeden Mann mit ihm vergleichen.

»Auf Wiedersehen, Travis«, flüstere ich, ehe ich lautlos sein Schlafzimmer verlasse.

Kaum habe ich das Wohnzimmer betreten, taste ich mich vorwärts, bis ich schließlich den Lichtschalter erreicht habe.

Ich gehe zu der Wand, an die er mich gedrückt und ausgezogen hat und wo noch immer meine Sachen liegen.

Langsam streife ich mir meinen BH über die Schultern und ziehe mir das Top wieder an. Auch meine Schuhe streife ich mir flink über.

Doch in dem Moment, in dem ich nach meiner Tasche greifen will, fällt mein Blick auf die Jacke, die auf dem Boden liegt.

Ich bücke mich und hebe sie auf. Sein Geruch steigt mir in die Nase. Er sorgt dafür, dass es mir noch schwerer fällt, diesen Schritt wirklich zu machen. Aus diesem Grund lege ich sie über die Lehne seines Sofas und entferne mich ein paar Schritte. Dann drehe ich mich um.

Im Vorbeigehen greife ich nach meiner Tasche und verlasse das Haus.

Die Straße liegt ruhig und verlassen da, als ich über den Rasen gehe. Nichts ist zu hören und in keinem Haus brennt Licht.

»Verdammt«, raune ich, nachdem ich mich in mein Auto gesetzt habe, das verlassen am Straßenrand steht.

Während ich meinen Wagen nach Hause lenke, spüre ich noch seine Hände auf meiner Haut, wie er jede Stelle küsst. Ich habe auch seine leise Stimme im Kopf, die mir Worte ins Ohr flüstert, die nur für mich bestimmt sind.

Erst als ich in meinem Apartment angekommen bin, kann ich

befreiter atmen. Ich schließe die Tür hinter mir und lasse die Tasche auf den kleinen Abstelltisch fallen, der neben der Kommode steht. Nachdem ich mir die Schuhe von den Füßen gestreift habe, gehe ich auf direktem Weg ins Badezimmer, das sich neben dem Wohnzimmer befindet.

Ich hoffe, dass eine kalte Dusche mir dabei hilft, die Erinnerung an Travis wegzuwaschen, aber dafür sind die Bilder von ihm in meinem Kopf zu lebhaft.

# 4

Nachdem ich aus der Dusche gestiegen bin, habe ich mich noch einmal in mein Bett gelegt. Aber es war nicht das Gleiche wie neben Travis zu liegen, was einer der Gründe dafür war, dass ich nicht mehr schlafen konnte. Dazu kam, dass ich ausgeruht war. Schon lange bin ich nicht mehr so fit gewesen, nachdem ich in einer Nacht so wenig geschlafen habe.

Als ich um neun Uhr im Büro ankomme, bin ich noch immer hellwach, und das, ohne einen Kaffee getrunken zu haben. Fast kommt es mir so vor, als wäre ich auf Drogen, nur dass in diesem Fall die Nacht mit Travis mir dieses Hochgefühl verliehen hat.

Kaum bin ich durch die Tür getreten, werde ich von den gleichen lauten Unterhaltungen wie jeden Montag begrüßt. Gegenseitig erzählen sich meine Kollegen, was sie am Wochenende gemacht haben.

Ich suche mir einen Weg zwischen den Schreibtischen entlang. Dabei grüße ich ein paar meiner Kollegen, während ich auf meine Bürotür zusteuere. Doch kaum habe ich sie erreicht, dringt die Stimme meines Chefs zu mir hindurch.

»Ms. Brown«, ruft er mich mit seiner lauten und kräftigen Stimme, so dass ich ruckartig stehen bleibe.

»Ja?«, frage ich ihn und drehe mich in seine Richtung.

Mr. Carter ist ein älterer Mann, der mich ein wenig an meinen Opa erinnert. Sie haben die gleiche graue Haarfarbe und denselben dicken Bauch. Aber nicht nur sein Aussehen sorgt dafür, dass ich jedes Mal meinen Großvater vor Augen habe, sondern auch die Art und Weise, wie er spricht. Es ist derselbe liebliche, aber gleichzeitig auch strenge Ton, den ich als Kind immer so gerne gehört habe.

Er schaut mich aus seinen aufmerksamen Augen an und kommt dabei noch ein paar Schritte näher.

»Kommen Sie bitte gleich in mein Büro? Wir haben kurzfristig einen neuen Klienten bekommen, und ich würde es begrüßen, wenn Sie das übernehmen würden.« Ich erkenne den hoffnungsvollen Unterton in seiner Stimme, der dafür sorgt, dass meine Ohren sich spitzen.

Es kommt selten vor, dass er mich um etwas bittet. In den meisten Fällen bekomme ich die Unterlagen einfach auf den Schreibtisch und mache meinen Job.

Aber nicht nur die Art und Weise, wie er es sagt, sondern auch seine Worte lassen mich hellhörig werden. »Kurzfristig« ist bei uns eigentlich das Wort für »Sein Manager steht kurz vor einem Nervenzusammenbruch«.

»Sicher, ich komme sofort«, antworte ich ihm deswegen.

Ich kann die Erleichterung auf seinem Gesicht erkennen. Aber bevor ich länger über sein Verhalten nachdenken kann, beschließe ich, dass es das Beste ist, in mein Büro zu gehen. Sobald ich meine Tasche weggebracht habe, werde ich ja erfahren, was hier los ist.

Nachdem ich mein Zimmer betreten habe, lasse ich die Tür hinter mir ins Schloss fallen und schaue mich um.

Es ist kein besonders großer Raum, aber es ist mein Büro und hier habe ich meine Ruhe. Gegenüber der Tür steht ein Schreibtisch, auf dem mein Laptop Platz hat, aber auch ein Bild von mir und meinen Schwestern befindet sich dort. Auf der rechten Seite steht ein kleines Regal, in dem sich ein paar Ordner aneinanderreihen. Vor den Fenstern hängen helle Gardinen, die das Licht hereinlassen.

Wie jeden Morgen starte ich meinen Laptop und lege meine Tasche auf ihren angestammten Platz auf der Fensterbank. Doch ich gebe nicht mein Passwort ein, sondern öffne die oberste Schreibtischschublade und hole den kleinen Spiegel heraus. Ich werfe einen prüfenden Blick hinein und streiche mir die Haare hinter die Ohren.

Obwohl ich weiß, dass man mir die Spuren der letzten Nacht nicht ansieht, habe ich das Gefühl, man könnte es in meinem Gesicht ablesen. So ging es mir noch nie.

Bis jetzt war es mir immer egal, was andere von mir dachten, doch nun fühlt es sich so an, als hätte ich etwas Verbotenes getan.

»Beruhige dich, Haley. Wenn du es nicht allen auf die Nase bindest, wird es auch keiner erfahren«, flüstere ich mir selbst zu. Aber wirklich beruhigen tut mich das nicht.

Ich lege den Spiegel zurück und verlasse mein Büro, bevor ich noch weiter darüber nachdenken kann.

»Guten Morgen, Haley«, ertönt die Stimme meiner Kollegin Amber, als ich mich auf den Weg zu meinem Chef mache. »Ich habe gar nicht gesehen, dass du gekommen bist.«

»Hi, ich bin auch nur durchgehuscht«, antworte ich ihr abwesend.

Mit den Gedanken bin ich bei unserem Chef und dem, was er vorhin gesagt hat. Die Tatsache, dass ich keine Ahnung habe, um wen es sich bei unserem neuen Klienten handelt, lässt mich nervös werden.

Agenturen wie unsere gibt es nicht viele. Ich habe bis jetzt nur von drei weiteren Unternehmen gehört, von der eines ebenfalls in Los Angeles seinen Sitz hat. Die anderen beiden befinden sich in Miami und New York.

Es kommt eher selten vor, dass wir so plötzlich einen neuen Klienten vertreten sollen. Mit den meisten, und dabei ist es egal, wer es ist, haben wir vorher mindestens einen Besprechungstermin. In diesem erfahren wir, was wir machen sollen, und erklären, wie wir es anstellen wollen. Dadurch verschwindet bei den Klienten auch die Unsicherheit darüber, ob sie diesen Schritt wirklich wagen wollen oder nicht.

Es ist nie einfach sich einzugestehen, dass man so viel Mist gebaut hat, dass man da selber nicht mehr herauskommt. Vor allem, wenn man in der Film- oder Musikbranche arbeitet. Aber auch andere Leute, die in der Öffentlichkeit stehen, vertreten wir. Es wird hier nicht so schnell langweilig.

»Sehen wir uns in der Mittagspause?«, fragt Amber mich, als wir vor der Tür unseres Chefs stehen bleiben.

»Sicher«, antworte ich und nicke einmal kurz.

»Dann kannst du mir ja alles über die geheimnisvolle Person berichten, die sich hinter dieser Tür befindet.« Während sie spricht, zeigt sie auf das dunkle Holz.

Doch noch bevor ich sie fragen kann, was sie damit meint, hat sie sich umgedreht und ist zu ihrem Schreibtisch gegangen.

Ich wische meine Hände noch ein letztes Mal an meinem schwarzen Rock ab und atme tief durch. Obwohl ich das schon so oft getan habe, bin ich trotzdem jedes Mal aufs Neue nervös. Man weiß nie, wer gleich vor einem sitzt und welche Herausforderungen einen erwarten!

Erst dann klopfe ich leise an.

»Sie wollten mit mir sprechen?«, frage ich Mr. Carter, nachdem ich sie einen Spalt weit geöffnet habe.

Mein Chef sitzt an seinem Schreibtisch und schaut bei meiner Frage von den Unterlagen auf, die vor ihm liegen. Als Mr. Carter mich erkennt, breitet sich ein Strahlen auf seinen Gesichtszügen aus. »Kommen Sie herein«, fordert er mich auf.

Erst als ich das große Büro betrete, bemerke ich, dass sich noch zwei weitere Männer darin aufhalten. Der eine sitzt auf dem Sofa und schaut mich freundlich an, während mir der andere den Rücken zugewandt hat und keine Anstalten macht, sich umzudrehen.

Der Mann, der auf dem Sofa sitzt, hat ungefähr das gleiche Alter wie mein Chef. Allerdings ist er durchtrainierter. Auf seinem Oberteil befindet sich ein schwarzes Emblem, das ich für das Logo einer Firma halte.

*Fast Bikes.*

Da ich den Namen noch nie gehört habe, kann ich nur vermuten, dass es irgendetwas mit Motorrädern zu tun hat.

Als ich zu dem Besucherstuhl schaue, der vor dem Schreibtisch steht, erstarre ich mitten in der Bewegung. Ungläubig schließe ich die Augen und zähle bis drei, bevor ich sie wieder öffne. Doch an dem Bild, das ich schon vor wenigen Sekunden vor meinen Augen hatte, hat sich nichts geändert.

Der Mann, der mir gerade noch den Rücken zugedreht hatte, hat sich mittlerweile umgewandt und grinst mich frech an.

Travis.

Es ist wirklich Travis.

In meinem Kopf überschlagen sich die Gedanken, während ich nach einem möglichen Grund dafür suche, dass er hier ist. In diesem Moment wird mir klar, dass ich nichts über ihn weiß und er in der letzten Nacht trotzdem die Kontrolle über meinen Körper hatte.

Mir ist bewusst, dass ich aussehen muss wie eine Idiotin, weil ich mich kein Stück rühre und ihn mit offenem Mund anstarre. Aber ich kann es einfach nicht ändern, egal wie sehr ich mich dazu zwinge.

Ich durchforste meine Erinnerungen in der Hoffnung, dass wir uns irgendwann einmal über unsere Berufe unterhalten haben, aber da ist nichts. Er hat nicht einmal eine Andeutung fallen lassen. Genauso wenig, wie ich nachgefragt habe.

Eine Ewigkeit betrachte ich ihn, während ich ernsthaft darüber nachdenke, ob mein Gehirn mir einen Streich spielt. Doch als mir klar wird, dass er wirklich hier ist, atme ich tief durch und räuspere mich leise, da ich die Befürchtung habe, dass mir meine Stimme sonst versagt.

»Hallo«, begrüße ich alle, wobei ich Travis nicht beachte.

»Das ist meine beste Mitarbeiterin, Haley Brown«, erklärt mein Chef und nickt in meine Richtung, als ich langsam zu ihm gehe. Bei jedem Schritt spüre ich, wie Travis mich beobachtet. Er lässt mich nicht aus den Augen, scheint aber nicht überrascht zu sein, mich hier zu sehen. »Sie wird sich darum kümmern.«

»Worum geht es?«, frage ich vorsichtig in die Runde.

Obwohl ich in den vergangenen Sekunden versucht habe es zu vermeiden, schaue ich zu Travis. Mein Mund wird trocken und mein Körper beginnt zu kribbeln.

»Ich fahre Motorradrennen und bin irgendwie auf die falsche Bahn geraten.«

Sobald der Klang seiner dunklen Stimme den Raum erfüllt, richten sich meine Brustwarzen auf, bis sie schmerzen. Ich verbiete mir selber diese Reaktion, auch weil er anscheinend der Mann ist, wegen dem alle hier sitzen. Aber ich kann nicht verhindern, dass er mir die gleiche Reaktion entlockt wie gestern. Und der wissende Ausdruck, der sich in sein Gesicht geschmuggelt hat, zeigt mir, dass er es ganz genau weiß.

Schnell schlucke ich den Kloß hinunter, der sich in meinem Hals gebildet hat. Ich versuche mir meine Reaktion auf ihn nicht anmerken zu lassen, so dass wenigstens mein Chef und der andere Mann es nicht sehen.

Stattdessen konzentriere ich mich wieder auf seine Worte und verdrehe die Augen. »Ich wusste es«, murmle ich mehr zu mir selber als zu den Männern.

Einige Sekunden lang ist es ruhig im Raum. Erst jetzt wird mir klar, dass ich diese Worte wahrscheinlich am besten hätte für mich behalten sollen.

Als ich in die Gesichter schaue sehe ich, dass sie sich fragen, was ich damit meine. Gerade habe ich aber keine Lust, es ihnen zu erklären. Ganz davon abgesehen habe ich auch keine Ahnung, was ich den Männern berichten sollte.

»Irgendwie?«, hake ich deswegen nach.

Travis sagt nichts. Stattdessen lässt er mich keine Sekunde aus den Augen. Nur zu gerne würde ich wissen, was in seinem Kopf vor sich geht. Er scheint nicht belustigt zu sein, peinlich berührt aber auch nicht. Auf mich macht er eher den Eindruck, als wäre es ihm egal, auch wenn ich mir nicht vorstellen kann, wie das der Fall sein kann.

Aber auch ich gebe keine Gefühlsregung preis, obwohl ich gerne schreien würde, dass ich recht hatte. Dieser Mann bedeutet Gefahr und jede Menge Ärger.

Als Travis auch nach einiger Zeit noch nichts von sich gegeben hat, höre ich ein lautes Räuspern hinter mir.

»Ich bin der Besitzer des Rennstalls, für den Travis fährt, Lennart Baker«, stellt sich mir nun der Mann vor, der gerade noch auf dem Sofa saß. Während er spricht, kommt er auf mich zu und drückt meine Hand.

Jetzt, wo er direkt vor mir steht, schaue ich ihn mir genauer an.

Die ersten grauen Strähnchen durchziehen seine ansonsten dunklen Haare. Ich kann mir vorstellen, dass es nicht leicht ist, den ganzen Tag mit testosterongeladenen Männern zu verbringen. Er macht den Eindruck auf mich, als würde er genau wissen, was er zu sagen oder zu tun hat, aber da er hier ist, ist er anscheinend mit seinem Latein am Ende.

Viel weiß ich nicht über den Rennsport, egal ob es um Autorennen oder Motorradrennen geht. Um ehrlich zu sein weiß ich gar nichts, denn bis zu diesem Moment habe ich mich nie sonderlich dafür interessiert. Das Einzige, was mir bekannt ist, ist, dass der Sport gefährlich ist. So gefährlich, dass es schon den einen oder anderen Todesfall auf der Strecke gegeben hat.

Mr. Baker hält meine Hand zwar noch in seiner, aber trotzdem wandert mein Blick wieder zu Travis. In diesem Moment frage ich mich, was einen Mann dazu verleitet, so etwas zu machen. Ich bin mir nicht einmal sicher, ob ich den Mist meine, den er verzapft hat, oder die Rennen, die er fährt.

*Vielleicht sollte ich Melody diese Frage einmal stellen. Schließlich ist Boxen auch nicht ungefährlich*, überlege ich und konzentriere mich wieder auf seinen Chef.

»Worum genau geht es?«

»Wir sprechen hier über Verkehrsvergehen. Und damit meine ich nicht, über Rot fahren, sondern zu schnelles Fahren, weil er sich provoziert gefühlt hat.«

»Provoziert?«, frage ich mit viel zu hoher Stimme und einem verblüfften Gesichtsausdruck.

Die Männer müssen glauben, dass ich ein Papagei bin, der nicht in der Lage ist, selbständig zu denken. Wenn es jedoch um Travis geht, kann ich das wirklich nicht.

»Der Typ hat mich herausgefordert. Er und sein Beifahrer haben mir immer wieder den Mittelfinger gezeigt. Wahrscheinlich wollten sie wissen, ob ich hinter dem Steuer genauso gut bin wie auf der Rennmaschine.«

Seine Worte und sein selbstgefälliger Ton sorgen dafür, dass ich mich wieder Travis zuwende. Aus zusammengekniffenen Augen schaut er seinen Boss wütend an.

»Falls sie dich überhaupt erkannt haben«, werfe ich ein. »Schließlich schaut nicht jeder Rennsport.«

Ich zum Beispiel nicht, sonst hätte ich mich mit Sicherheit niemals auf ihn eingelassen.

»Das ist noch nicht alles. Außerdem war er in mehrere Schlägereien verwickelt und hat deswegen Sozialstunden bekommen, bei denen er aber nicht erschienen ist«, fährt dieser unbeeindruckt fort. »Aufgrund seines Trainings hatte der Richter sie immer wieder nach hinten verlegt.«

*Das war aber ein netter Richter*, geht es mir durch den Kopf.

»Aus diesen beiden Gründen hat die Presse beide Augen auf ihn. Regelmäßig sind Reporter auf dem Trainingsgelände und stören den Ablauf. Vor allem vor den Rennen lassen sie ihn nicht in Ruhe. Aber das ist noch nicht alles. Auch die Sponsoren haben es erfahren. Die finden die negative Presse nicht ganz so lustig«, fährt sein Chef fort und schüttelt den Kopf. Während er spricht, kann er sich einen genervten Gesichtsausdruck nicht verkneifen.

Ich muss zugeben, dass ich damit nicht gerechnet habe. Zwar

bin ich mir nicht sicher, was ich erwartet habe, als ich ihn hier sitzen sah, aber definitiv nicht so etwas.

Ich spüre, dass Travis zu mir sieht. Aus einem Reflex heraus drehe ich mich in seine Richtung. Als ich in seine Augen schaue, wird mir schwindelig. Sie strahlen so viel Wärme aus, dass mir schlagartig heiß wird.

»Okay«, murmle ich und steuere auf den letzten freien Stuhl zu, wobei ich dem Blick von Travis ausweiche, da ich sonst keinen vernünftigen Gedanken auf die Reihe bekomme. »Das Einfachste wäre, die Sozialstunden abzuleisten und nicht mehr auffällig zu werden«, schlage ich ihm vor. »Außerdem wäre vielleicht ein Interviewtraining von Vorteil und eine Pressekonferenz, in der du zeigst, dass du dich auch anders benehmen kannst. Es dauert zwar eine Weile, bis sie dich in Ruhe lassen, aber irgendwann werden sie das Interesse verlieren, wenn du keinen Scheiß mehr baust.«

Langsam wandern seine Augen über meinen Körper, ehe er mir wieder ins Gesicht schaut. Travis sieht aus, als wüsste er ganz genau, dass mir von letzter Nacht jeder Muskel weh tut.

Ich erkenne, dass er in diesem Moment am liebsten etwas anderes machen würde. An meinem schneller werdenden Herzschlag spüre ich, dass mein Körper auf ihn reagiert. Und zwar auf eine Art und Weise, die nicht gut für mich ist. Vor allem wenn man bedenkt, dass wir nicht alleine sind. Ich werde mindestens bis zu seinem nächsten Rennen mit ihm zusammenarbeiten müssen, da kann ich mir solche Gefühle nicht leisten.

»Ich werde ein paar Termine machen«, entgegne ich mit fester Stimme und schaue meinen Chef an, der mir zunickt.

»Die ersten beiden Stunden meiner Strafe habe ich bereits in einer Einrichtung für Jugendliche hinter mich gebracht, obwohl es sich mit meinem Renntraining kaum vereinbaren lässt. Außerdem bin ich aus meinem Apartment ausgezogen und …«

»… in das kleine Haus. Ich weiß«, unterbreche ich ihn seufzend und reibe mir meine Stirn. Ich kann nicht leugnen, dass die

Situation mich überfordert, wobei ich dieses Gefühl sonst nicht sehr oft verspüre.

Schon tausendmal habe ich genau das gemacht. Aber dabei hatte ich nie eine persönliche Vorgeschichte mit einem Klienten.

*Geht es mir so gegen den Strich, weil ich mit ihm geschlafen habe oder weil ich mich in seiner Gegenwart so sicher und geborgen fühle?*

Schweigend starren Travis und ich einander an. Ich überlege, ob ich noch etwas sagen soll oder ob er selber weiß, dass das eine Scheißsituation für mich ist. Da wir nicht alleine in dem Raum sind, halte ich es für das Beste, den Mund zu halten. Das heißt aber nicht, dass ich ihm das bei der nächsten Gelegenheit nicht sagen würde.

»Kennen Sie sich?«, fragt mich nun mein Chef und schaut neugierig zwischen uns hin und her.

Automatisch beiße ich mir bei seiner Frage auf die Unterlippe. Vorsichtig schaue ich ihn an und sehe, dass er auf eine Antwort wartet. Für den Bruchteil einer Sekunde überlege ich, ob ich einfach sagen soll, dass Travis' Freund mit meiner Schwester zusammen ist und wir uns deshalb schon einmal über den Weg gelaufen sind. Ich halte es aber für besser, bei der Wahrheit zu bleiben. Die Geschichte mit Travis und Scott ist zwar nicht gelogen, aber so haben wir uns nicht getroffen.

»Er ist der neue Nachbar meiner Großmutter«, berichte ich Mr. Carter. Gleichzeitig überlege ich, ob das ein Grund für meinen Chef ist, jemand anderen mit dem Fall zu beauftragen.

Einerseits wäre ich froh darüber, da ich so nicht immer der Anziehungskraft ausgesetzt wäre, die zwischen uns existiert. Andererseits gefällt mir der Gedanke nicht, dass eine meiner Kolleginnen mit ihm zusammenarbeitet. Alleine die Vorstellung reicht aus, um mich eifersüchtig zu machen.

»Na, das ist ja prima. Dann sind Sie auf jeden Fall genau die Richtige für den Job«, ruft er in der nächsten Sekunde und reißt mich so aus meinen Gedanken.

Verblüfft über seine Worte schaue ich ihn an. Auf seinem Gesicht hat sich ein zufriedener Ausdruck breitgemacht, der mir zeigt, dass er seine Worte wirklich ernst meint.

Ein paar Sekunden ist es so ruhig im Raum, dass man eine Stecknadel fallen hören könnte. Mein Blick wandert von meinem Chef wieder zu Travis, der froh über die Entscheidung aussieht.

Aus dem Augenwinkel sehe ich, dass mein Chef die Akten betrachtet, die vor ihm auf dem Tisch liegen. Mr. Baker hingegen schaut zwischen seinem Schützling und mir hin und her.

*Wahrscheinlich kann er sich sehr wohl denken, was zwischen Travis und mir vorgefallen ist*, überlege ich und richte meinen Blick auf den Boden.

So gut es geht vermeide ich es, Travis anzusehen, da ich ihm sonst irgendetwas um die Ohren hauen würde. Ich kann nicht leugnen, dass ich gerade kurz vor einem Nervenzusammenbruch stehe, da ich nicht genau weiß, wie ich mit der Situation umgehen soll.

Hoffnungsvoll sieht Travis mich an. Mir wird klar, dass er nicht mit jemand anderem zusammenarbeiten will, und ich gehe davon aus, dass es doch etwas schwerer für ihn ist, als es zunächst aussah.

Das ist der Grund dafür, dass ich es nicht übers Herz bringe, ihn an einen Kollegen abzugeben. Aber ich will mir auch beweisen, dass ich mich professionell genug verhalten kann, um diesen Auftrag zu erledigen. Vor allem, weil es eigentlich nicht viele Punkte sind, die erledigt werden müssen. Auch die Tatsache, dass ich ihm hauptsächlich aus dem Weg gehen können müsste, spielt eine große Rolle.

*Das wird ein hartes Stück Arbeit, aber das werde ich schon hinbekommen*, denke ich und nicke, um mein Einverständnis zu geben.

Noch in der gleichen Sekunde sieht Travis mich glücklich an.

»Falls Sie mich entschuldigen, ich werde mich dann mal an die Arbeit machen«, erkläre ich und nehme die Akte an mich, die mein Chef mir reicht. »Sollten Sie irgendwelche Fragen haben, können Sie sich jederzeit an mich wenden. Ansonsten werde ich mich bei Ihnen melden.« Ich lächle Mr. Baker an, während ich auf die Tür zugehe.

*Ich muss hier raus!*

Dieser Gedanke beherrscht mich, während ich dem Ausgang immer näherkomme. Noch nie hatte ich es so eilig diesen Raum zu verlassen, wie es gerade der Fall ist.

Ich kann kaum noch atmen und bin mir sicher, dass es nicht besser wird, wenn Travis weiterhin in meiner Nähe ist. Deswegen gibt es nur die Flucht nach vorne für mich.

Genauso, wie ich sie heute Morgen angetreten habe, als er noch schlief.

Als ich kurze Zeit später wieder in meinem kleinen Büro stehe, lasse ich die Unterlagen auf die Platte des Schreibtisches fallen. Als Nächstes eile ich zu meiner Tasche, um mein Handy herauszuziehen. Kaum habe ich es in der Hand, gönne ich mir ein paar Sekunden, um meinen Herzschlag wieder in den Griff zu bekommen.

Es dauert einen kurzen Moment, doch schließlich bin ich mir sicher, dass ich wieder in der Lage bin, einen vernünftigen Satz herauszubekommen. Mit dem Daumen entferne ich die Sperre und scrolle durch das Telefonbuch, bis ich die richtige Nummer gefunden habe.

Ich drücke auf Wählen und halte es mir ans Ohr. Während das Freizeichen durch die Stille dringt, werde ich immer hibbeliger. Die nächsten Sekunden scheinen nicht vergehen zu wollen. Als endlich die Stimme meiner Schwester Melody an mein Ohr dringt, macht sich Erleichterung in mir breit.

»Ich habe ein riesiges Problem«, erkläre ich ihr, ohne sie zu begrüßen. Dabei lasse ich mich auf den Stuhl fallen, neben dem ich gerade noch stand.

Der ausgeruhte Zustand, in dem ich heute Morgen zur Arbeit

gegangen war, ist verschwunden. Stattdessen fühle ich mich erschöpft und völlig überfordert.

»Was ist passiert?« An ihrer Stimme erkenne ich, dass sie alarmiert ist.

»Travis«, gebe ich atemlos von mir, während mein Gehirn noch immer versucht, die Nachricht zu verarbeiten.

»Du meinst den Typen von der Feier gestern? Den Scott auch kennt? Was ist mit ihm?«

»Er fährt Motorradrennen«, sprudelt es aus mir heraus.

»Ich weiß, Scott hat gestern nach dem Training so etwas erwähnt.«

Geschockt über ihre Worte schaue ich mein Handy an.

»Haley? Bist du noch dran?«, fragt sie mich, nachdem ich nichts mehr sage.

»Du wusstest es? Wieso hast du mir nichts erzählt? Oder wieso hat Scott nichts gesagt?«

»Wieso er es nicht erwähnt hat, weiß ich nicht. Vielleicht fand Scott es einfach nicht wichtig. Ich dachte auf jeden Fall, dass du das mitbekommen hättest. Schließlich ist er dir doch mehrmals über den Weg gelaufen, hätte doch sein können, dass er da ein wenig angegeben hat.«

Im Stillen muss ich meiner Schwester recht geben. Außerdem habe ich weder Scott noch Travis danach gefragt.

»Ich gehe davon aus, dass du mit ihm geschlafen hast?«, fragt mich Melody.

»Wie kommst du darauf?«

»Haley, ich bitte dich. Wir sind nicht nur Schwestern, sondern auch Freundinnen. Aber da ist doch auch gar nichts Schlimmes bei. Ich habe mit meinem Chef geschlafen, da hättest du mir genauso einen Vortrag halten können. Aber du hast es nicht getan, und deswegen werde ich es jetzt auch nicht machen.«

»Es tut mir leid«, flüstere ich.

»Kein Problem. Und was ist nun schiefgelaufen?«, fragt sie, nachdem ich nichts mehr von mir gebe.

»Ich soll ihn vor der Presse besser dastehen lassen«, antworte ich niedergeschlagen. Gleichzeitig versuche ich das Zittern meiner Hände wieder in den Griff zu bekommen.

»Ich hatte gehofft, dass ich ihn nach dieser einen Nacht nicht mehr sehen muss, beziehungsweise wir uns nur noch selten über den Weg laufen, aber das kann ich nun vergessen.«

»Das wird Mom und Oma interessieren«, ruft meine Schwester begeistert aus.

»Ich kann das nicht«, flüstere ich, ohne darauf einzugehen, und lasse meinen Kopf auf die Tischplatte sinken.

»Und wieso? Du hast ihm doch schließlich keine Liebeserklärung gemacht«, kontert Melody.

»Hast du mir überhaupt zugehört?«, frage ich sie in einem unbeabsichtigt strengen Ton. »Er hat Mist gebaut, und zwar richtig. Ich soll dafür sorgen, dass die Presse ihn vor seinen Rennen in Ruhe lässt. Das funktioniert nur, wenn die Meute sieht, dass er sich an die Regeln hält. Wenn unsere Geschichte herauskommt, drehen die nur noch mehr durch. Und damit würde ich das genaue Gegenteil erreichen.«

»Wenn du es ihnen nicht auf die Nase bindest, werden sie es auch nicht erfahren, und das weißt du. Du suchst nur nach einem Grund, um dich nicht damit zu befassen, dass es Travis ist.«

Auf ihre Worte sage ich nichts, aber Melody weiß auch so, dass sie recht hat.

»Wird schon klappen.«

»Bei dir hört es sich so einfach an«, seufze ich.

»Ist es doch auch.« Während sie spricht, erscheint vor meinen Augen ihr freches Grinsen. »Und mach dir keine Sorgen, ich werde Scott nichts davon erzählen. Wahrscheinlich wird er es irgendwann von Travis erfahren, aber dann ist es noch immer früh genug.«

»Danke«, murmle ich, obwohl ich mir sicher bin, dass ihr Freund noch mein kleinstes Problem ist. »Warte mal«, werfe ich in der nächsten Sekunde erschrocken ein. »Was meinst du damit, dass Travis es ihm erzählen wird? Wann und wie sollte er das tun? Die beiden haben doch überhaupt keinen Kontakt mehr.«

»Sie haben vor knapp einer Stunde miteinander telefoniert, und soweit ich weiß, will Travis ihn heute Abend beim Training besuchen.«

»Scheiße«, entfährt es mir leise, und ich schließe meine Augen kurz.

»Lass den Kopf nicht hängen, wird schon nicht so schlimm werden. Ihr beide seid erwachsen und deswegen ist es Scott mit Sicherheit egal, was ihr macht. Du bist ja schließlich nicht unsere minderjährige Tochter.«

Auch hier muss ich ihr wieder recht geben. Schließlich ist es meine Sache, mit wem ich mich einlasse und mit wem nicht.

»Ich will nur nicht, dass ihr zwei euch deswegen streitet«, erkläre ich ihr.

»Mach dir darum mal keine Gedanken. Was haben wir denn schon damit zu tun? Und die Arbeit wirst du bestimmt super machen, so wie immer.«

*Wenn du wüsstest. Schließlich hast du keine Ahnung von der Anziehungskraft, die zwischen uns herrscht*, schießt es mir durch den Kopf, aber ich sage es nicht. Gerade will ich nicht auch noch darüber sprechen.

Als ich etwas erwidern will, vernehme ich ein leises Klopfen hinter mir. In der Sekunde, in der ich höre, wie die Tür geöffnet wird, richte ich mich wieder auf und drehe mich um.

In der nächsten Sekunde gibt die Tür den Blick auf Travis frei. Zögerlich, fast schon ein wenig schüchtern, betritt er den Raum und schaut mich schuldbewusst an.

»Ich muss auflegen«, erkläre ich Melody. »Wir sehen uns heute Abend.«

Ohne auf eine Antwort von ihr zu warten unterbreche ich das Gespräch und lege das Handy auf den Tisch.

»Was gibt's?«, wende ich mich an ihn.

*Ich schaffe das*, wiederhole ich immer wieder in Gedanken.

»Ich will mit dir reden«, erklärt er mir in einem ruhigen Ton. Dabei lässt er sich auf den freien Stuhl sinken, der auf der anderen Seite meines Schreibtisches steht. Travis stützt sich mit den Armen an den Lehnen ab, so dass seine Muskeln sich anspannen und zur Geltung kommen.

Als würden meine Augen magisch von ihnen angezogen werden, bin ich nicht in der Lage mich abzuwenden. Obwohl ich es nicht will, fällt mir wieder ein, wie es sich angefühlt hat, von ihnen gehalten zu werden. Leider muss ich mir eingestehen, dass ich nichts dagegen hätte, wenn er das noch einmal machen würde.

»Und worüber?«, hake ich nach, als er keine Anstalten macht, weiterzusprechen. Allerdings bin ich mir nicht so sicher, ob ich die Antwort überhaupt wissen will.

»Dich, mich, uns.«

Bei seinen Worten hebe ich überrascht meinen Kopf und schaue ihn an. Ich habe noch nie gehört, dass ein Mann über solche Themen freiwillig sprechen will. Vor allem nicht nach einem One-Night-Stand, bei dem offensichtlich war, dass es genau das war. Nicht mehr und nicht weniger.

Trotzdem macht mein Herz Sprünge vor Freude bei seiner Wortwahl. Aber dieses Gefühl verbiete ich mir und halte mir deswegen schnell vor Augen, dass wir uns in meinem Büro befinden.

»Es gibt kein Uns«, entgegne ich bestimmt. »Und das ist mit Sicherheit auch in deinem Interesse.«

»Ich kann mit diesem ganzen Mist leben, ehrlich gesagt war es nicht meine Idee, hier aufzutauchen. In den letzten Jahren hat mich die Presse auch nicht gestört, also wieso sollte es auf einmal jetzt der Fall sein?«

»Wieso wundert mich deine Aussage nicht?«, frage ich ihn und stütze mich auf meinen Ellenbogen ab.

»In diesem Beruf muss man ein dickes Fell haben. Desto

leichter hat man es.« Travis zuckt mit den Schultern, als wäre das für ihn keine große Sache, und wahrscheinlich ist es sogar so.

»Und du scheinst ein besonders dickes zu haben«, stelle ich belustigt fest.

Eine Weile schaut er mich schweigend an. Dann lehnt er sich ein Stück nach vorne. Obwohl sich der Tisch zwischen uns befindet, kommt es mir einen kurzen Moment so vor, als wäre die Nähe zu ihm zu gefährlich. Travis grinst mich an, wobei er noch verführerischer aussieht, als es eh schon der Fall ist.

*Beruhige dich*, ermahne ich mich.

»Travis …«, beginne ich schließlich, doch er bringt mich mit einem skeptischen Blick zum Schweigen.

»Du kannst leugnen, dass etwas zwischen uns ist, aber etwas bringen tut es dir nicht. Ich sehe dir an, dass du es spürst.«

Bei seinen Worten bildet sich ein Kloß in meinem Hals, den ich nun tapfer hinunterschlucke.

»Woher willst du das wissen?«, frage ich ihn mit trockener Stimme. Ich komme mir ein wenig so vor, als wäre ich wieder ein kleines Kind, das Mist gebaut hat und das von seinen Eltern zur Rede gestellt wird.

»Ich habe Augen im Kopf und ich habe dich vorhin genau beobachtet, als du mich gesehen hast. Gestern Abend und in der letzten Nacht hatte ich mehr als genug Zeit, um zu erfahren, wie du dich in manchen Situationen verhältst.«

Herausfordernd betrachtet er mich. Eigentlich müsste ich sauer auf ihn sein, weil er in einem derart arroganten Ton mit mir spricht. Dabei weiß er nichts über mich. Aber ich bin es nicht. Ich bin viel zu geschockt über seine Worte, als dass ich mich darüber aufregen könnte.

Das scheint auch Travis zu merken, denn in der nächsten Sekunde steht er auf und verlässt mein Büro wieder.

Eine Ewigkeit sitze ich auf meinem Stuhl und starre auf die Tür, durch die er gerade verschwunden ist. Gedankenverloren drehe ich immer wieder mein Handy zwischen den Fingern hin und her.

*Das zwischen uns war eine einmalige Sache. Eine einzige Nacht.*

Bei dem Gedanken schwöre ich mir selber, dass ich einen großen Bogen um ihn machen werde. So groß er eben sein kann, wenn man bedenkt, dass ich von nun an mit ihm zusammenarbeiten muss.

# 5

»Ich dachte schon, du kommst gar nicht mehr«, begrüßt mich Melody, als ich abends vor ihrer Tür stehe. »Ein paarmal habe ich versucht, dich zu erreichen, aber dein Handy ist ausgeschaltet.«

»Sorry«, murmle ich müde und trete an ihr vorbei in die Wohnung. So fit ich heute Morgen noch war, so müde bin ich nun.

»Nicht schlimm, jetzt bist du ja da.«

»Ich habe vergessen es aufzuladen, da ich erst mitten in der Nacht nach Hause gekommen bin. Als ich dann zur Arbeit gefahren bin, habe ich nicht daran gedacht, das Ladekabel mitzunehmen.«

»Moment«, ruft meine Schwester hellhörig aus, so dass ich mir sicher bin, dass alle Nachbarn sie gerade hören konnten. »Mitten in der Nacht? Ich dachte, du warst bei Travis, oder bist du einfach abgehauen?«, fragt sie mich.

Als Antwort nicke ich nur, da ich gerade kein Wort herausbekomme. Ich habe ja selber ein schlechtes Gewissen deswegen, aber nun kann ich es nicht mehr rückgängig machen. Der einzige Pluspunkt bei dem Gespräch heute mit ihm war, dass er mich nicht darauf angesprochen hat.

»Wow, langsam verstehe ich, wieso es zu einem Problem werden könnte«, meint sie und pfeift leise durch die Zähne. »Und ich dachte schon, dass die Situation bei Scott und mir am Anfang schwierig gewesen wäre, aber deine ist noch mal etwas ganz anderes.«

»Ihr habt euch ein Hotelzimmer geteilt«, erinnere ich meine Schwester, nachdem ich an ihr vorbei durch die Wohnungstür getreten bin.

»Trotzdem hätte einer von uns sich etwas in einem anderen Hotel suchen können. In San Diego gibt es schließlich mehr als eins. Aber wir haben es nicht getan.«

Ein leises Seufzen dringt mir über die Lippen.

»Auf jeden Fall könnte es nicht ein großes, sondern ein mächtiges Problem werden«, sage ich und komme so wieder auf unser eigentliches Thema zurück.

»Komm und beruhige dich. Heute haben wir Ruhe. Brooke kommt gleich und Scott ist beim Training«, versucht Melody das Thema zu wechseln.

»Wo er sich mit Travis trifft«, rufe ich mir ihre Worte wieder in Erinnerung. Ich kann nicht anders, als bei dem Gedanken daran den Kopf hängen zu lassen.

Irgendwie kommt es mir so vor, als hätte ich riesigen Mist gebaut.

»Seit wann machst du dir so viele Gedanken? Ist doch egal. Die beiden sind alte Freunde. Auf jeden Fall können wir uns einen ruhigen Mädelsabend machen und du kannst berichten, was passiert ist. Vielleicht finden wir eine Lösung.«

Als meine Schwester das Wort *Mädelsabend* in den Mund nimmt, hebt sich meine Laune ein wenig. Ich liebe die Abende mit den beiden. Auf diese Weise kann ich den ganzen Ärger vergessen und mich entspannen.

Nickend gehe ich auf das Sofa zu, das sich mitten im Raum befindet. Ich lasse meine Tasche auf den Boden fallen und mich selber auf die Couch. Erst nachdem ich mich hingesetzt habe, merke ich, dass es nicht die gleiche ist, die in den letzten Jahren hier stand.

»Wann habt ihr euch die denn gekauft?«, frage ich Melody und schaue mir das neue Möbelstück genauer an. Es ist größer als das alte und sieht gemütlicher aus. Auf der Sitzfläche stapeln sich dicke Kissen und über der Rückenlehne hängen zwei Decken, die farblich perfekt zu dem Grau des Stoffes passen.

»Scott fand die alte zu klein. Er ist ein totaler Schmusebär, so dass wir eigentlich fast jeden Abend auf der Couch einschlafen, weil es so schön ist. Zwei Tage nach seinem Einzug ist er los und hat sie geholt. Man kann also sagen, dass sie noch ganz neu ist«, erklärt Melody und reicht mir eine Wasserflasche.

»Ein Schmusebär also«, spreche ich ihre Worte nach und wackle vielsagend mit den Augenbrauen.

»Ich weiß, was dir gerade durch den Kopf geht, aber das kannst du vergessen. Bei uns dreht sich nicht alles um Sex, auch wenn ich sagen muss, dass er mit ihm einfach wahnsinnig phantastisch ist«, schwärmt sie.

»Ich bin mir sicher, dass sich das Meiste bei euch um dieses Thema dreht.«

Bei meiner Feststellung wird sie rot im Gesicht, was mich leicht grinsen lässt. Melody ist zwar nicht schüchtern, aber trotzdem finde ich es süß, dass sie so reagiert, wenn ich auf den Sex zwischen ihr und ihrem Freund anspiele.

Aber wenn ich mich richtig erinnere, war das von Anfang an der Fall gewesen.

»Ich freue mich für euch. Du hast es wirklich verdient und Scott macht dich glücklich. Mehr kann man sich überhaupt nicht wünschen und mehr brauche ich auch nicht zu wissen. Was ihr macht, wenn ihr alleine seid, ist eure Entscheidung.«

»Und was ist mit dir und Travis?«

Kaum hat sie die Frage ausgesprochen, lasse ich mich seufzend nach hinten fallen. Ich reibe mir über das Gesicht und atme tief durch.

Es reicht, dass jemand seinen Namen nennt, damit ich nicht mehr weiß, was ich denken oder sagen soll. Dieser Mann lässt mich verwirrt zurück, und dabei habe ich sonst immer die Kontrolle.

Mir kommen wieder seine Worte in den Kopf, die er mir heute Morgen in meinem Büro gesagt hat. Die Tatsache, dass er diese Anziehungskraft ebenfalls spürt, verstärkt ihre Wirkung auf mich noch. Denn sonst könnte ich sie einfach ignorieren. Aber irgendwie habe ich das Gefühl, dass er das nicht zulassen wird.

»Mit uns ist nichts. Das habe ich ihm heute auch schon klargemacht.«

»Ach? Echt? Darf ich fragen, wieso du es ihm klarmachen musstest?« Neugierig und mit funkelnden Augen beobachtet Melody mich. Sie zieht die Beine an ihren Oberkörper, so dass sie sich an die Rückenlehne sinken lassen kann. »Wie seid ihr denn auf dieses Thema gekommen?«

Kurz suche ich nach den richtigen Worten, doch noch bevor ich ihr antworten kann, klingelt es ein zweites Mal an der Tür. Melody springt schnell auf und verlässt das Wohnzimmer. Sie dreht mir aber nicht den Rücken zu, ohne mir einen Blick zuzuwerfen, der keinen Zweifel daran lässt, dass ich um eine Antwort nicht herumkomme.

Erleichtert über den Aufschub hebe ich meinen Kopf und starre die Decke an. Ich habe keine Ahnung, was ich ihr auf diese Frage antworten soll, da ich nicht weiß, wieso er mich darauf angesprochen hat.

Ein paar Sekunden später dringt die Stimme meiner Schwester Brooke an meine Ohren.

»Hi«, begrüßt sie mich gut gelaunt und lässt sich auf den Sessel fallen, der uns gegenübersteht. Bei jeder Bewegung schwingt ihr breiter Rock, der ihr bis zu den Knien geht, von einer Seite zur anderen. »Erzähl mir alles, Melody hat nicht sehr viel berichtet. Eigentlich weiß ich nur, dass ihr miteinander geschlafen habt.«

Mit diesen Worten beugt sie sich ein Stück nach vorne und legt ihre Hände auf die Beine.

Ich komme nicht drum herum, zuzugeben, dass es Momente gibt, in denen ich meine Schwester beneide, und dieser hier ist definitiv einer von ihnen. Sie macht sich um nichts und niemanden Sorgen, sondern lebt einfach ihr Leben. Manchmal wünsche ich mir, dass es mir ebenso leicht fällt, aber dem ist nicht so. Ich bin die älteste Schwester und deswegen habe ich schon von Anfang an mehr Verantwortung gehabt als die beiden anderen.

Aber ich nehme ihnen das nicht übel. Ich liebe meine Schwestern, da sie noch so viel mehr für mich sind. Auf die beiden konnte ich mich schon immer verlassen, genauso wie ich zur Stelle bin, wenn sie Probleme haben.

Wie Chrystal so schön gesagt hat, wir sind unzertrennlich, beste Freundinnen, und darüber bin ich froh.

»Da gibt es nichts zu erzählen«, weiche ich Brooke dennoch aus.

»Das kommt mir bekannt vor«, erklärt Melody und grinst mich wissend an.

Ich weiß genau, dass sie an die Anfangszeit mit Scott denkt. Auch Melody hatte ein Geheimnis daraus gemacht.

Aber woraus soll ich vor den beiden ein Geheimnis machen? Wir hatten eine leidenschaftliche Nacht, mehr nicht.

»Irgendetwas gibt es immer. Schließlich hast du mit ihm geschlafen und nun bist du für sein Image verantwortlich. Ist das nicht ein Interessenkonflikt?«, gibt sie mit fester Stimme zurück.

»Ich bin weder Polizistin noch Anwältin«, gebe ich von mir und hoffe, dass sie auf den Themenwechsel anspringt.

An der Art und Weise, wie die beiden mich ansehen, erkenne ich, dass sie mir meine Antwort nicht durchgehen lassen. Also hole ich tief Luft, richte mich auf und stelle mich dem Unausweichlichen.

»Es wird in einer Katastrophe enden«, seufze ich, nachdem ich ihnen alles erzählt habe.

»Wieso?«, fragt mich nun Melody, die sich wieder in die andere Ecke des Sofas hat sinken lassen. »Würdest du etwas für ihn empfinden, könnte ich deine Meinung verstehen, aber so? Ihr habt die Nacht miteinander verbracht, was soll's? Und, falls ich das sagen darf, Scott und ich haben auch miteinander gearbeitet und geschlafen, und es hat nicht in einer Katastrophe geendet.«

Bei ihren Worten zucke ich unbewusst zusammen.

»Aber ich bin mir sicher, dass du das gedacht hattest.«

»Ja, okay, das schon. Aber trotzdem bin ich das Risiko eingegangen«, gibt sie leise zu.

»So meinte ich das nicht«, füge ich schnell hinzu, da ich nicht will, dass sie meine Aussage in den falschen Hals bekommt. »Travis hat eine ganz andere Persönlichkeit als Scott. Ich denke, er nutzt es eher aus, dass die Frauen ihm aufgrund seines Berufes zu Füßen liegen. Während Scott eher seinen Ruf als Frauenheld festigen wollte.«

»Das wusste ich vorher nicht. Für mich sah es erst genauso aus, wie es bei dir mit Travis der Fall ist. Aber ich weiß, wie du das meinst. Mach dir keine Sorgen.«

Während Melody spricht, spiele ich mit dem Schraubverschluss der Flasche, die ich noch immer in der Hand halte, herum.

»Moment mal«, meldet sich nun Brooke mit heller Stimme zu Wort, nachdem sie mich eine Weile beobachtet hat. »Du empfindest doch nichts für ihn, oder? Es war doch nur Sex, oder habe ich etwas verpasst?« Skeptisch, aber gleichzeitig auch aufmerksam sieht sie mich an.

Innerlich winde ich mich unter ihrem Blick. »Irgendetwas ist da«, gebe ich schließlich leise zu. »Wenn es nicht von Anfang an da gewesen wäre, hätte ich nie mit ihm geschlafen.«

»Sind es die gleichen Gefühle, die jeder One-Night-Stand in einem wachruft? Also eher Lust?«, hakt Brooke weiter nach.

Genervt über ihre Fragen verdrehe ich erst die Augen und strecke ihr dann noch die Zunge heraus. Von mir aus kann sie gerade ruhig wissen, was ich von ihrer Fragerei halte.

»In gewisser Hinsicht ja, aber trotzdem ist es anders. Wenn wir zusammen sind, entspanne ich mich. Es ist fast so, als würde er mir alles nehmen, damit ich nicht mehr darüber nachdenken muss. Sämtlicher Ärger und Stress existiert dann nicht mehr«, flüstere ich.

Nachdem ich geendet habe, beiße ich mir auf die Unterlippe. Wahrscheinlich halten die beiden mich jetzt für komplett verrückt, aber anders kann ich es nicht in Worte packen.

Das ist es, was ich in seiner Gegenwart empfinde. Es laut auszusprechen macht mir klar, dass ich tiefer in dieser Sache drinstecke, als ich selber gedacht habe.

»Du fühlst dich wohl bei ihm. Das geht mir bei Scott nicht anders. Für mich gibt es nicht Schöneres, als Zeit mit ihm zu verbringen. Und wenn ich ihm einfach nur zuhöre, wie er vom Training erzählt.«

Eine Weile denke ich über Melodys Worte nach. In meinem Kopf herrscht ein riesiges Durcheinander.

Ja, ich fühle mich wohl bei ihm. Aber ich glaube nicht, dass man nur an diesem Gefühl ausmachen kann, ob etwas zwischen uns läuft oder nicht. Schließlich geht es mir auch in Gegenwart meiner Schwestern so, und mit ihnen gehe ich definitiv nicht ins Bett.

»Und wie geht es jetzt weiter?«, fragt mich Brooke, nachdem es eine Weile ruhig war im Zimmer.

»Da geht gar nichts weiter«, widerspreche ich sofort. Dabei versuche ich meine Stimme so überzeugend wie möglich klingen zu lassen. »Ich werde meinen Job machen und dann gehen wir wieder getrennte Wege. Genauso, wie es eigentlich schon nach dieser Nacht hätte sein sollen. Ich habe mir selber das Versprechen abgenommen, dass ich mich so gut es geht von ihm fernhalten werde, und das werde ich durchziehen. Es ist mein Job!« Den letzten Satz betone ich, um den beiden meine Entschlossenheit zu zeigen.

Ich erwarte, dass sie etwas erwidern, aber stattdessen sitzen sie ruhig auf ihren Plätzen und schauen mich an. Ausdruckslos, so dass ich mich frage, was in ihren Köpfen vor sich geht.

Aber eigentlich bin ich froh, dass sie nichts mehr sagen, da ich mich so heute nicht mehr mit diesem Thema auseinandersetzen muss.

Zwei Tage ist es nun her, dass ich erfahren habe, dass ich mit Travis zusammenarbeiten muss.

Zwei Tage, in denen ich zusammengezuckt bin, sobald das Telefon klingelte. Zwei Tage, in denen mein Herz angefangen hat schneller zu schlagen, sobald ich gesehen habe, dass ich eine E-Mail bekommen habe. Auch als ich mit Melody telefoniert habe, war ich angespannt. Ich war davon ausgegangen, dass sie etwas von dem Treffen der beiden Männer berichtet. Da sie darüber kein Wort verloren hat, war ich erleichtert.

In all diesen Momenten wusste ich nicht, ob ich darauf warte, dass er sich meldet. Eigentlich hatte ich gehofft, dass die Sehnsucht nach ihm etwas nachlässt, wenn wir uns ein paar Tage nicht sehen und nichts voneinander hören. In diesem Punkt habe ich mich geirrt. Es ist nur noch schlimmer geworden.

»Ja?«, frage ich nun, als ich den Hörer meines Telefons in die Hand nehme, ohne vorher auf das Display zu schauen, wer mich da zu erreichen versucht. Dass mein Herz schon wieder rast, als wäre ich einen Marathon gelaufen, ist Beweis genug für mich, dass ich irgendetwas unternehmen muss, um nicht verrückt zu werden.

»Ich bin's«, begrüßt mich meine Mutter, nachdem es kurz still war. »Ich hoffe, dass ich dich nicht störe.«

»Ist alles in Ordnung?«, entgegne ich alarmiert, als ich höre, dass sie völlig außer Atem ist.

»Jaja, alles bestens. Ich komme nur gerade vom Joggen mit Conni. Wir sind eine neue Strecke gelaufen und die war länger als die alte. Eigentlich hatte ich gedacht, dass meine Kondition mittlerweile besser ist, aber da habe ich mich wohl getäuscht.«

Nur mit Mühe schaffe ich es, mir ein lautes Lachen zu verkneifen.

Conni ist die Nachbarin meiner Eltern und eine langjährige

Freundin meiner Mutter. Vor einem halben Jahr fing sie an, sich nach strengen Vorschriften zu ernähren, und vor wenigen Wochen ist auch meine Mom auf den Zug mit aufgesprungen. Es gibt Tage, an denen sie sich nicht immer an die Vorschriften hält, wobei das noch untertrieben ist. Sie lässt sie dann ganz außer Acht.

»Und was kann ich für dich tun?«, frage ich sie vorsichtig, nachdem ich kurz über einen möglichen Grund für ihren Anruf nachgedacht habe.

Normalerweise ruft sie nie in meinem Büro an, es sei denn, irgendetwas ist passiert. Und selbst da versucht sie es vorher auf meinem Handy. Was mich also noch stutziger macht, da mein Handy in den letzten Minuten nicht geklingelt hat.

»Ich wollte nur mit meiner Tochter sprechen«, antwortet sie mir jedoch in der nächsten Sekunde mit fester Stimme.

»Hm«, mache ich bloß, da ich ihr kein Wort glaube. Wenn meine Mutter direkt nach dem Joggen anruft, hat es einen Grund und der geht meistens etwas tiefer.

Eine Weile ist es still in der Leitung. Da ich nicht einmal mehr ihren Atem höre, habe ich die Befürchtung, dass die Verbindung getrennt wurde. Doch noch bevor ich nachfragen kann, ob sie noch dran ist, dringt ihr leises Seufzen an meine Ohren.

»Na gut«, gibt sie zu. Wahrscheinlich hat sie darüber nachgedacht, ob es nicht doch einfacher ist, wenn sie direkt zum Punkt kommt. »Ich habe gehört, dass Travis sich an deine Agentur gewandt hat.«

Bei ihren Worten lasse ich überrascht den Kugelschreiber fallen, mit dem ich mir gerade noch ein paar Notizen gemacht habe. »Woher weißt du das?«, frage ich sie, und versuche so desinteressiert wie möglich zu klingen. Aber mir ist klar, dass ich eine schlechte Schauspielerin bin und es mir deswegen nur mittelmäßig bis überhaupt nicht gelingt.

In Wahrheit haben sich meine Ohren gespitzt, noch bevor sie ihren Satz zu Ende gesprochen hat.

»Die Klatschzeitschriften sind voll von Bildern, wie er zusammen mit seinem Teamchef dein Büro verlässt.«

»Scheiße«, grummle ich und hoffe, dass sie meinen Kraftausdruck nicht gehört hat. Unsere Eltern haben uns drei eigentlich so erzogen, dass wir zumindest in ihrer Gegenwart solche Wörter nicht sagen oder sie wenigstens abschwächen. Es passiert wirklich nur selten, dass mir doch mal eins über die Lippen kommt.

»Haley!«, dringt im nächsten Moment ihr scharfer Ton durch die Leitung. Auf diese Weise schafft sie es sofort wieder, den winzigen Funken Hoffnung zu löschen.

Kurz überlege ich, ob ich mich dafür bei meiner Mutter entschuldigen oder direkt zum Punkt kommen soll. Allerdings weiß ich, dass es einfacher für mich ist, wenn ich beim Thema bleibe.

»Ich weiß, dass du gerne etwas darüber hören möchtest, aber ich kann dir wirklich nichts sagen. Sollte dir Travis irgendwann einmal über den Weg laufen, kannst du ihn gerne fragen. Wenn er dir freiwillig etwas darüber erzählt, ist es etwas anderes, als wenn ich das mache«, erkläre ich ihr. Klar und deutlich gebe ich ihr zu verstehen, dass ich für sie keine Ausnahme machen werde.

Was folgt, ist ein deprimiertes Seufzen, was mich aber auch nicht weich werden lässt.

»Und wenn ich niemandem erzähle, dass ich es von dir weiß?«, startet sie einen weiteren Versuch. Dieser sorgt dafür, dass ich beinahe laut seufze.

»Mom, ich kann meinen Job verlieren, wenn ich über unsere Klienten spreche!«, erinnere ich sie.

Ich weiß nicht, wie oft wir diese Unterhaltung schon geführt haben. Manchmal kommt es mir so vor, als würde sie es nicht verstehen wollen.

Viele unserer Klienten sind zwar eher kleine Schauspieler oder Sportler. Für eine gelangweilte Hausfrau wie meine Mutter reicht das aber schon aus, damit sie die nächsten Tage etwas zu berichten hat.

»Ach, komm schon, Haley. Bei ihm kannst du doch eine Ausnahme machen.«

Normalerweise ist meine Mutter ruhig, sobald ich ihr dieses Argument präsentiere, aber in diesem Fall scheint es nicht zu funktionieren. Sie lässt nicht locker, und irgendwie kann ich mir vorstellen, wieso das der Fall ist.

Sie hat an Travis den gleichen Narren gefressen wie an Scott!

»Möchtest du meine Miete zahlen und die anderen Kosten, die ich habe?«, frage ich sie.

Eine Weile ist es still in der Leitung.

»Na gut, ich habe einfach nur gedacht, dass ich mal mein Glück versuche«, bestätigt sie meine Vermutung in der nächsten Sekunde.

*Das denkst du immer*, schießt es mir durch den Kopf, aber ich bin schlau genug, es nicht laut zu sagen. Gerade habe ich keine Lust, mich mit ihr zu streiten.

»Denk an morgen.«

»Wie könnte ich das vergessen?«, frage ich sie.

Samstags ist unser wöchentliches Mittagessen, das bei meinen Eltern zu Hause stattfindet. Bei diesem besprechen wir allerhand Dinge, über die wir sonst nicht reden können, weil uns die Zeit fehlt. Und irgendwie habe ich das Gefühl, als würden an diesem Samstag meine Mutter und meine Oma ein paar Kommentare über Travis zum Besten geben. Aus diesem Grund überlege ich, ob ich morgen nicht einfach anrufen soll, um ihnen zu sagen, dass ich krank bin.

Ich will mich nicht über Travis unterhalten und wahrscheinlich noch ein paarmal gefragt werden, ob ich ihnen nicht doch etwas erzählen könnte.

Aber das ist auch keine Lösung, denn früher oder später würden sie vor meiner Tür stehen. In diesem Fall könnte ich ihnen nicht einmal entkommen.

»Wir sehen uns morgen«, erwidere ich also.

»Ich wünsche dir noch einen schönen Tag, Liebes.«

»Dir auch, Mom.« Mit diesen Worten lege ich auf und greife zeitgleich nach meinem Laptop, um ihn näher zu mir zu ziehen.

Kurz zögere ich und überlege, ob ich es wirklich tun soll, doch dann öffne ich die Suchmaschine im Browser und gebe seinen Namen ein. Als Nächstes klicke ich auf Bilder und dann auf Suche starten.

Die Zeit, die mein Computer braucht, um nach ihm zu suchen, kommt mir wie eine Ewigkeit vor. Aber eigentlich handelt es sich nur um ein paar Sekunden, bis die neue Seite geöffnet wird.

Doch als Travis' Grinsen mir entgegenschlägt, wünsche ich mir, es nicht getan zu haben. Mein Herz schlägt schneller, und es kommt mir vor, als würde es mir jeden Moment aus der Brust springen.

»Verdammt«, murmle ich, als mir klar wird, dass seine Wirkung auf mich in den letzten Tagen nicht nachgelassen hat. Nicht einmal ein kleines Stückchen.

Um mich abzulenken, konzentriere ich mich wieder auf die Bilder, die auf der Seite erschienen sind.

Ein paar von ihnen zeigen, wie er lässig auf dem Motorrad sitzt oder ein Rennen fährt. Sie zu sehen löst den Wunsch in mir aus, ihn einmal beim Training zu beobachten. Sogar auf den Bildern erkennt man, dass er seine Maschine jederzeit unter Kontrolle hat. Auch wenn ich mich damit nicht auskenne, kann ich doch sagen, dass er eins mit seinem Motorrad ist.

Langsam scrolle ich weiter nach unten und schaue mir jedes der Bilder an.

Die Fotos, die danach erscheinen, lassen mich nach Luft schnappen.

»Klasse, wirklich ganz klasse«, murmle ich leise vor mir hin, als die Bilder von ihm auftauchen. Auf ihnen ist zu erkennen, dass er aus dem Bürogebäude kommt, in dem ich mich gerade aufhalte. Es befinden sich zwar noch andere Firmen hier drin, aber Travis hat keinen Grund, diese aufzusuchen. Was soll er auch mit Computerfirmen, einer Privatbank oder einer Modekette anfangen?

Je länger ich die Bilder vor mir anstarre, desto schlechter wird mir. Es geht nicht darum, dass bekannt wurde, dass sein Manager sich dazu entschlossen hat, sich Hilfe von außerhalb zu holen. Es ist die Tatsache, dass wir von ungefähr vierzig Leuten dabei beobachtet wurden, wie wir uns zum ersten Mal miteinander unterhalten haben und wie er mir nähergekommen ist.

*Hoffentlich hat keiner gesehen, wie wir uns vor dem Haus geküsst haben*, fährt es mir durch den Kopf.

Um etwas zu tun zu haben, greife ich nach meinem Handy, das neben mir auf dem Schreibtisch liegt, und besorge mir Travis' Nummer aus seinen Unterlagen. Ich öffne mein Nachrichtenprogramm und tippe eine Botschaft ein.

*Du stehst in allen Zeitungen. Falls dich jemand auf unsere Verbindung anspricht, wäre ich dir sehr dankbar, wenn du ihm sagen könntest, dass wir nur beruflich miteinander zu tun haben.*

Ich atme tief durch und lese mir die Nachricht noch einmal durch. Mir gefällt die Wortwahl überhaupt nicht, aber ich habe keine Ahnung, wie ich es sonst formulieren soll.

Es dauert nicht lange, bis mein Handy vibriert und mich damit erschrocken zusammenzucken lässt. Als ich einen Blick auf das hellerleuchtete Display werfe, sehe ich, dass ich eine neue Nachricht von ihm bekommen habe.

*Und was ist, wenn ich das nicht mache?*

Ich brauche ihn nicht zu sehen, um zu wissen, dass sich ein schelmisches Grinsen auf seine Gesichtszüge geschlichen hat. Er fordert mich heraus, genauso, wie er es schon bei den letzten Treffen getan hat.

*Dann hetze ich meine Schwestern auf dich!*

Obwohl ich die Worte nicht ernst meine, hoffe ich doch, dass er genau das denkt. In mir wehrt sich alles dagegen ihm zu drohen, aber wenn ich es muss, werde ich es auch tun.

*Okay, ich werde niemandem etwas sagen. Aber nur unter einer Bedingung.*

*Und die wäre?*

Während ich auf eine Antwort von ihm warte, scrolle ich auf meinem Laptop weiter und finde Fotos von ihm, die ihn mit einem Haufen Frauen zeigen. Mal am Strand, mal auf einer Rennstrecke oder auf einer Party. Allen sieht man an, dass sie nichts gegen eine gemeinsame Nacht mit ihm einzuwenden hätten. Ich bin aber der Meinung, dass auch Travis dieser Vorstellung nicht abgeneigt scheint.

Ich kann nichts gegen den Stich unternehmen, der mich mitten in meinem Herzen trifft. Er verschwindet auch nicht, sondern macht sich von Sekunde zu Sekunde nur noch mehr bemerkbar.

*Ich wette, dass Melody sich nicht Bilder von Scott und seinen Verflossenen ansehen musste*, denke ich. Das ist noch ein Punkt, wieso man unsere beiden Situationen nicht miteinander vergleichen kann.

Ich bin so vertieft, dass ich gar nicht merke, dass ich eine neue Nachricht von Travis bekommen habe. Erst als ich meine Augen vom Bildschirm losreiße und sie auf das Handy senke, sehe ich, dass es blinkt.

*Du gibst zu, dass da mehr zwischen uns ist.*

Sprachlos starre ich auf mein Telefon und lese immer wieder seine Antwort.

*Das kann nicht sein Ernst sein*, überlege ich, doch ich weiß, dass es so ist.

Meine Finger schweben über dem Bildschirm, nicht sicher, was ich schreiben soll. Es wäre so leicht, ihm zu antworten, dass er das von mir niemals hören wird. Es wäre so leicht, ihm zu schreiben, dass ich seinen Fall einer Kollegin übergeben werde.

Aber eine leise Stimme in meinem Hinterkopf hält mich davon zurück. Und diese Stimme hat ein höheres Gewicht, als ich dachte.

Obwohl Travis nicht einmal in meiner Nähe ist, kommen all die Gefühle in mir hoch, die er in mir wachruft. Die Art und Weise, wie er mit mir spielt, sorgt dafür, dass sich auch in diesem Moment Vorfreude in mir breitmacht.

*Ich gebe zu, dass da irgendetwas zwischen uns ist.*

Mit klopfendem Herzen tippe ich jeden einzelnen Buchstaben in dem entsprechenden Feld ein. Es fühlt sich komisch an, das zuzugeben, nachdem ich betont hatte, dass genau das nicht der Fall ist.

Bevor ich es mir noch einmal anders überlegen kann, schicke ich die Nachricht ab, sobald ich die Worte geschrieben habe.

Die nächsten Minuten kommen mir wie Stunden vor. Ungeduldig schaue ich immer wieder auf mein Handy und versuche mir einzureden, dass ich nicht auf eine Nachricht von Travis warte. Aber tief in meinem Inneren weiß ich es besser.

Ich bin nervös, weil ich nicht weiß, wie er auf meine Worte reagieren wird. Und je länger er braucht, um zurückzuschreiben, desto schlimmer wird es.

Als es schließlich leise klingelt, zucke ich erschrocken zusammen.

*Siehst du? War doch gar nicht so schwer, das zuzugeben.*

*Arsch!*

Während ich dieses eine Wort ins Textfeld hämmere, habe ich meine Augen böse zusammengekniffen.

Mit nur einer Nachricht hat Travis mir mal wieder klargemacht, was für ein überheblicher Idiot er ist.

*Ich hole dich morgen Abend um sieben Uhr ab.*

Mein Herz schlägt schneller, als ich seine Worte lese, und die schlechte Laune ist schlagartig wieder verschwunden.

*Und dann?*

Schnell schreibe ich zurück, bevor ich noch den letzten Funken Verstand verliere. Vielleicht könnte man aber auch sagen, dass das bereits geschehen ist.

*Mein Chef feiert seinen Geburtstag. Und du bist meine Begleitung.*

Begleitung?

Dieses eine Wort setzt sich in meinem Kopf fest, so dass ich mich auf nichts anderes mehr konzentrieren kann. Deshalb merke ich erst, dass eine weitere Nachricht auf meinem Handy eingegangen ist, als ich das Blinken sehe.

*Und nur, falls du dich fragst: Ja, es ist ein Date!*

Als ich seine Nachricht lese, bin ich mir sicher, dass ich ein Problem habe. Ein großes Problem.

Ein Date mit Travis, auf der Feier seines Chefs, kann unmöglich gutgehen. Doch nun habe ich mich darauf eingelassen und ich kann mir nicht vorstellen, dass er akzeptieren wird, wenn ich absage.

Ganz davon abgesehen will ich es auch überhaupt nicht. Tief in mir drin freue ich mich darauf, Zeit mit ihm zu verbringen.

# 6

Zum wiederholten Male in den letzten Minuten starre ich auf die Uhr, aber es ist gerade einmal halb sieben. Noch eine halbe Stunde, dann erst holt Travis mich ab. Doch ich bin schon komplett angezogen und habe das Gefühl, als würde ich gleich den Verstand verlieren.

In den letzten Minuten habe ich schon die eine oder andere Runde in meinem Flur gedreht.

Obwohl mir bewusst ist, dass es noch ein wenig dauert, bis er hier ist, habe ich Hummeln im Hintern. Sie sorgen dafür, dass ich nicht stillsitzen oder mich mit etwas anderem beschäftigen kann.

Noch nie war ich so nervös vor einer Verabredung, wie ich es gerade bin.

Ja, es ist ein Date.

Das habe ich mittlerweile akzeptiert.

Seit er mir gestern geschrieben hat, habe ich mich gefragt, wie es wohl werden wird. Während des Essens bei meinen Eltern war ich mit meinen Gedanken ständig bei unserer Verabredung, so dass ich kaum etwas von der Unterhaltung mitbekommen habe.

Im Vorbeigehen schaue ich noch einmal in den großen Spiegel, der an der Wand neben der Garderobe hängt.

Da ich keine Ahnung habe, was mich auf der Feier erwartet, stand ich zwei Stunden vor meinem Kleiderschrank und habe das passende Outfit gesucht. Bis heute habe ich dafür noch nie so lange gebraucht.

Zum Schluss habe ich mich für ein weißes Kleid mit schwarzen

Punkten drauf entschieden, das ich schon zu verschiedenen Veranstaltungen getragen habe. Dazu habe ich mir schwarze High Heels angezogen, die mich ein wenig größer aussehen lassen. Meine Haare habe ich zu einer lockeren Hochsteckfrisur zusammengebunden. Das Make-up ist dezent, so dass es nicht sofort ins Auge sticht, aber man sieht, dass ich etwas aufgetragen habe.

Alles in allem finde ich, dass ich mich so auf fast jeder Veranstaltung sehen lassen kann.

»Oh Mann«, murmle ich niedergeschlagen vor mich hin und werfe einen erneuten Blick auf die Uhr. Allerdings sind gerade einmal zwei Minuten vergangen, seitdem ich das letzte Mal drauf geschaut habe.

Bevor ich aufgebrochen war, hatten Brooke und Melody mir angeboten, mit mir zusammen nach Hause zu fahren. Sie wollten mir helfen, das passende Outfit auszusuchen, und mich ein wenig ablenken. Diesen Vorschlag habe ich aber dankend abgelehnt. Obwohl ich meine Schwestern gerne um mich habe, hätten sie mich noch nervöser gemacht, als ich es eh schon bin.

Vor allem wollte ich aber das Risiko nicht eingehen, dass Melody mir Geschichten von Travis erzählt, die sich abgespielt haben, als er und Scott zusammen zur Schule gegangen sind. Ich bin mir sicher, dass Scott in ihrer Gegenwart bestimmt die eine oder andere zum Besten gegeben hat.

So hatte ich es mir in diesem Moment vorgestellt. Nun muss ich aber sagen, dass ich jetzt froh darüber wäre, wenn wenigstens eine von ihnen hier bei mir wäre.

Ich bin so in Gedanken vertieft, dass ich mich erschrocken umdrehe, als es an meiner Tür klingelt. Noch in der gleichen Sekunde schlägt mein Herz schneller, so dass ich stehen bleibe, um mich wieder in den Griff zu bekommen.

Wie von alleine schaue ich zu der großen Wanduhr, die ich neben dem Spiegel hängen habe. Es sind noch immer fast zwanzig Minuten, bevor er hier auftauchen sollte.

*Vielleicht ist es Melody und sie macht sich einen Spaß daraus, weil ich das auch gemacht habe, als Scott sie abgeholt hat*, überlege ich.

Für einen kurzen Moment denke ich tatsächlich darüber nach, ob ich sie einfach auf der Straße stehen lassen soll, doch dann entscheide ich mich dagegen. Sie ist schließlich meine Schwester und ich bin froh darüber, wenn ich die nächsten Minuten nicht alleine sein muss.

Aber das ändert nichts daran, dass ich mir auf dem Weg zum Türöffner Zeit lasse.

Kurz drücke ich einmal auf den entsprechenden Knopf, bevor ich nach der Türklinke greife. Mit einem fragenden Gesichtsausdruck lehne ich mich an den Rahmen meiner Wohnungstür und verschränke die Arme vor meiner Brust, während ich auf sie warte.

Doch es ist niemand aus meiner Familie, der da die Treppen hochkommt, sondern Travis. Überrascht schnappe ich bei seinem Anblick nach Luft. Ich schaue ihm zu, wie er mit festen Schritten den Flur entlangläuft, nachdem er die letzte Stufe hinter sich gebracht hat. Während er auf mich zugeht, lässt Travis mich nicht aus den Augen.

Mit jedem Meter, den er sich mir nähert, wird mir heißer. Schon bald habe ich das Gefühl, ich würde zerfließen.

Ich spüre, wie meine Brustwarzen sich aufrichten, so dass ich froh darüber bin, dass ich mich für einen dicken Push-up-BH entschieden habe, unter dem man es nicht erkennen kann.

Doch die Nervosität, die ich vorhin noch verspürt habe, ist plötzlich verschwunden, und Vorfreude ist an ihre Stelle getreten. Vorfreude auf das, was wir heute gemeinsam unternehmen werden.

Dicht vor mir bleibt er schließlich stehen. Es fehlt nicht viel und nicht einmal ein Blatt hätte noch Platz zwischen uns. Sein Aftershave steigt mir in die Nase und hüllt mich ein.

»Hi«, raunt Travis mir leise zu, nachdem er sich ein Stück zu mir gebeugt hat.

Ihm auf einmal so nahe zu sein hat mir die Sprache verschlagen. Travis nutzt meine Bewegungslosigkeit schnell aus und überwindet den kurzen Abstand, um mir einen sanften Kuss auf den rechten Mundwinkel zu drücken.

Während seine Lippen mich berühren, setzt mein Herz aus und alles um mich herum verschwindet. Neben mir müsste eine Bombe explodieren, damit ich wieder zurückfinde.

Doch so schnell, wie er mich geküsst hat, ist es auch wieder vorbei. In diesem Moment kann ich ihm nicht in die Augen schauen, doch Travis lässt nicht zu, dass ich mich vor ihm verstecke.

Er umgreift meinen Hals und sorgt so dafür, dass ich ihm nicht ausweichen kann. All meine Sinne konzentrieren sich nur noch auf den Mann, der vor mir steht und mich mit einem teuflisch sexy Grinsen betrachtet.

Nachdem wir einige Sekunden so dagestanden haben, muss ich mich zusammenreißen, damit ich auch den Rest seines Körpers wahrnehme. Langsam wende ich meinen Blick von seinem Gesicht ab und schaue an ihm hinunter.

Er trägt eine dunkle Jeans und dazu ein schwarzes Hemd, an dem die oberen beiden Knöpfe offenstehen, so dass man ein kleines Stück seiner durchtrainierten Brust sehen kann.

Als ich wieder nach oben schaue, bemerke ich, dass er mich ebenfalls betrachtet. Seine Augen gleiten über meinen Körper, was meine Knie weich werden lässt.

An seinen Augen, die sich noch etwas verdunkeln, kann ich genau den Moment ablesen, in dem er meine Brüste betrachtet. Ich werde rot im Gesicht, da mir einfällt, wie er sich um sie gekümmert hat. Als würde das nicht reichen, spüre ich auch seine Zunge, wie sie meine Nippel umkreist, und muss mich zusammenreißen, um nicht leise aufzustöhnen.

»Du siehst phantastisch aus«, grummelt er vor sich hin.

Ein leises Lachen dringt aus meiner Kehle, was ihm leider genau zeigt, wie nervös ich bin.

»Ich habe noch nicht mit dir gerechnet«, erwidere ich, ohne auf sein Kompliment einzugehen, nachdem ich mich kurz gesammelt habe.

*Wenigstens klingt meine Stimme normal*, schießt es mir durch den Kopf.

»Soll ich dir die Wahrheit sagen?«, flüstert er in mein Ohr.

Da ich in meinen Gedanken noch dabei bin zu verarbeiten, dass ich nur meinen Kopf in seine Richtung drehen müsste, um ihn zu küssen, nicke ich leicht.

»Ich hatte keine Lust mehr, noch länger vor deiner Tür zu stehen und zu warten.«

Überrascht über sein Geständnis weiche ich ein Stück zurück, so dass ich ihn besser betrachten kann, und schaue direkt in sein grinsendes Gesicht. Er sieht aus wie ein kleiner Junge, der gerade etwas ausgefressen hat, und ich muss ebenfalls grinsen.

»Wie lange warst du denn schon da unten?«, hake ich nach.

»Keine Ahnung, vielleicht eine halbe Stunde.« Travis zuckt mit den Schultern.

Als seine Worte bei mir ankommen, werden meine Augen groß. Das bedeutet, dass er schon da unten war, als ich anfing, wie ein aufgescheuchtes Huhn durch die Wohnung zu rennen. Aber das sage ich ihm nicht. Er braucht nicht zu wissen, wie es wirklich in mir aussieht.

Es reicht, dass ich nicht in der Lage bin, meine komplette Reaktion auf ihn zu verbergen.

»Wieso bist du nicht hochgekommen?«

Stumm sieht Travis mich an. Er macht keine Anstalten, etwas zu sagen und meine Frage damit auch nur ansatzweise zu beantworten.

Damit er die Enttäuschung darüber nicht bemerkt, löse ich mich von ihm und bringe etwas Abstand zwischen uns. Ohne darauf zu achten, ob er es sich vielleicht noch einmal anders überlegt, drehe ich mich um und gehe zurück in die Wohnung.

Dort greife ich nach meiner Tasche und dem Schlüssel und

stecke auch mein Handy ein. Als ich mich wieder Travis zuwende, sehe ich, dass er noch immer in der Tür steht und mich unsicher ansieht.

»Was ist? Traust du dich nicht, hereinzukommen? Oder bist du ein Vampir, der nur mit Erlaubnis ein Haus und eine Wohnung betreten darf?« Fragend, und vielleicht auch ein wenig belustigt, ziehe ich die Augenbrauen nach oben.

»Nein, ich bin kein Vampir. Auf jeden Fall nicht so, wie du gerade denkst. Aber ob du es glaubst oder nicht, ich besitze etwas, was man gute Manieren nennt, wenigstens in manchen Situationen.«

»Ich habe auch nie etwas anderes behauptet, aber hier brauchst du keine Angst zu haben«, erwidere ich schnell. Ich will nicht, dass er meine Worte falsch versteht und wir uns deswegen streiten.

Eine Weile bleibe ich stehen und schaue ihn erwartungsvoll an, aber trotz meiner indirekten Einladung macht er keine Anstalten, die Wohnung zu betreten. Ich bin ein wenig enttäuscht darüber. Da dieses Gefühl hier nichts zu suchen hat, ignoriere ich es.

Obwohl ich gerne noch einen spitzen Kommentar darüber von mir geben würde, beschließe ich, es sein zu lassen. Stattdessen trete ich zu ihm in den Hausflur hinaus, um die Tür abzuschließen.

Kaum habe ich den Schlüssel in meiner Tasche verstaut und mir diese über die Schulter gehängt, greift Travis nach meiner Hand. Ein warmer Schauer durchfährt mich, als seine Haut meine berührt, und ein vertrautes Gefühl macht sich in mir breit.

Sanft streicht er mit dem Daumen über meinen Handrücken und verschränkt seine Finger mit meinen.

Ich senke meinen Kopf und betrachte die Stelle, an der wir uns berühren. Es fühlt sich zwar merkwürdig an, fast so als wären wir ein richtiges Paar, aber da ist noch etwas anderes. In mir macht sich der Wunsch breit, ihm noch näher zu sein, noch verbundener. Und das nicht auf körperlicher Ebene.

Ich will ihn besser kennenlernen, alles über ihn wissen.

Doch diesen Wunsch schiebe ich schnell beiseite. Ich muss mich auf das konzentrieren, was jetzt gerade passiert, und nicht auf das, was ich will. Sonst werde ich den Abend mit ihm sicherlich nicht überstehen.

»Wir sollten uns langsam auf den Weg machen, sonst kommen wir noch zu spät«, stellt Travis fest und setzt sich in Bewegung. Hand in Hand gehen wir gemeinsam die Treppen hinunter, bis wir die Haustür erreicht haben.

Anscheinend hat er nichts von meinen Gedanken mitbekommen, was mich erleichtert aufatmen lässt.

Zusammen treten wir durch die Tür hinaus in die warme Luft. Travis führt mich nach rechts und ein Stück den Gehweg entlang. Schließlich bleibt er vor einem pechschwarzen und in der Sonne glänzenden BMW 7er stehen.

»Schickes Auto«, raune ich anerkennend, nachdem ich den Wagen kurz gemustert habe.

Eigentlich habe ich mir noch nie etwas aus teuren Autos gemacht. Meistens bin ich sogar der Meinung, dass die Männer, die solche Wagen fahren, irgendwelche Komplexe haben. Aber ich muss zugeben, dass er zu Travis passt.

Ein anderes Auto kann ich mir bei ihm auch nicht vorstellen.

Fast erwarte ich schon, dass er etwas dazu sagt, doch Travis schweigt. Er grinst mich nur an, während er auf die Beifahrertür zugeht und sie mir aufhält.

»Ich habe doch gesagt, dass ich mich auch benehmen kann«, flüstert er mir in einem verschwörerischen Ton zu, nachdem ich eingestiegen bin. Ein letztes Mal lächelt er mich auf diese unwiderstehliche Weise an, bei der ich mich am liebsten an ihn lehnen würde. Doch da ich bereits im Wagen sitze, mache ich es nicht.

Auch Travis scheint von einer Sekunde auf die andere etwas nachdenklich zu sein. Gerade als ich ihn fragen will, ob etwas nicht stimmt, schließt er die Tür und geht um die Motorhaube herum, bis er die andere Seite des Fahrzeuges erreicht hat.

Ich nutze die Zeit und schaue mich im Inneren des Wagens um. Obwohl ich mich mit Autos nicht auskenne, sehe ich doch sofort, dass alles auf dem neuesten Stand der Technik ist. Zwischen Fahrer- und Beifahrersitz gibt es sogar ein riesiges Display, auf dem die unterschiedlichsten Symbole angezeigt werden, von deren Bedeutung ich keinen Schimmer habe.

Jeder Zentimeter ist auf Hochglanz poliert. Es sieht so aus, als würde Travis den Wagen nicht oft nutzen, was Sinn ergibt, wenn man bedenkt, dass er Motorradrennen fährt.

*Wahrscheinlich fährt er privat auch lieber seine Maschine*, überlege ich, wobei ich froh bin, dass er an diesem Abend darauf verzichtet hat.

Ich selber saß noch nie auf einem Motorrad und würde das auch nicht nachholen wollen, wenn ich so ein Kleid trage. Obwohl der Gedanke daran, hinter ihm zu sitzen, schon etwas Verlockendes hat.

Ich beobachte Travis, wie er sich auf dem Fahrersitz niederlässt und den Motor startet. Kaum ertönt das tiefe Brummen des Motors, spüre ich die kühle Luft der Klimaanlage auf meiner erhitzten Haut. Aber auch ihr gelingt es nicht, mich abzukühlen. Mir wird sogar immer heißer, je mehr Zeit ich mit ihm zusammen in diesem Wagen verbringe.

Noch nie in meinem Leben war ich mir der Anwesenheit eines Mannes so sehr bewusst, wie es bei ihm der Fall ist. Er ist präsent, was nicht nur etwas mit seinem Körperumfang zu tun hat.

Travis fordert mich auf jede nur erdenkliche Weise.

»Wir werden nur kurz dableiben«, klärt er mich auf, nachdem wir ein paar Minuten schweigend durch die Straßen gefahren sind.

»Warum?«, frage ich ihn. Ich drehe meinen Kopf in seine Richtung und schaue ihn neugierig an. »Es ist doch der Geburtstag deines Chefs.«

»Ich bleibe nie lange auf solchen Partys. Eigentlich bin ich nur da, damit mich die Vertreter meiner Sponsoren einmal außerhalb einer Rennbahn zu Gesicht bekommen.«

Unweigerlich kommt mir der Grund dafür in den Sinn, dass er überhaupt erst vor wenigen Tagen in meinem Büro saß.

»Du meinst wohl, dass du ihnen auf diese Weise zeigen willst, dass du dich benehmen kannst«, kontere ich deswegen.

Er hat auch eine andere Seite, und derentwegen dürfte ich eigentlich nicht hier sein.

»So kann man es auch ausdrücken«, antwortet Travis, nachdem er eine Weile über meine Worte nachgedacht hat. »Aber nicht, dass du denkst, ich bringe dich in ein oder zwei Stunden wieder nach Hause. So gut benehmen kann ich mich dann doch nicht.«

Gerade habe ich meinen Blick nach vorne gerichtet, doch jetzt drehe ich mich ruckartig wieder in seine Richtung, um ihn ansehen zu können.

»Und was machen wir stattdessen?«, erkundige ich mich, nachdem Travis keine Anstalten macht, weiterzusprechen.

Aber auch jetzt sagt er kein Wort. Anstatt mir eine Antwort zu geben, schaut er auf die Straße und fädelt sich auf der rechten Seite ein, bevor er den Blinker betätigt.

»Travis«, bettle ich, wobei ich die Ungeduld aus meiner Stimme nicht ganz heraushalten kann.

Der Mann neben mir schüttelt nur den Kopf und gibt mir so zu verstehen, dass er nichts sagen wird.

»Bitte«, starte ich einen erneuten Versuch und klimpere ein wenig mit den Wimpern.

»Es wäre doch keine Überraschung, wenn ich es dir verraten würde«, raunt er schließlich mit geheimnisvoller Stimme und zwinkert mir zu.

Überraschung.

Dieses eine Wort lässt mich sprachlos zurück. Die Tatsache, dass er etwas geplant hat, das nur für uns bestimmt ist, sorgt dafür, dass ich sofort noch aufgeregter bin. Bis zu diesem Moment hatte das noch keiner für mich gemacht.

Ich will mir meine Freude darüber aber nicht anmerken lassen, so dass ich einen frustrierten Ausdruck aufsetze und wieder nach vorne aus dem Auto schaue. In Gedanken gehe ich die Orte durch, an die er mich bringen könnte. Aber so sehr ich es auch versuche, ich habe keine Ahnung, was er vorhat.

Erst, als er sich räuspert, werde ich aus meinen Überlegungen gerissen und schaue ihn wieder an.

»Wir sind da«, verkündet Travis mit einer Stimme, die ich nicht ganz zuordnen kann.

In diesem Moment wird mir klar, dass Travis sich selber nicht ganz sicher ist, ob er hier sein will oder nicht. Ich hingegen bin mir nicht sicher, wieso das so ist.

Um nicht weiter darüber nachdenken zu müssen schaue ich in die Richtung, in die er gerade genickt hat. Erst jetzt merke ich, dass er in der Einfahrt eines großen Hauses steht.

Es ist zwar keine Villa, hat aber mehr gekostet als ein Einfamilienhaus, das erkennt man bereits auf den ersten Blick. Von der Größe her erinnert es mich ein wenig an das Haus meiner Eltern. Die Wände sind weiß gestrichen. Die Fenster sind hoch und hellerleuchtet. Dahinter entdecke ich Leute, die sich bewegen und hin- und herlaufen.

Der Vorgarten ist mit kleinen Lampen geschmückt. In ihrem Schein kann man die Blumen in den Beeten erkennen, die in allen Farben blühen.

Es dauert eine Weile, bis ich schließlich merke, dass Travis ausgestiegen ist.

Als mir klar wird, dass ich alleine im Wagen sitze, folge ich ihm.

Travis wartet vor dem Auto auf mich. Nachdem ich ihn erreicht habe und stehen geblieben bin, greift er nach meiner Hand. Er drückt sie fest und macht keine Anstalten, mich wieder loszulassen.

Mir kommt es ein wenig so vor, als würde er mich als Stütze benutzen, auch wenn ich mir das bei einem Mann wie ihm nicht vorstellen kann. Zumindest fällt mir kein Grund dafür ein.

»Ich verspreche dir, wir bleiben nicht lange. Und wenn du gehen willst, dann sagst du es mir einfach und wir hauen ab.«

»Mach dir um mich mal keine Sorgen. Ich komme schon klar«, kontere ich und gehe auf die Eingangstür zu, ohne ihn weiter zu beachten.

Bei jedem Schritt, den ich hinter mich bringe, versuche ich so gelassen wie möglich zu wirken.

Travis weiß, dass er mich nervös macht, weil ich das nicht vor ihm geheim halten kann. Dass diese Situation mich aber mindestens genauso nervös macht, kann ich sehr wohl vor ihm verbergen, und das werde ich auch tun.

Ich höre seine schnellen Schritte hinter mir, als er mich wieder einholt. Nachdem er mich erreicht hat, streckt er seine Hand nach dem Griff aus und öffnet die Tür.

Kaum hat sie sich einen Spalt weit geöffnet, werden wir von Musik und lauten Stimmen empfangen. Gelächter dringt an meine Ohren und sorgt dafür, dass ich mich ein wenig entspanne.

Travis schiebt die Tür noch ein Stück auf und geht voraus. Sein breites Kreuz versperrt mir die Sicht, so dass ich nichts von dem erkennen kann, was sich vor mir befindet.

Erst als er ein Stück zur Seite getreten ist, erkenne ich, dass sich mehrere Leute im Flur und im Wohnzimmer, das direkt auf der rechten Seite liegt, verteilt haben. Sie alle halten Weingläser oder Bierflaschen in den Händen und unterhalten sich angeregt.

Dazwischen bahnen sich ein paar Kellner ihren Weg und verteilen Gläser an die Gäste.

Keiner von ihnen scheint unsere Ankunft bemerkt zu haben, worüber ich froh bin. Dies gibt mir die Gelegenheit, mich erst einmal in Ruhe umzusehen.

Neugierig mustere ich meine Umgebung. Die Wände sind in

einem schlichten Beige gestrichen und auch der dicke Teppich hat die gleiche Farbe. Die Türen bestehen aus dunklem, auf Hochglanz poliertem Holz. Auf der linken Seite des Flures entdecke ich eine große Kommode im Farbton der Türen, auf der ein paar Skulpturen stehen.

Obwohl ich keine Ahnung von Kunst habe, sehe ich, dass sie teuer waren, woraus sich einmal mehr schließen lässt, dass die Besitzer Geld haben. Aber wundern tut es mich nicht. Mittlerweile weiß ich, dass der Rennstall, für den Travis fährt, mit zu den erfolgreichsten im ganzen Land gehört.

Trotzdem scheint es eine ganz normale Feier zu sein, wie man sie in einem Studentenwohnheim erwarten würde, wenn man mal von den Bediensteten absieht.

»Komm«, fordert Travis mich auf und setzt sich in Bewegung. Erst jetzt merke ich, dass er meine Hand noch immer fest umklammert hält.

Zusammen gehen wir an den Gästen vorbei, von denen er einige grüßt. Er bleibt aber nicht stehen, um sich weiter mit ihnen zu unterhalten. Travis steuert auf eine Tür zu, die sich in einiger Entfernung auf der Seite des Wohnzimmers befindet.

Während wir uns ihr nähern, nimmt er einem Kellner zwei Gläser Sekt vom Tablett, wovon er mir eines reicht und mich gleichzeitig anlächelt.

»Solltest du das denn trinken?«, frage ich ihn und zeige auf seins.

Travis sieht mich mit einem Ausdruck in den Augen an, den ich nicht zuordnen kann, aber böse scheint er mir wegen meiner Frage nicht zu sein.

»Ein Glas ist schon nicht so schlimm«, winkt er im nächsten Moment jedoch ab und führt es an seinen Mund, um einen Schluck daraus zu nehmen.

Ich kann nicht anders, ich muss auf seine Lippen schauen. Meine öffnen sich von alleine, als ich sehe, wie sein Adamsapfel sich bewegt, während er das kühle Getränk hinunterschluckt. In diesem Moment wünsche ich mir, von ihnen berührt zu werden, doch schnell rufe ich mich wieder zur Ordnung.

Als sein Blick wieder meinen trifft, setze ich schnell einen skeptischen Gesichtsausdruck auf. Travis zeigt mir jedoch sofort, dass er genau bemerkt hat, wie ich ihn angesehen habe.

Wissend zieht er eine Braue nach oben und schaut mir in die Augen. Der Ausdruck in seinem Gesicht ist nicht belustigt, sondern eher verführerisch. Nur mit Mühe rufe ich mir in Erinnerung, dass wir von Leuten umgeben sind und manche uns sicherlich beobachten. Deswegen weiche ich ein kleines Stück von ihm zurück, um wieder besser denken zu können.

Fast schon ein wenig bedauernd darüber schaut Travis mich an. Doch er sagt nichts weiter. Stattdessen führt er mich den Flur entlang, bis wir schließlich durch eine Tür, die sich in einiger Entfernung befindet, das Wohnzimmer betreten. Dort bleibt er kurz stehen und bewegt seinen Kopf von rechts nach links.

Ich mache es ihm nach und bemerke, dass der Raum dreimal so groß ist wie das Wohnzimmer meiner Eltern. Überall befinden sich hohe Fenster, nur an der gegenüberliegenden Wand steht eine große Wohnwand, die ebenfalls in dunklem Holz gehalten ist. Auf dem schwarzen Sofa davor hätte locker eine ganze Schulklasse Platz, so groß ist es.

Seinen Chef entdecke ich genau in der Sekunde, in der Travis sich wieder in Bewegung setzt. Mit großen Schritten geht er auf die hinterste Ecke des Wohnzimmers zu, wo sein Vorgesetzter steht und sich gerade mit ein paar Gästen unterhält.

»Herzlichen Glückwunsch«, begrüßt Travis ihn, als wir die kleine Gruppe erreichen.

Fast schon ein wenig überrascht über seine Worte starre ich ihn an. Eigentlich hatte ich bei Travis eine kleine Stichelei, irgendeine Anspielung auf sein Alter erwartet, aber dem ist nicht so.

Es ist nicht das erste Mal, dass er mich an diesem Abend überrascht, und irgendwie habe ich das Gefühl, dass es auch nicht das letzte Mal ist.

»Alles Gute zum Geburtstag«, wünsche auch ich Mr. Baker und lächle ihn freundlich an.

»Danke, schön, dass du gekommen bist«, wendet er sich zuerst an Travis. »Aber vor allem freue ich mich, dass Sie da sind. Travis hatte zwar gesagt, dass er in Begleitung kommt, aber mit Ihnen habe ich nicht gerechnet.«

Erstaunt betrachtet er mich. Ich sehe ihm an, dass er positiv überrascht ist. Diese Reaktion teile ich mit ihm. Ich kann es ja selber kaum glauben, dass ich mich darauf eingelassen habe.

»Eher mit einer der Frauen, mit denen er sich sonst abgibt«, wirft nun der Mann ein, der neben Travis steht.

Noch während er spricht, richte ich meine Aufmerksamkeit auf ihn. Er scheint ungefähr in unserem Alter zu sein, vielleicht zwei oder drei Jahre älter als ich.

Als ich zu ihm schaue, bemerke ich, dass er mich prüfend ansieht. Die Lippen presst er zu einer dünnen Linie zusammen, so dass sie schon fast weiß sind.

Obwohl ich keine Lust habe, mich heute mit jemandem zu streiten, schaue ich nicht weg. Er kann ruhig wissen, dass ich kein kleines Mädchen bin, das Angst davor hat, sich mit anderen anzulegen. Denn das bin ich nicht. Ich habe eine große Klappe und zur Not würde ich ihm das auch beweisen.

Während ich ihn weiter anschaue, betrachte ich sein Äußeres und stelle fest, dass auch sein Kleidungsstil ganz anders ist als Travis'. Während der Mann an meiner Seite eher lässig und locker wirkt, scheint der andere das komplette Gegenteil zu sein. Auf jeden Fall machen sein akkurat sitzender Anzug und die perfekt gestylten Haare diesen Eindruck auf mich.

Selbstgefällig schaut er zu Travis, ehe er sich von ihm abwendet.

Seine Worte zeigen mir aber auch, dass er Travis näher kennt, obwohl die beiden unterschiedlicher nicht sein könnten.

Als der Griff von Travis' Hand immer fester wird, konzentriere ich mich wieder auf ihn. Mittlerweile hält er meine Finger so fest, dass ich Angst habe, er zerdrückt sie mir gleich. Aber auch sein Kiefer ist angespannt und verrät mir, dass er sich über die Worte des anderen Mannes ärgert. Alles an ihm lässt keinen Zweifel daran, dass er sich nur mit Mühe zurückhalten kann.

Gerade, als ich überlege, wie ich die Stimmung zwischen den beiden etwas entschärfen kann, höre ich das laute Räuspern seines Chefs. In der Sekunde, in der ich mich ihm zuwende, erkenne ich den mahnenden Blick, den er dem anderen Typen zuwirft. Den scheint das aber nicht zu interessieren. Er zuckt nur gleichgültig mit den Schultern und verschwindet dann.

Ein paar Sekunden lang ist es ruhig. Auch die beiden Männer, die das Theater ebenfalls mitbekommen haben, sagen kein Wort. Sie schauen erst in die Richtung, in die der andere Mann verschwunden ist, bevor sie sich vorsichtig Travis zuwenden.

»Entschuldigen Sie bitte. Mein Sohn Connor hat heute ein paar schlechte Nachrichten bekommen«, beginnt Mr. Baker, doch Travis unterbricht ihn.

»Wenn es danach geht, bekommt er die ganz schön oft. Falls er ein Problem mit mir hat, dann soll er das mit mir klären. Haley hat damit nichts zu tun«, erklärt er mit fester, aber dennoch eisiger Stimme.

Meine Vermutung ist richtig, die beiden sind nicht zum ersten Mal aneinandergeraten.

Noch immer schauen die Männer zu Travis, aber der scheint sich überhaupt nicht dafür zu interessieren. Er beachtet sie nicht, als er seinem Chef noch einen giftigen Blick zuwirft und mich dann in den angrenzenden Raum führt.

»Sorry«, murmelt er, nachdem wir aus dem Sichtfeld der kleinen Gruppe verschwunden sind. »Connor und ich waren noch nie die besten Freunde.« Entschuldigend schaut Travis mich an.

»Ist schon in Ordnung. Chrystal und ich schließlich auch nicht.«

Als ich den Namen meiner Cousine erwähne, breitet sich ein freches Grinsen auf seinem Gesicht aus, und ich verdrehe die Augen.

»Das habe ich gemerkt. Ich habe aber nicht erwartet, dass du so eifersüchtig reagierst.«

»Ich war nicht eifersüchtig«, erkläre ich ihm, muss aber im nächsten Moment lächeln.

»Doch, das warst du. Und das finde ich wirklich supersüß.«

»Lass mich raten, er ist einer der Gründe, wieso du nicht lange auf solchen Feiern bist«, versuche ich das Thema zu wechseln.

»Ja«, erklärt er, wobei seine Stimme plötzlich abweisend klingt, und nimmt einen Schluck aus seinem Glas.

Ich kann verstehen, dass er nicht darüber sprechen will, wo es anscheinend die gleiche Situation ist wie bei mir und meiner Cousine. Aber neugierig bin ich schon, was da zwischen den beiden Männern vorgefallen ist. Da er mir aber auch nicht mit Chrystal auf die Nerven geht, beschließe ich, dass auch ich nichts sagen werde.

Zumindest nicht jetzt.

»Travis, wie schön! Mit dir habe ich überhaupt nicht gerechnet«, zieht nun ein älterer Mann die Aufmerksamkeit meines Begleiters auf sich.

Ich nutze die Gelegenheit und schaue mich um.

An der Decke hängt ein riesiger Kronleuchter, der das Zimmer in ein warmes gelbes Licht taucht. Direkt darunter, in der Mitte des Raumes, befindet sich ein großer Esstisch, an dem mindestens zehn Personen Platz haben. Er ist aus dunklem Holz, das perfekt zu den Schränken passt, die an der gegenüberliegenden Wand stehen. Alles ist sehr elegant eingerichtet.

Da Travis sich noch immer unterhält, gehe ich auf die Fotos zu, die sich an einem freien Platz an der Wand befinden. Auf ihnen erkenne ich Lennart Baker mit seinem Sohn Connor und, wie ich annehme, seiner Frau, wie sie vor verschiedenen Hintergründen posieren. Auf zwei der Bilder kann ich sogar den Eiffelturm und die Freiheitsstatue entdecken, weswegen ich davon ausgehe, dass all diese Bilder im Urlaub entstanden sind.

Erschrocken zucke ich zusammen, als ich spüre, wie jemand

seine Hände auf meine Schultern legt. Mit sanften Bewegungen beginnen sie mich zu massieren.

Doch noch bevor ich sie abschütteln kann weiß ich, dass es Travis ist. Mein Körper reagiert auf ihn wie es bei keinem anderen Mann der Fall ist.

»Entspann dich«, dringt seine leise Stimme an mein Ohr, so dass sein heißer Atem mich kitzelt. »Ich bin es nur. Du bist total verspannt.«

»Ich gebe zu, dass ich in den letzten Tagen oder eher Wochen viel gearbeitet habe. Da ist die Erholung etwas zu kurz gekommen«, erwidere ich und spüre, wie meine Muskeln langsam lockerer werden. »Das könnte ich öfter vertragen.«

»Das werde ich mir merken.« Ein leises Lachen dringt über seine Lippen.

Langsam drehe ich mich zu ihm herum, so dass ich ihn anschauen kann.

»Wer war der Mann eben?«, frage ich ihn.

»Er ist der Geschäftsführer einer Firma, die Motorenöl herstellt. Er hat seine Fabrik in einem Vorort von L. A. und gehört zu meinen Sponsoren«, erklärt er mir.

An dem Ton seiner Stimme erkenne ich, dass er seinen Job gerne macht, auch wenn er es nach außen hin wahrscheinlich nicht so aussehen lassen möchte.

Travis will für die anderen den Bad Boy heraushängen lassen, der sich alles ohne Rücksicht auf Verluste nimmt. Doch an dem Blick, den er mir nun zuwirft, erkenne ich, dass er eigentlich nicht so ist.

Die nächsten zwei Stunden stellt Travis mir einige der Leute vor, mit denen er sich unterhält. Wie sich herausstellt, sind sie alle im Motorsport.

Ich kann nicht verleugnen, dass ich Spaß habe.

Heimlich beobachte ich Travis aufmerksam, wie er sich mit den anderen Gästen unterhält und über die Saison spricht. Zu sehen, wieviel Freude er hat, weckt wieder einmal den Wunsch in mir, eines seiner Rennen zu besuchen. Ich möchte Anteil haben an dem, was ihm so wichtig ist.

»Lass uns verschwinden«, flüstert Travis in mein Ohr, nachdem er sich neben mich gestellt und seinen linken Arm um meine Hüfte geschlungen hat.

Ich spüre, wie ich bei seinen Worten rot anlaufe, was auch der Frau nicht entgeht, mit der ich mich gerade unterhalten habe. Ein wissendes Grinsen schleicht sich auf ihr Gesicht. Am liebsten würde ich den Kopf schütteln, um ihr zu signalisieren, dass zwischen uns nichts laufen wird, aber ich kann es nicht.

»Entschuldige mich«, erkläre ich ihr stattdessen.

»Kein Problem. Es hat mich gefreut, dich kennenzulernen. Vielleicht sieht man sich ja noch einmal«, verabschiedet sich Leonore von mir. Sie ist die Tochter eines Sponsors und, obwohl sie aus einem reichen Elternhaus kommt, total normal und nicht so abgehoben, wie ich es befürchtet hatte. Sie hatte mir sogar anvertraut, dass sie eigentlich gar keine Lust hatte, hierherzukommen.

»Früher oder später werdet ihr euch bestimmt noch einmal über den Weg laufen. Da bin ich mir sicher.« Travis lässt keinen Zweifel daran, dass er seine Worte ernst meint. Seine Hand wandert tiefer, bis sie den Ansatz meines Hinterns erreicht hat und leicht hineinkneifen kann.

Erschrocken zucke ich kurz zusammen. In letzter Sekunde kann ich es verhindern, einen spitzen Ton von mir zu geben.

Ich schaffe es gerade noch, Leonore entschuldigend anzusehen, bevor Travis mich in den Flur navigiert, in dem ich das Geburtstagskind entdecken kann.

Travis' Chef steht mit ein paar Leuten zusammen. Ich habe sie vorhin schon gesehen, aber weder Travis noch ich haben mit ihnen gesprochen.

»Wir verschwinden«, verkündet dieser nun, nachdem wir die kleine Gruppe erreicht haben.

Nur zwei kleine Worte. Trotzdem schafft er es, dass alle ihn anschauen, obwohl sie gerade noch ins Gespräch vertieft waren.

Langsam schaue ich vom einen zum anderen und bemerke, dass sie alle den gleichen Ausdruck in ihren Augen haben.

Sie denken, dass ich mit ihm schlafen werde.

Leise seufze ich bei dem Gedanken daran, dass er sich wirklich einen solchen Ruf als Frauenheld aufgebaut hat, dass alle schon automatisch davon ausgehen, ich wäre eine seiner Eroberungen. Auch bei Leonore war es vorhin nicht anders.

*Oh nein, das haben wir bereits hinter uns. Heute bin ich aus rein geschäftlichen Gründen mit ihm unterwegs.*

Auf jeden Fall habe ich mir das seit unserer Ankunft hier erfolgreich einzureden versucht. Schließlich habe ich ihn ja darum gebeten, nichts über unsere eine Nacht in der Presse verlauten zu lassen, sollte man ihn darauf ansprechen.

Seine Nähe und die Art und Weise, wie er mich berührt, haben dafür gesorgt, dass in meinem Unterleib ein sehnsüchtiges Ziehen eingesetzt hat. Ich kann nur hoffen, dass er nichts in diese Richtung unternimmt, da ich nicht weiß, ob ich standhaft bleiben kann.

»Ich wünsche euch noch einen schönen Abend«, sagt sein Chef dann auch noch. Am liebsten würde ich ihm die Worte, die ich gerade noch gedacht habe, ins Gesicht schreien.

Aber ich tue es nicht, sondern lächle einmal freundlich in die Runde. Dann verabschiede ich mich ebenfalls und folge Travis hinaus an die frische Luft.

# 7

»Wo geht's jetzt hin?«, frage ich ihn, nachdem wir die Hofeinfahrt verlassen haben.

Er setzt den Blinker und biegt in die nächste Straße nach rechts ab. »Ans Meer.«

Verblüfft über seine Worte schaue ich ihn mit großen Augen an. Doch da es bereits dunkel geworden ist, sehe ich nur das Licht der Straßenlaternen, das immer wieder über sein Gesicht huscht. Seine Gesichtszüge bleiben leider verborgen.

»Ans Meer? Du weißt aber schon, dass da um diese Uhrzeit niemand ist, oder?«, frage ich ihn, um sicherzugehen, dass ich ihn richtig verstanden habe.

»Deswegen will ich da ja auch hin.«

Travis hält an einer roten Ampel und dreht sich zu mir um, so dass sich unsere Blicke begegnen.

»Ich dachte mir, es wäre das perfekte Ende für das erste Date.«

Überrascht schnappe ich nach Luft.

Erstes Date. Diese beiden Worte reichen aus, damit ich mich sofort wieder anspanne. Die Lockerheit, die ich gespürt hatte, seitdem er mich kurz massiert hatte, ist schlagartig verschwunden.

»Travis«, seufze ich, nachdem mein Gehirn seine Aussage verarbeitet hat. Ich will noch mehr erwidern, doch in dem Moment hält er hinter einem LKW, der abbiegen will, und legt mir den Zeigefinger auf die Lippen.

Die Berührung ist sanft, fast schon zurückhaltend. Trotzdem

reicht sie aus, damit ich meine volle Aufmerksamkeit auf diesen Mann richte und alles um mich herum vergesse.

»Das habe ich dir doch geschrieben und es war mein Ernst. Das hier ist ein Date. Und nicht irgendeins, sondern unseres. Und ich will, dass es so einzigartig wird, dass du dich immer daran erinnern wirst.«

*Aber ist es dafür unbedingt notwendig, dass wir zu einem Ort fahren, an dem um diese Uhrzeit niemand außer uns sein wird?*

Völlig unvorbereitet schießt mir die Frage durch den Kopf. Nicht, dass ich nicht mit ihm alleine sein will oder Angst vor ihm habe. Ich ahne nur, dass ich ihm nicht widerstehen kann, wenn wir alleine sind.

Vor allem dann nicht, wenn er solche Dinge zu mir sagt. Seine Worte lassen keinen Zweifel daran, dass er das hier wirklich will und sich deswegen solche Mühe gibt. Aber mein Verstand sagt mir, dass ich mich nicht mit ihm treffen darf.

Schweigend fährt er weiter durch die Nacht, schaut aber alle paar Sekunden kurz in meine Richtung. Um mich auf andere Gedanken zu bringen beobachte ich die Menschen am Straßenrand, die mit ihren Freunden oder Partnern unterwegs sind. Sie lachen und ziehen sich gegenseitig auf.

Da es noch immer voll auf den Straßen ist, dauert es etwas, bis Travis schließlich den Wagen auf einen ansonsten leeren Parkplatz lenkt. Als er den Motor abstellt, bin ich nur noch ein wandelnder Haufen Hormone.

Er sagt nichts, als er den Schlüssel abzieht und aussteigt. Wenige Sekunden später steht er neben der Beifahrertür und öffnet sie. Es geht alles so schnell, dass ich kaum Zeit habe zu reagieren, als er als Nächstes nach meiner Hand greift und mir so beim Aussteigen hilft.

Nachdem ich mich zu meiner vollen Größe aufgerichtet habe, bin ich ihm so nah, dass ich die Wärme spüren kann, die von ihm ausgeht. Bei jedem Atemzug berührt meine Brust seine.

In dem schummrigen Licht spüre ich seine Anwesenheit noch mehr. Sie lässt mein Herz schneller schlagen.

Wie von alleine legen sich meine Hände an seine Brust und fahren sanft über das Hemd. Ich fühle seinen durchtrainierten Oberkörper unter meinen Fingern, während ich über den dünnen Stoff seines Hemdes streiche.

Scharf ziehe ich die Luft ein, als ich seine Hände auf meinen Hüften und seine Lippen auf meiner Stirn spüre. Meine Augen schließen sich, so sehr genieße ich den Kontakt.

Obwohl es nur eine keusche Berührung ist, ist diese Geste um so vieles intimer, als ich es gerade gebrauchen kann. Trotzdem bin ich enttäuscht und verspüre einen kalten Schauer, als er sich ein paar Zentimeter zurückzieht.

»Komm«, raunt er.

Als Antwort nicke ich nur und lasse mich von Travis über den Fußgängerweg zum Strand führen, wo wir uns unserer Schuhe entledigen. Hand in Hand gehen wir gemeinsam durch den nassen Sand, während das Wasser unsere Füße umspült. Ich muss zugeben, dass es hier einfach wunderschön mit ihm ist. Der Mond spiegelt sich im Wasser und erhellt den Strand gerade genug, damit wir sehen können, wohin wir laufen. Da wir die Einzigen sind, habe ich das Gefühl, als gäbe es nur noch uns beide auf der Welt.

Immer wieder sehe ich aus dem Augenwinkel, dass er zu mir blickt, aber ich gehe nicht darauf ein. Ich bin mir sicher, wende ich mich ihm jetzt zu, dann würde ich ihn küssen, und das ist ja gerade das, was ich verhindern will. In diesen Sekunden will ich nur die Stille genießen und wissen, dass er bei mir ist.

»Wollen wir uns da vorne hinsetzen?«, fragt er mich.

Als ich jetzt einen prüfenden Blick über meine Schulter werfe, sehe ich in weiter Ferne die Lichter des Parkplatzes. Ich war so sehr in all diese Gedanken und Empfindungen vertieft, dass ich gar nicht gemerkt habe, wie weit wir schon gelaufen sind.

Nun folge ich seinem ausgestreckten Arm und erspähe in einiger Entfernung vor uns einen Felsen, der teilweise ins Wasser ragt und unten einen kleinen Vorsprung aufweist.

»Ja, gerne.«

Schnell überbrücken wir die kurze Distanz, die sich zwischen uns und dem großen Stein befindet. Während ich versuche, hochzuklettern, ohne mir das Kleid zu zerreißen, stützt Travis mich und hilft mir. Kaum habe ich es nach oben geschafft, lasse ich mich an der Kante nieder, um meine Füße ins Wasser baumeln zu lassen.

Travis setzt sich dicht neben mich und legt seinen Arm um meine Schulter, so dass er meinen Oberkörper noch näher an sich ziehen kann.

Müde, aber auch glücklich lasse ich meinen Kopf nach hinten sinken. Ich schaue in den Himmel, in dem die Sterne besonders hell leuchten.

»Danke«, sage ich, während ich mir ein Gähnen verkneife. Obwohl ich meine Bedenken hatte, als er erwähnte, wo wir hinfahren, möchte ich nicht, dass dieser Abend schon endet.

»Wofür?«

»Das du mich hierhergebracht hast. Es ist einfach phantastisch«, schwärme ich und schaue hinaus auf die Weite des Meeres. »Es ist schon eine Weile her, dass ich mir die Zeit genommen habe, um so etwas zu genießen.«

»Ich muss zugeben, dass ich nicht gedacht hätte, dass man hier einen so schönen Ausblick hat. Eigentlich war ich noch nie der Typ, der Freude an so etwas hat.«

»Und was hat deine Meinung geändert?«, hake ich neugierig nach.

»Du.«

Seine schlichte Antwort sorgt dafür, dass ich kurz keine Ahnung habe, wo oben und unten ist. Mit diesem einen Wort hat er es geschafft, dass ich meinen guten Vorsatz noch ein Stück weiter nach hinten verschiebe.

Während er spricht, legt er seine Hand auf mein Bein und streicht immer wieder über den dünnen Stoff meines Kleides.

Ich weiß, was ihm durch den Kopf geht, weil ich seit ein paar Minuten über das Gleiche nachdenke.

Nur einen Kuss, einen ganz kleinen, unschuldigen.

Aber mir ist klar, dass es nur Ärger bedeutet, und deswegen muss ich die Vernünftigere sein, wie es meistens der Fall ist. Obwohl es mir ausgerechnet dieses Mal wirklich gegen den Strich geht.

»Wir können das nicht tun. Ab Montag müssen wir uns wieder professionell verhalten.« Die Worte kommen mir nur schwer über die Lippen, aber ich weiß, dass es das Richtige ist.

Ich erwarte schon fast, dass Travis versucht, mich vom Gegenteil zu überzeugen, stattdessen ist er ruhig. Er hält mich nur weiter in seinen Armen, sagt aber nichts.

Ich habe jegliches Gefühl für Raum und Zeit verloren, so dass ich keine Ahnung habe, wie lange wir nun schon hier sitzen und in den Himmel schauen. Wir haben uns zurückgelehnt, wobei Travis mich an sich gezogen und seinen Arm um mich geschlungen hat. Bei jedem Atemzug inhaliere ich seinen Duft, eine Mischung aus einem herben Männerparfüm und Testosteron.

Obwohl ich ihm diese Ansage gemacht habe, bin ich nicht in der Lage, um mehr Abstand zwischen uns zu bitten. Dafür fühlt es sich viel zu gut an, hier gemeinsam mit ihm zu liegen, das Rauschen des Meeres zu hören und zu wissen, dass er da ist.

»Ich glaube, wir sollten uns langsam auf den Rückweg machen. Wir haben noch eine lange Fahrt vor uns«, flüstert Travis. Seine Worte durchbrechen die Stille der Nacht, während er weiter über meinen Rücken streicht.

Unaufhörlich lässt er seine Hand über mein Kleid wandern und macht keine Anstalten, sich von mir zu lösen. Es kommt mir vor, als würde er dies aus reinem Pflichtgefühl sagen, obwohl er eigentlich noch gerne hier liegen bleiben würde.

»Wie spät ist es?«, erwidere ich und richte mich ein Stück auf. Dabei lege ich meine Hand auf seine Brust, um mich abzustützen. Noch in der gleichen Sekunde spüre ich seinen Herzschlag unter meinen Fingern. Am liebsten würde ich mich direkt wieder hinlegen.

»Gleich halb eins«, antwortet er, nachdem er sein Handy aus der Hosentasche gezogen hat.

»Was?«, entfährt es mir lauter als beabsichtigt.

Ich habe überhaupt nicht gemerkt, dass wir fast zwei Stunden hier gelegen haben. In dieser Zeit haben wir kein Wort miteinander gesprochen und uns auch nicht bewegt. Wir lagen einfach nebeneinander auf dem harten Stein und haben dem Rauschen des Meeres zugehört.

Es dauert ein paar Sekunden, aber schließlich richtet Travis sich etwas auf und sieht mich an. Seine rechte Hand legt sich an meine Wange und mit dem Daumen fährt er über meine Lippen. Doch weiter geht er nicht, obwohl ich mich gerade nicht einmal wehren würde.

Stattdessen zieht er sie wieder zurück und steht auf.

»Komm«, fordert er mich auf und hält mir seine Hand hin. Nachdem ich mich aufgerichtet habe, führt er mich vorsichtig an den Rand und fängt mich auf, als ich hinunterspringe. Sicher lande ich in seinen Armen.

In diesem Moment bestätigt sich meine Vermutung endgültig. Travis ist anders als man denkt. Klar, er kann ein Rüpel sein, und das wird er wahrscheinlich immer bleiben. Aber er ist auch aufmerksam und fürsorglich.

Während wir den Weg wieder zurückgehen, sagt keiner von uns ein Wort. Es dauert eine halbe Stunde, bis wir wieder im Auto sitzen und Travis den Weg zu meiner Wohnung einschlägt.

»Darf ich dich etwas fragen?«, bringe ich hervor, als er vor meiner Haustür anhält. Die ganze Zeit habe ich diese eine Frage schon auf den Lippen, bis jetzt habe ich mich aber nicht getraut, sie zu stellen.

»Kommt drauf an, was.«

Seine Antwort verunsichert mich, so dass ich mir nachdenklich auf die Lippen beiße.

»Das war ein Scherz, sicher kannst du mich fragen«, gibt er mit einem leicht belustigten Unterton in der Stimme von sich.

»Was von dem, was wir heute Abend gemacht haben, hast du geplant?«

Eine Weile ist es still im Auto. Nachdem Travis den Schlüssel aus dem Zündschloss gezogen hat, ist nicht einmal mehr die Musik zu hören. Er dreht sich zu mir herum, damit er mich in dem spärlichen Licht, das von den Straßenlaternen hereinscheint, betrachten kann.

»Ich gebe zu, dass ich erst kurzfristig entschieden habe, mit dir zum Strand zu fahren. Mir kam die Idee, als ich dich in dem Kleid gesehen habe. Es hat förmlich danach geschrien. Und mein eigentlicher Plan war es gewesen, dass wir dort ungestört reden können. Ich wollte dir nicht so nahe kommen, allerdings ging es nicht anders.«

»Das war besser als reden«, flüstere ich mit verschwörerischer Stimme, während ich mich ein Stück zu ihm lehne. Ich grinse ihn ein letztes Mal an, öffne die Tür und steige aus. Bevor ich sie wieder hinter mir geschlossen habe, höre ich sein leises Lachen, was mir wiederum ein Lächeln entlockt.

Mit großen Schritten gehe ich auf die Eingangstür zu und wühle in meiner Tasche nach dem Schlüssel. Aber ich finde ihn nicht. So sehr ich auch suche, er ist verschwunden.

»Scheiße«, seufze ich und stelle mich in das Licht, das durch die große Glastür dringt. Aber auch hier kann ich ihn nicht finden. Je länger ich vor der Tür zu meinem Wohnhaus stehe und meine Tasche vergeblich umstülpe, umso größer wird die Panik.

»Bitte nicht«, stöhne ich. »Das darf jetzt nicht wahr sein.«

»Alles in Ordnung?«, höre ich nun die Stimme von Travis neben mir. Ruckartig hebe ich meinen Kopf und sehe, dass er dicht vor mir steht und mich aufmerksam betrachtet.

»Ich kann meinen Schlüssel nicht finden«, erkläre ich ihm und schaue an ihm vorbei. Wahrscheinlich hält er mich jetzt für total bescheuert.

Wer verliert schon seinen Schlüssel?

Seit ich aufs College gegangen bin, wohne ich nun schon alleine und habe noch nie meinen Hausschlüssel verloren. Selbst als Kind ist mir das nie passiert.

»Bist du dir sicher? In der Wohnung kannst du ihn nicht gelassen haben, schließlich hast du die Tür abgeschlossen!«

»Ich habe ihn in das Reißverschlussfach in meiner Tasche gesteckt, aber da ist er nicht mehr«, erkläre ich und streiche mir eine Strähne aus dem Gesicht, die sich aus meiner Frisur gelöst hat. So sehr ich mich auch bemühe, es gelingt mir nicht, die Verzweiflung aus meiner Stimme herauszuhalten.

»Darf ich?«, fragt er mich und zeigt auf die Tasche, die noch immer geöffnet ist.

»Sicher, vielleicht hast du ja mehr Glück.« Mit diesen Worten überreiche ich sie Travis und schaue gespannt zu, wie er darin herumwühlt.

»Er ist wirklich nicht da.« Seine Aussage und der dazu passende entschuldigende Gesichtsausdruck sorgen dafür, dass ich meinen Kopf hängen lasse.

»Na super.« Meine Stimme ist so leise, dass ich sie kaum hören kann.

»Mach dir keine Sorgen. Hast du jemandem einen Ersatzschlüssel gegeben?«

Kaum hat Travis ausgesprochen, hebe ich wieder meinen Kopf und schaue ihn an.

*Daran habe ich überhaupt nicht gedacht*, denke ich, während ich ihn schon deutlich glücklicher ansehe. »Melody hat einen.« Noch während ich ihm antworte, greife ich erneut in meine Tasche, ziehe dieses Mal aber mein Handy heraus. Mit flinken Fingern öffne ich das Telefonbuch und suche ihre Nummer heraus.

Kurz überlege ich, ob ich sie wirklich anrufen soll. Sie schläft sicherlich schon. Die Alternative wäre allerdings, dass ich den Rest der Nacht auf der Straße vor dem Haus verbringe, und das will ich auch nicht. Ich könnte nicht einmal zu meinen Eltern fahren, weil auch der Autoschlüssel weg ist.

Also drücke ich auf das grüne Symbol, das sich neben ihrem Namen befindet, und halte mir das Telefon ans Ohr.

Die nächsten Sekunden kommen mir wie eine Ewigkeit vor. Als ich nach einer Weile auflegen will, wird das Gespräch angenommen.

»Ja?«, meldet sich Scott.

Bei dem Klang seiner Stimme atme ich erleichtert auf, da er sich nicht so anhört, als hätte ich ihn geweckt.

»Hi«, begrüße ich ihn. Noch in der gleichen Sekunde habe ich ein schlechtes Gewissen, weil er immer viel trainiert und ich ihn nun vom Schlafen abhalte.

»Ist etwas passiert? Normalerweise höre ich Melody um die Uhrzeit nicht mehr mit euch telefonieren.«

»Ich habe meinen Schlüssel verloren und ihr habt einen zweiten zu meiner Wohnung«, kläre ich ihn auf. Dabei hoffe ich, dass er mir nicht allzu böse ist, weil ich ihn noch einmal losschicke.

»Melody hat mal so etwas erwähnt, aber sie hat mir nicht gesagt, wo sie ihn hingelegt hat. Sie schläft, deswegen kann es etwas dauern, bis ich ihn gefunden habe. Aber ich komme nachher vorbei, damit du in deine Wohnung kannst«, sagt er sofort.

»Danke, das ist lieb von dir.«

»Kein Problem. Bis später.«

Kaum hat er ausgesprochen, höre ich das Tuten in der Leitung, das mir zeigt, dass Scott wieder aufgelegt hat.

»Und?«, fragt Travis mich, als ich den Arm sinken lasse und das Telefon wieder in meine Tasche stecke. Dann nehme ich sie ihm ab und hänge sie mir über die Schulter.

»Scott sucht ihn und kommt vorbei«, erkläre ich ihm.

»So lange warte ich.«

Ich schüttle entschieden den Kopf.

»Das brauchst du nicht. Wirklich. Es wird bestimmt nicht lange dauern. Die beiden wohnen schließlich nur ein paar Straßen von mir entfernt.«

»Ich lasse dich nicht alleine mitten in der Nacht vor deiner Haustür stehen«, erwidert Travis mit energischer Stimme.

Mir ist klar, wann es keinen Sinn macht, noch weiter zu diskutieren, und das ist definitiv einer dieser wenigen Momente in meinem Leben.

Travis sieht mich durchdringend an und gibt mir so zu verstehen, dass seine Entscheidung feststeht und ich es nicht schaffen werde, ihn vom Gegenteil zu überzeugen. Ich bin auch ganz froh darüber, dass ich hier nicht alleine stehen muss. Aber nicht, weil ich Angst habe, sondern weil ich nicht weiß, wie lange Scott braucht, um den Schlüssel zu finden.

Also gehe ich zu Travis' Wagen, lehne mich dagegen und lasse meine Tasche an den Händen vor meinen Beinen baumeln. Mit einem unentschlossenen Blick bleibt Travis an Ort und Stelle stehen und schaut zu mir.

»Wie bist du zum Motorradfahren gekommen?«, frage ich ihn, um etwas Small Talk zu machen, da die Stille, die nun zwischen uns herrscht, mich wahnsinnig werden lässt. Außerdem bin ich neugierig.

»Ich liebe die Geschwindigkeit und die Gefahr. Bereits mit neun bin ich mit der Rennmaschine meines Vaters gefahren und habe die riskantesten Stunts darauf gemacht, die ich konnte.« Er vergräbt die Hände in den Hosentaschen und zuckt mit den Schultern, als wäre das für ihn etwas ganz Normales. Auch der gleichgültige Ton, der sich nun in seine Stimme geschlichen hat, passt dazu.

Und für ihn ist es das wahrscheinlich auch. Allerdings kann ich nicht verhindern, dass ich schwer schlucken muss.

»Wirklich?«, frage ich ein wenig ungläubig nach. »Mit neun? Das ist doch total gefährlich. Noch dazu in dem Alter.« Meine

Stimme klingt unnatürlich hoch, doch ich kann es nicht verhindern.

Es ist ja sogar für einen Erwachsenen gefährlich, mit so hohen Geschwindigkeiten in die Kurven zu fahren, von einem Kind will ich lieber nicht sprechen. Sie können die Gefahren noch weniger einschätzen und überschätzen sich leicht.

»Wussten deine Eltern das?«, frage ich ihn nun, versuche mich aber wieder ansatzweise normal zu verhalten.

»Mein Dad hat es mir sogar beigebracht. Die Maschine war zwar gedrosselt, so dass ich sie nicht ganz ausfahren konnte. Trotzdem war sie noch schnell genug, um sich etwas zu brechen, falls ich böse gestürzt wäre.«

»Ich will das überhaupt nicht hören«, unterbreche ich ihn und will mir die Ohren zuhalten. Doch noch bevor meine Handflächen meine Ohren berühren, steht er vor mir und sieht mich an. Dabei hat er ein wenig Platz zwischen uns gelassen.

»Begeistert waren die beiden auch nicht darüber. Meine Mom und mein Dad hielten es aber für besser, wenn er es mir zeigt und es so ungefährlicher ist, als wenn ich es alleine lerne und mir alle Knochen breche. Trotzdem bin ich ein paarmal gestürzt und habe mir ein paar Prellungen und tiefe Schnittwunden zugezogen, aber meine Knochen sind heil geblieben.«

Bei seinen letzten Worten reiße ich geschockt die Augen auf. Obwohl ich den Gedankengang seiner Eltern nachvollziehen kann, würde ich tausend Tode sterben in dem Moment, in dem mein Sohn quer über die Fahrbahn fliegt. Eigentlich bin ich zwar der Meinung, dass man die Hobbys seiner Kinder unterstützen soll, aber bei so einem Sport würde ich als Mutter definitiv eine Ausnahme machen.

»Ich würde es meinem Kind nicht erlauben.«

»Und was ist, wenn du keine Wahl hast, weil dein Kind dir damit immerzu auf die Nerven geht?«

»Hast du es so bei deinen Eltern gemacht?«, hake ich nach und schaue ihn herausfordernd an.

Als Antwort nickt Travis nur.

»Na ja, dann würde ich sagen, dass ich mich nicht sehr gut durchsetzen kann«, antworte ich auf seine Frage und verziehe ein wenig das Gesicht.

»Sieh es von der positiven Seite«, kontert Travis, während er etwas näher an mich herantritt.

»Und die wäre?«, gebe ich zurück und ziehe die Augenbrauen hoch.

»Ich hätte in den letzten Jahren nicht schon den Erfolg gehabt, den ich hatte, wenn ich nicht schon so früh angefangen hätte. Nur dadurch hatte ich die Theorie, die ich gebraucht habe, um mich von Anfang an bei den Rennen durchzusetzen.«

»Du bist sechsundzwanzig«, werfe ich ein, wobei ich es mir nicht verkneifen kann, die Augen zu verdrehen.

»Und? Bereits in meiner ersten Saison bei den Junioren habe ich die Meisterschaft gewonnen. Außerdem kann man diesen Job nicht ewig machen, sondern nur so lange, wie man wirklich fit ist, damit man seine Maschine unter Kontrolle halten kann.«

»Ich weiß«, flüstere ich und meine damit beide Punkte.

In den letzten Tagen habe ich in Erfahrung gebracht, dass viele Fahrer schon so früh angefangen haben. Aber wirklich so jemandem gegenüberzustehen und mich dann auch noch so zu ihm hingezogen zu fühlen, ist noch einmal etwas ganz anderes.

Um ihm nicht in die Augen schauen zu müssen, habe ich meinen Blick auf meine Füße gerichtet.

»Du hast dich also informiert.« Nun überbrückt er auch die restliche Distanz zwischen uns, so dass mein Herz ein paar Schläge aussetzt, als er dicht vor mir zum Stehen kommt.

»Das mache ich bei all meinen Klienten. Du brauchst dir also nichts darauf einzubilden«, erkläre ich ihm schnell.

Nun bin ich es, die mit den Schultern zuckt. Während ich spreche, versuche ich zu überspielen, dass ich es schon früher gemacht hätte, wenn ich geahnt hätte, was er beruflich macht.

»Ich bilde mir nichts darauf ein, ich habe es sogar erwartet. Es freut mich, denn so löcherst du mich nicht mit Fragen. Das ist nämlich etwas, was ich hasse.«

Bei seinen Worten muss ich laut lachen. Mir kommt wieder das Gespräch zwischen Chrystal und ihm in den Sinn. An seinem schmerzverzerrten Gesicht erkenne ich, dass es ihm genauso geht.

»Lass mich raten, Chrystal wollte alles wissen«, entgegne ich frech grinsend.

»Wie sich herausgestellt hat, hat sie schon das eine oder andere Rennen gesehen und wusste daher leider nur zu gut, wen sie da vor sich hat. Wenn mir das vorher klargewesen wäre, hätte ich mich bestimmt auf keine Unterhaltung mit ihr eingelassen.«

Er ist kein Fan von Interviews. Dies zeigt mir deutlich, dass ich dringend einen Termin zu einem Training für ihn machen muss, sobald ich wieder im Büro bin. Ich glaube zwar nicht, dass es etwas an seiner Einstellung dazu ändern wird, aber dann schafft er es vielleicht, die Reporter seine Abneigung nicht spüren zu lassen.

»Und was ist, wenn ich dich trotzdem löchere?«, fordere ich ihn heraus.

»Dir zuliebe würde ich mich darauf einlassen.« Kaum hat er seinen Satz beendet, greift er nach mir und zieht mich ruckartig an seinen Körper. Vor lauter Schreck lasse ich meine Tasche fallen und fasse nach ihm, um mich abzustützen. Für einen kurzen Moment verliere ich das Gleichgewicht, finde es aber sofort wieder.

Unfähig, ihn daran zu hindern, beobachte ich, wie sein Mund sich meinem nähert und er schließlich meine Lippen mit seinen verschließt. In dem Moment, in dem er mich berührt, lege ich meine Hände auf seine Schultern und kralle mich in seinem Hemd fest.

In seinen Händen werde ich zu Wachs.

Ich bin nicht in der Lage, mich zu wehren, ihn von mir zu

stoßen oder ihm sonst irgendwie begreiflich zu machen, dass er sich von mir entfernen soll.

Weil ich es nicht will.

Ich will von ihm berührt und geküsst werden. Ich will ihm noch näher sein, als ich es in diesem Moment bin.

Als könnte Travis meine Gedanken lesen, legt er noch mal seinen Mund auf meinen und streicht sanft mit der Zunge über meine Lippen. Meine Arme wandern weiter nach oben und schlingen sich um seinen Hals, um ihn noch näher an mich heranzuziehen.

Dieser Kuss soll niemals enden, und das zeige ich ihm auch.

Doch als sich jemand leise neben uns räuspert, fahre ich erschrocken herum und starre in das grinsende Gesicht von Scott.

*Verdammt*, ist das einzige Wort, das mir gerade einfällt. Ich will mich ein Stück von Travis entfernen. Travis hält mich noch immer fest und lässt es nicht zu, dass ich mich auch nur einen Schritt zurückziehen kann.

Am liebsten würde ich im Erdboden versinken, obwohl ich eine erwachsene Frau bin und nichts Verbotenes getan habe. Aber die Tatsache, dass die beiden befreundet sind, ist nur zu präsent in meinem Kopf.

»Hi«, begrüßt Travis seinen Freund und scheint so gelassen wie immer zu sein.

Es macht den Anschein, als sei ihm diese Situation überhaupt nicht peinlich oder unangenehm. Ganz im Gegensatz zu mir.

»Ich hoffe, ich störe euch nicht«, gibt Scott noch immer grinsend zurück, während er zwischen seinem Freund und mir hin- und herschaut.

»Tust du in der Tat«, antwortet Travis, noch bevor ich überhaupt die Gelegenheit habe, nach Luft zu schnappen.

Ich höre Scott leise lachen, aber er sagt sonst nichts weiter dazu.

»Dann ist ja gut. Dein Schlüssel«, wendet er sich an mich und hält ihn mir hin.

»Danke«, murmle ich verlegen und greife danach.

Nur zu gerne würde ich die Flucht ergreifen, aber da ich nirgends hinkann, begnüge ich mich einfach damit, ein wenig Abstand zwischen Travis und mich zu bringen.

»Was ist mit deinem Autoschlüssel?«, fragt mich nun Travis. Er dreht sich nun wieder komplett zu mir und lässt mich keine Sekunde aus den Augen.

»Ich habe einen Ersatzschlüssel oben. Darüber brauche ich mir also keine Gedanken zu machen.«

»Na gut, Leute. Es ist spät und ich muss dringend ins Bett. Ich wünsche euch beiden noch einen schönen Abend«, verabschiedet Scott sich, nachdem er uns noch ein letztes Mal angesehen hat.

»Bestell meiner Schwester schöne Grüße«, rufe ich ihm noch hinterher, als er sich bereits wieder umgedreht hat und zu seinem Wagen geht.

Scott sagt nichts, winkt uns aber zu, als er in seinen Sportwagen steigt. Mit einem kraftvollen Knurren erwacht sein Auto zum Leben und verschwindet wenige Sekunden später in der Dunkelheit.

»Danke für den Abend«, wende ich mich nun an Travis und spiele mit dem Schlüssel in meiner Hand herum. »Vor allem, dass du mir gezeigt hast, wie schön es am Meer bei Nacht ist. Es ist schon eine Zeitlang her, dass ich einen Abend mal nicht über meine Arbeit nachgedacht habe.«

»Wissen deine Schwestern, dass du das immer machst?«

»Du weißt, was ich meine. In den letzten Jahren waren die beiden immer wieder die einzigen Personen, die ich wirklich an mich herangelassen habe.« Kaum habe ich es ausgesprochen, würde ich mir am liebsten auf die Zunge beißen. Eigentlich wollte ich das überhaupt nicht zugeben. Doch ich spüre, wie ich noch ein wenig lockerer werde, fast so, als würde ich mir eingestehen, dass irgendetwas gefehlt hat.

»Das habe ich gerne gemacht. Ich hoffe, dass wir das wiederholen können«, erwidert er nur, ohne auf meine Worte einzugehen.

Unschlüssig, was ich sagen soll, presse ich die Lippen aufeinander, damit ich nicht das Falsche erwidere. Das Falsche für ihn oder das Falsche für mich.

Oder vielleicht sogar das Falsche für uns.

»Gute Nacht, Travis«, verabschiede ich mich deswegen nur.

Ohne seine Antwort abzuwarten drehe ich mich um und schiebe den Schlüssel ins Schloss. Ich muss all meine Selbstbeherrschung aufwenden, um das Gebäude zu betreten und mich damit noch ein Stück von ihm zu entfernen. Seinen Blick spüre ich auf mir, bis ich im Inneren des Hauses verschwunden bin. Nur mit Mühe gelingt es mir, mich nicht noch einmal umzudrehen, zurückzugehen und ihn noch ein letztes Mal zu küssen.

Ich brauche Abstand von ihm, damit ich wieder klar denken kann. Vor allem muss ich mir aber darüber bewusst werden, was er mit mir anstellt und wieso ich keine Kontrolle darüber habe.

Immer zwei Stufen auf einmal nehmend haste ich zu meiner Wohnung und betrete sie, nachdem ich die Tür geöffnet habe. Kaum ist sie hinter mir ins Schloss gefallen, sinke ich mit rasendem Herzen dagegen. Mehrmals atme ich tief durch, aber es bringt nichts.

Mir ist schwindelig und schlecht und die Schmetterlinge in meinem Bauch wollen sich überhaupt nicht mehr beruhigen. Auch jetzt nicht, wo er sich nicht mehr in meiner Nähe befindet.

Travis bringt mich durcheinander, das kann ich nicht leugnen. Und er berührt einen Teil von mir, den noch kein Mann vor ihm jemals erreicht hat. Auch das kann ich nicht leugnen.

Es gab nicht einmal Einen, der in die Nähe gekommen ist.

Und das ist der Punkt, der mir Angst macht, und der Grund dafür, warum ich vorsichtig sein muss.

# 8

Verschlafen reibe mir die Augen und trotte zur Tür, während ich denjenigen, der sich auf der anderen Seite befindet, verfluche. Mir fallen die kreativsten Wörter ein, die ich ihm entgegenschleudern möchte und die definitiv nicht jugendfrei sind.

Ohne Unterbrechung drückt der Idiot auf die Klingel, so dass ich vor wenigen Sekunden fast aus dem Bett geflogen bin. Es ist zwar schon zehn Uhr, aber nach den Ereignissen des gestrigen Abends bin ich erst spät eingeschlafen. Obwohl man das wohl kaum als Schlaf bezeichnen kann. Da ich immerzu an Travis denken musste, habe ich nicht länger als fünf oder sechs Minuten am Stück die Augen geschlossen.

»Verdammt«, fluche ich, als ich auf einen meiner Schuhe trete, die ich in der letzten Nacht einfach auf den Boden geschmissen habe. Kurz bleibe ich stehen und reibe mir über das Gesicht. Ich will wenigstens einigermaßen wach sein, bevor ich meinen Weg fortsetze, damit ich nicht überall dagegen laufe.

Gähnend drücke ich auf den Türöffner, nachdem ich ihn erreicht habe. Kaum höre ich, wie die Haustür sich öffnet, dringen auch schon Brookes und Melodys Stimmen an meine Ohren. Ich kann nicht anders als meine Augen ein wenig zu verdrehen.

Normalerweise würde ich mich über ihren Besuch freuen, aber eigentlich werfen sie mich auch nicht aus dem Bett.

Die beiden unterhalten sich vernehmlich. Auch die Absätze ihrer Schuhe machen laute Geräusche auf den Fliesen des Treppenhauses, als meine Schwestern nach oben kommen. Fast bin ich mir sicher, dass einige meiner Nachbarn nun ebenfalls wach sind.

»Oh mein Gott!«, ruft Melody schließlich aus, nachdem sie mich entdeckt hat. Ein wenig ungläubig reißt sie die Augen auf, während sie ihren Blick nicht von mir abwendet. »Haben wir dich geweckt?« Ich sehe ihr an, dass es ihr peinlich ist, da sie sich in der nächsten Sekunde auf die Unterlippe beißt.

»Ja, aber nun ist es auch schon egal. Kommt rein«, murmle ich mit einer derart verschlafenen Stimme, dass ich mich selber erschrecke.

Kaum habe ich ausgesprochen, räuspere ich mich leise in der Hoffnung, dass ich mich wieder einigermaßen normal anhöre, und gehe voran in die Wohnung. Dort bleibe ich neben der Tür stehen und warte darauf, dass die beiden mir folgen.

»Wieso liegst du um diese Uhrzeit noch im Bett? Du bist doch sonst immer so früh wach.« Melody schaut mich neugierig und zugleich herausfordernd an. »Oder ist Travis hier? Scott hat mir von seinem nächtlichen Ausflug erzählt und dass er noch da war, als er wieder gefahren ist. Also, falls er auch jetzt noch hier ist, werden wir wieder verschwinden.«

Meine jüngste Schwester setzt einen vielsagenden Blick auf, doch ich schüttle nur den Kopf. Dann schaue ich zu Brooke, die irritiert aussieht, da sie anscheinend keine Ahnung hat, wovon wir sprechen. Doch gerade gehe ich nicht darauf ein, sondern wende mich wieder Melody zu.

»Nachdem Scott mir meinen Schlüssel gebracht hat, wofür ich ihm wirklich dankbar bin, ist Travis auch verschwunden. Wir haben uns nur kurz voneinander verabschiedet, mehr war da nicht«, erkläre ich und erinnere mich. Gleichzeitig erinnere ich mich an den Moment, in dem Scott mich und Travis beim Knutschen erwischt hat.

»Mach dich erst einmal fertig, und wir werden in der Zeit Kaffee kochen«, bestimmt nun Brooke mit fester Stimme. »Aber dann wirst du uns nicht mehr entkommen. Wir wollen alles wissen.«

Im Stillen danke ich ihr dafür. Ich bin gerade nicht in der Lage, mich mit den beiden über Travis oder den Abend mit ihm zu unterhalten. Zwar weiß ich nicht, ob sich das in ein paar Minuten ändern wird, aber ich bin bereit, das Risiko einzugehen, und hoffe, dass ich gleich ein wenig wacher bin.

Um ihr mein Einverständnis zu zeigen, nicke ich und schlurfe wieder in mein Schlafzimmer, wo ich die Tür hinter mir ins Schloss fallen lasse. Nachdem ich das leise Geräusch vernommen habe, atme ich tief durch. Ich gehe direkt weiter in das angrenzende Badezimmer, um das Wasser in der Dusche aufzudrehen. Während es warm wird und der Wasserdampf den Raum erfüllt, ziehe ich mich aus. Achtlos lasse ich meine Sachen auf den Boden fallen und trete dann unter den heißen Wasserstrahl.

Kaum spüre ich das Wasser über meinen Kopf fließen, schließe ich meine Augen. In der gleichen Sekunde sehe ich das Gesicht des Mannes vor mir, der an dem ganzen Chaos in mir schuld ist. Aber das ist nicht alles, denn ich habe das Gefühl, als würde er mich ansehen.

Ich habe seinen Geruch in der Nase, spüre seine Hände, wie sie über meinen Rücken streichen, und höre seinen kräftigen Herzschlag in meinem Ohr.

Leise seufzend wische ich mir übers Gesicht und verbanne damit die Erinnerung an ihn.

Mir ist klar, dass es einfacher wäre, wenn ich zu meinen Gefühlen für ihn stehen würde, denn daran, dass ich welche habe, besteht kein Zweifel. Und dennoch wäre es ein großer Fehler, mich auf ihn einzulassen.

Als ich zwanzig Minuten später meine Küche betrete, bin ich zwar noch immer müde, aber ich fühle mich ausgeruhter. Ich bin so weit wach, dass ich mich meinen Schwestern stellen kann, von denen ich mir sicher bin, dass sie mir keine Ruhe gönnen werden.

Nach dem Duschen habe ich mir einen kurzen Jeansrock angezogen und dazu ein schwarzes Top. Meine nassen Haare sind zu einem Pferdeschwanz zusammengebunden. Sobald sie trocken sind, werde ich sie mir vernünftig frisieren, aber im Augenblick reicht mir das. Um meine Augenringe zu verbergen, habe ich Concealer und Mascara aufgetragen. Ich sehe zwar nicht perfekt aus, aber fitter.

Barfuß betrete ich meine Küche, während mir in der gleichen Sekunde der Geruch von Kaffee entgegenschlägt.

»Wie kommt's, dass ihr schon so früh unterwegs seid?«, frage ich die beiden. Nachdem ich ausgesprochen habe, nehme ich einen Schluck aus meiner Tasse, die Melody mir gereicht hat.

»Früh?«, ruft Brooke überrascht aus und schaut mich mit hochgezogenen Augenbrauen an. »Darf ich dich daran erinnern, dass sonst immer du diejenige bist, die uns aus dem Bett wirft? Also können wir wohl nicht von früh sprechen!«

Da es nichts gibt, was ich dem entgegensetzen könnte, halte ich den Mund und nehme stattdessen noch einen kleinen Schluck Kaffee.

Ja, hätte ich den Abend nicht mit Travis verbracht, dann wäre ich mit Sicherheit schon um sechs Uhr wach gewesen und hätte einen Teil meiner Hausarbeit erledigt.

»Ich werde Scott nächste Woche nach Las Vegas begleiten. Sein Trainer hat ihn dort für ein Trainingslager angemeldet. Und da wir uns sonst für ein paar Tage nicht sehen würden, fahre ich mit«, verkündet nun Melody und sieht zu Brooke und mir.

»Ernsthaft? Wieso erzählst du das erst jetzt?«, frage ich sie erstaunt.

»Es war eine kurzfristige Sache. Scott hat selbst erst gestern Morgen erfahren, dass er doch noch einen Platz bekommt. Also musste ich mich schnell entscheiden. Aber eigentlich war das etwas, worüber ich nicht lange nachdenken musste.« Melody lässt sich auf einen Stuhl neben mir sinken.

»Da bin ich fast ein wenig neidisch, aber ich gönne es euch. Ihr werdet bestimmt viel Spaß haben. Ich trete dir übrigens in den Hintern, wenn ihr auf die Idee kommt, dort heimlich zu heiraten. Dann bin ich wirklich beleidigt«, erwidert Brooke und schaut sie ermahnend an. »Ich freue mich nämlich schon darauf, Brautjungfer zu sein. Aber nicht in so einem hässlichen Kleid. Es muss schon etwas Umwerfendes sein, das es vorher noch nie gegeben hat.«

Mit ihrer Predigt bringt sie Melody und mich zum Lachen.

»Etwas Einmaliges?«, fragt Melody, kriegt sich aber nicht mehr ein.

»Ich will aus der Menge herausstechen«, erwidert Brooke. Ihr ernster Ton zeigt mir, dass sie sich wirklich schon die einen oder anderen Gedanken darüber gemacht hat.

»Was das angeht, kann ich dich beruhigen. Bis jetzt haben wir noch nicht einmal über Hochzeit nachgedacht, so lange sind wir schließlich auch noch nicht zusammen. Wir genießen unser Leben, so wie es derzeit ist, vor allem, wenn ich daran denke, was für ein Theater am Anfang war. Irgendwann werden wir bestimmt vor den Altar treten und dann werden wir auch Kinder haben. Bis dahin will ich aber so viel Zeit wie möglich mit ihm alleine verbringen. Aus diesem Grund fahre ich auch mit.«

Schweigend verfolge ich die Unterhaltung meiner Schwestern und lasse mich an die Lehne meines Stuhles sinken. Ich kann Melody verstehen. Sie will Zeit mit ihrem Freund verbringen, ihn ganz für sich alleine haben. Und nach dem ganzen Scheiß würde ich das an ihrer Stelle auch wollen.

»Wie lange werdet ihr dortbleiben?«, frage ich sie nun.

»Fünf Tage. Ich weiß, es sind ein paar Tage, aber die werdet ihr auch ohne mich schaffen«, erklärt sie mit einem Zwinkern.

»Mach dir keine Sorgen«, winke ich ab. »Ich freue mich für euch beide.«

»Scott wird zwar die meiste Zeit beim Training sein, aber Las Vegas kann ich mir auch alleine anschauen. Vielleicht habe ich Glück und ein paar der anderen Sportler bringen auch ihre Frauen mit. Und wenn wir abends wieder zusammen sind, haben wir noch immer genug Zeit, um etwas gemeinsam zu unternehmen.«

»Dann kannst du dich gleich schon mal daran gewöhnen, wie es ist, mit ihm von einem Wettkampf zum anderen zu fahren und in unterschiedlichen Hotels zu übernachten.« Brooke scheint von dem Gedanken nicht ganz so angetan zu sein.

»Ob du es glaubst oder nicht, aber irgendwie freue ich mich schon darauf. Mit Scott an meiner Seite wird es mir sicherlich Spaß machen. Und was ist mit dir? Wann wirst du Travis wiedersehen?« Mit dieser Frage lenkt sie das Gespräch auf ein Thema, von dem ich gehofft habe, dass die beiden es mittlerweile vergessen haben. Aber eigentlich hätte ich mir auch denken können, dass es nur eine kleine Schonfrist war.

»Ich habe keine Ahnung«, flüstere ich, obwohl ich etwas anderes sagen will.

Eigentlich will ich den beiden antworten, dass ich ihn erst dann wiedersehe, wenn ich einen Termin mit ihm habe. Diese Worte bekomme ich aber nicht über die Lippen. Insgeheim ist es nämlich so, dass ich mir wünsche, dass er mir vorher noch über den Weg läuft.

»Du akzeptierst langsam, dass etwas zwischen euch ist. Das ist gut, sehr gut sogar. Du machst also einen Schritt vorwärts«, erklärt Melody, nachdem sie mich aufmerksam betrachtet hat.

»Akzeptiert habe ich es von Anfang an. Es ist eher so, dass ich es nicht zugeben wollte. Ich bin mir nicht sicher, ob ich das mittlerweile vor ihm kann«, erwidere ich.

»Vor ihm kannst?«, hakt nun Brooke nach.

Da ich keine andere Wahl habe, erzähle ich den beiden von den Nachrichten, die Travis und ich einander am Freitag geschickt hatten.

»Deswegen hatte ich überhaupt erst das Vergnügen, mich mit ihm zu treffen«, sage ich noch, nachdem ich geendet habe.

»Da hast du es doch auch gesagt«, wirft Brooke ein.

»Aber nur, weil er darauf bestanden hat.«

»Und du meinst, dass er das wirklich denkt, dass er wirklich der Meinung ist, dass du es nur deshalb geschrieben hast? Das denken ja nicht einmal wir, und wir sind Außenstehende«, gibt Brooke skeptisch von sich.

»Auch das ist ein Schritt in die richtige Richtung. Obwohl ich zugeben muss, dass er dich ein wenig zu deinem Glück zwingen musste«, stellt Melody nun fest. Als Kommentar werfe ich ihr nur einen genervten Blick zu, woraufhin sie eine Grimasse zieht.

»Seit du mit Scott zusammen bist, bist du sehr weise geworden«, bemerke ich, wobei ich den sarkastischen Ton nicht aus meiner Stimme heraushalten kann.

»So würde ich das nicht unbedingt nennen, aber ich habe die Phase, in der du nun steckst, auch durchlebt. Um genau zu sein war das, nachdem ich meine erste Nacht mit ihm verbracht habe. Ich hatte das Gefühl, dass es falsch gewesen war, mich auf ein weiteres Treffen mit ihm einzulassen. Vor allem, weil offensichtlich war, dass es nichts mit der Arbeit zu tun hatte.«

Melody lächelt mich entschuldigend an und Brooke kichert leise. Ich hingegen denke an ihre Geschäftsreise mit ihm zurück und an die Nachrichten, die sie uns geschrieben und die Telefonate, die wir geführt hatten.

Da es noch nicht so lange her ist, kann ich mich genau erinnern, dass meine Schwester keine Ahnung hatte, was sie machen sollte. Sie war so durch den Wind gewesen, dass wir sie förmlich dazu zwingen mussten, es einfach zu genießen, solange es geht.

Und in gewisser Hinsicht geht es mir nun genauso, nur dass es mir schwerer fällt, es zuzugeben.

Ich will gerade den Mund aufmachen, um etwas zu erwidern, als der schrille Ton meiner Klingel durch die Wohnung hallt. Erschrocken, da ich niemanden erwarte, zucke ich zusammen.

»Wer ist das?«, fragt Brooke, nachdem sie meine Reaktion gesehen hat.

»Keine Ahnung.«

Ich setze einen unwissenden Gesichtsausdruck auf, während ich aufstehe und meine Schwestern alleine in der Küche sitzen lasse. Automatisch drücke ich auf den Türöffner und warte ein paar Sekunden. Die schweren Schritte im Treppenhaus werden immer lauter und zeigen mir, dass sich jemand nähert. Die unbekannte Person sagt nichts, so dass ich nicht weiß, wer da kommt.

Überrascht reiße ich die Augen auf, als ich sehe, wie Travis um die Ecke biegt und mich anlächelt. Er sieht so entspannt aus, dass ich ein wenig eifersüchtig werde. Schlagartig drängt sich mir der Eindruck auf, dass ich die Einzige bin, die in den letzten Stunden nicht sehr viel Schlaf bekommen hat.

»Hi«, begrüßt er mich, kommt auf mich zu und drückt mir einen Kuss auf den Mund.

Diese Berührung ist unschuldig und fast schon oberflächlich, aber trotzdem spüre ich das Kribbeln, das tief in meinem Inneren einsetzt und mich nervös werden lässt.

Für einen kurzen Moment bleibt mir die Luft weg und ich überlege, ob ich ihn an mich ziehen soll. Doch dann besinne ich mich eines Besseren und lasse es sein.

»Hi«, gebe ich verblüfft zurück, nachdem sich sein Mund von meinem getrennt hat und ich ihm in die Augen schauen kann. »Was machst du hier?«

Anstatt etwas zu sagen, setzt er ein höllisch sexy schiefes Grinsen auf und steckt seine Hand in die rechte Jackentasche. Kurz blickt er mich an, doch dann sehe ich, wie er die Hand wieder hervorzieht und sie öffnet. Was ich darin entdecke, sorgt dafür, dass ich begeistert in die Hände klatsche. Glücklich falle ich ihm um den Hals und drücke ihm einen Kuss auf die Wange.

»Wo hast du ihn gefunden?« Während ich spreche, nehme ich ihm meinen Schlüsselbund aus der Hand und betrachte ihn. »Oh Mann, ich habe ihn doch wohl nicht auf der Feier verloren, oder?«, frage ich Travis, nachdem mir diese Möglichkeit in den Kopf gekommen ist.

»Nein, mach dir keine Sorgen. Er lag unterm Beifahrersitz.

Wahrscheinlich ist er dir aus der Tasche gefallen und darunter gerutscht, so dass du es nicht gemerkt hast.«

»Danke, ich habe nicht damit gerechnet, dass ich ihn noch einmal wiedersehe. Ich wollte gleich morgen früh den Schlüsseldienst anrufen, damit sie mir das Schloss auswechseln. Aber wenigstens habe ich ihn in deinem Wagen verloren, so dass nicht irgendein Fremder ihn in die Hände bekommen hat.«

»Kein Problem. Ich bin mir sicher, wäre er dir auf der Party aus der Tasche gefallen, hätte ihn jemand meinem Chef gegeben. War auch nur Zufall, dass er mir aufgefallen ist, oft fahre ich nicht mit dem Wagen. Aber als ich ihn rückwärts in der Garage eingeparkt habe, habe ich die Schlüssel bemerkt.«

Nachdem er ausgesprochen hat, stelle ich mich auf die Zehenspitzen und gebe ihm einen schüchternen Kuss auf die Wange.

»Meine Schwestern sind gerade da. Ich würde dich ja hineinbitten, aber du willst es dir bestimmt nicht anhören, wie wir über Männer lästern.« In diesem Moment fühlt es sich an, als müsste ich ihm erklären, wieso wir noch immer in der Tür stehen. Um meine Worte zu unterstreichen, zeige ich in die Richtung der Küchentür, wo ich die Köpfe der beiden entdecke.

Doch kaum haben sie bemerkt, dass wir sie gesehen haben, verschwinden sie von der Bildfläche. Allerdings höre ich ihr Tuscheln, weswegen ich ein wenig die Augen verdrehe.

»Ist nicht schlimm«, erklärt Travis, noch bevor ich etwas sagen kann. »Ich werde ein anderes Mal Mäuschen spielen. Eigentlich bin ich auf dem Weg zum Training und wollte dir nur den Schlüssel vorher vorbeibringen, damit du dir keine Gedanken mehr machen musst.« Während er spricht, schaut er mich nachdenklich an. Nur zu gerne würde ich ihn fragen, was ihm gerade durch den Kopf geht, aber da ich doch ein wenig Angst vor seiner Antwort habe, traue ich mich nicht.

»Das ist echt lieb von dir«, entgegne ich also und hoffe, dass es sich in seinen Ohren nicht ganz so bescheuert anhört wie in meinen.

»Hast du heute noch etwas vor?«, fragt er mich ein paar Sekunden später.

»Wieso?«, entgegne ich neugierig.

»Wenn du Lust hast, komm doch vorbei, also ich meine zur Trainingsstrecke. Ich werde zwar viel zu tun haben, würde mich aber freuen, wenn du trotzdem kommen würdest.«

Sprachlos schaue ich ihn an. Das Wort *Nein* liegt mir auf der Zunge. Vier kleine Buchstaben, mehr nicht. Aber ich schaffe es nicht, sie auszusprechen.

In seinen Augen erkenne ich die Hoffnung, dass ich ihn nicht abblitzen lasse. Davon abgesehen habe ich heute auch nichts vor, so dass ich nicht einmal eine Ausrede vorschieben könnte.

»Das hört sich interessant an«, erwidere ich also und lächle ihn an.

Kaum habe ich ausgesprochen, erscheint ein zufriedener Ausdruck auf seinen Gesichtszügen, der mein Herz schlagartig schneller schlagen lässt.

Mir wird klar, dass wir ein weiteres Date haben, und von einer Sekunde auf die andere wird meine Atmung schneller.

Ich schlucke den dicken Kloß hinunter, der sich gerade in meinem Hals gebildet hat, und hoffe, dass er es nicht gemerkt hat.

Im nächsten Moment beugt er sich zu mir und küsst mich sanft, aber bestimmt. Seine Lippen finden meine und fahren vorsichtig darüber, fast so, als würde er Angst haben, dass ich gleich zerbreche. Da ich nun aber schon ein wenig die Gelegenheit hatte, ihn besser kennenzulernen, weiß ich, dass er alles ist, aber nicht schüchtern.

Dieser Kuss ist vielversprechend und macht Lust auf mehr. Doch er ist auch leider viel zu schnell vorbei.

*Beruhige dich*, ermahne ich mich, aber wirklich etwas bringen tut es nicht. Auch als ich versuche, meine Atmung mit ein paar Übungen, die ich auf dem College gelernt habe, in den Griff zu bekommen, geht es nach hinten los.

»Ich freu mich schon«, raunt Travis an meinen Lippen und entfernt sich von mir.

Er sieht mich ein letztes Mal an, bevor er sich umdreht und wieder verschwindet. Völlig perplex bleibe ich stehen und schaue ihm nach.

Erst als ich höre, wie die Haustür ins Schloss fällt, bin ich wieder in der Lage, mich zu bewegen.

»Oh Mann«, seufze ich leise, als ich hineingehe.

»Wie es aussieht, siehst du ihn schneller wieder, als du gedacht hast«, trällert Melody gut gelaunt, als sie in der Sekunde hinter mich tritt, in der ich die Tür schließe.

Langsam drehe ich mich zu ihr herum und schaue sie kommentarlos an.

»Und jetzt fang nicht schon wieder damit an, dass es ein Fehler war, *Ja* zu sagen«, fährt Brooke mich mit fester Stimme an. »So wie ich das sehe, wäre es ein Fehler gewesen, wenn du es nicht getan hättest. Er hat so süß ausgesehen, als er dich gefragt hat, da konnte man überhaupt nicht ablehnen.«

»Die Frage ist doch folgende: Hättest du dir auch das Versprechen abgenommen, wenn einer deiner Kollegen beauftragt worden wäre oder nichts zwischen euch gelaufen wäre?«, führt Melody den Gedanken weiter.

Nachdenklich schaue ich meine Schwestern an. Ich muss ihnen recht geben. Das ist eine Frage, auf die ich keine Antwort habe. Und wenn ich ehrlich zu mir selbst bin, dann will ich es auch nicht wissen. Irgendwie habe ich das Gefühl, als würde mir die Antwort darauf nicht gefallen.

Eine Stunde später schlägt mein Herz so schnell, dass ich Angst habe, es würde mir gleich aus der Brust springen. Mit zitternden Händen lenke ich meinen Wagen auf den großen Parkplatz vor dem Gelände, auf dem das Team von Travis trainiert. Überall stehen große Geländewagen und auch ein paar Anhänger, in denen man Motorräder transportieren kann. Auf ihnen kann ich verschiedene Namen erkennen. Ich nehme an, dass es sich hierbei um Firmen handelt, die ebenfalls im Rennsportgeschäft sind.

In der Nähe des Eingangs suche ich mir einen freien Parkplatz und ziehe den Schlüssel heraus, nachdem ich den Motor abgestellt habe. Um sicherzugehen, dass mein Make-up nicht verschmiert ist, werfe ich noch einen prüfenden Blick in den Rückspiegel. Erst dann steige ich aus.

Das Geräusch von aufheulenden Motoren dringt an meine Ohren und in der Luft liegt Benzingeruch.

Ich gehe durch das Eingangstor auf das ansonsten abgesperrte Gelände und suche mir einen Weg zwischen all den großen Containern vorbei, die hier stehen.

Aus der Ferne kann ich ein paar Fahrer erkennen, die auf der großen Rennstrecke ihre Runden drehen und sich immer wieder gegenseitig überholen.

Etwas fernab des Geschehens bleibe ich stehen. Interessiert schaue ich ihnen dabei zu, wie sie mit einem halsbrecherischen Tempo in die Kurven rasen. Dabei neigen sie sich so sehr zur Seite, dass sie fast auf dem Boden liegen. Bis jetzt habe ich so etwas nur im Fernsehen gesehen, aber ich muss zugeben, dass es in der Realität noch viel extremer aussieht. Auf einer großen Tafel, die in der Mitte der Strecke angebracht ist, werden die einzelnen Rundenzahlen angezeigt mit den Fahrernummern.

Da ich seine Nummer nicht kenne, frage ich mich kurz, ob Travis mit darunter ist. Dann lasse ich jedoch meine Augen zu den Garagen wandern, die in einiger Entfernung stehen, und entdecke ihn sofort. So schwer ist es aber auch nicht, ihn zu erkennen. Er steht in kompletter Ledermontur neben einem Motorrad und ist umgeben von Frauen, die um seine Aufmerksamkeit buhlen.

Sie werfen sich die Haare zurück, so dass er eine bessere Aussicht auf ihre Brüste hat, die sie in enge Oberteile gezwängt haben. In ihren viel zu knappen Röcken kommen die langen Beine und ihre Hintern noch mehr zur Geltung.

Der Anblick sorgt dafür, dass ich eifersüchtig werde.

Eigentlich war ich noch nie neidisch auf jemanden. Aber nun bin ich es und das führt dazu, dass ich sogar darüber nachdenke, ob ich mich einfach umdrehen und verschwinden soll. Sollte er mich später darauf ansprechen, könnte ich immer noch sagen, dass ich es leider nicht geschafft habe, weil mir etwas dazwischengekommen ist.

Doch für einen Rückzieher ist es nun zu spät, da Travis in diesem Moment in meine Richtung sieht und sich unsere Blicke treffen.

Die Welt scheint stillzustehen, nur um sich dann mit doppelter Geschwindigkeit weiterzudrehen. Für einen Moment wird mir schwindelig, so dass ich die Augen schließen muss, um mich wieder zu fangen.

Als ich sie wieder öffne, sehe ich den erleichterten Ausdruck in seinen Augen, der mich den Wunsch zu gehen vergessen lässt. Dann setzt er sich in Bewegung und lässt die Frauen stehen, um auf mich zuzukommen.

*Hau ab, du siehst doch, dass du nur eine von vielen bist*, geht es mir durch den Kopf, aber ich bin nicht fähig, mich zu bewegen. Wie von alleine sehe ich zu den Frauen, die noch immer an Ort und Stelle stehen und ihm mit leicht angesäuerter Miene nachschauen. Anscheinend sind sie es nicht gewohnt, dass sie von einem Mann einfach stehen gelassen werden. Genauso wenig wie ich es kenne, dass ein Mann andere Frauen stehen lässt, sobald er mich sieht.

»Schön, dass du da bist«, begrüßt Travis mich, als er wenige Schritte von mir entfernt stehen bleibt. »Ich hatte schon die Befürchtung, dass du es nicht mehr schaffst, bevor ich auf die Rennstrecke muss.«

»Hoffentlich störe ich nicht«, erwidere ich, ohne auf seine Worte einzugehen. Während ich spreche, nicke ich in die Richtung, in der noch immer die Frauen stehen und uns aufmerksam beobachten.

Ich kann förmlich die Blitze sehen, die sie auf mich abschießen. Mir ist klar, dass sie feststellen wollen, ob ich eine Gefahr für sie bin, doch gerade weiß ich das selber nicht so genau.

Travis sieht nicht in die Richtung. Anscheinend kann er sich denken, von wem ich gerade gesprochen habe. Stattdessen bedenkt er mich mit einem Blick, der mir klar sagt, dass er nicht glücklich über meine Worte ist. Kurz geht mir die Möglichkeit durch den Kopf, ihm zu sagen, dass es mir herausgerutscht ist.

Ich weiß ja selber nicht einmal, warum ich es überhaupt gesagt habe. Aber als ich diese Frauen sah, sind ein paar Sicherungen in mir durchgebrannt. Wie man eindrucksvoll bei Chrystal gesehen hat, habe ich das nicht immer im Griff.

Ich will mich gerade für meinen Ausbruch bei ihm entschuldigen, da greift er schon nach meiner Hand und führt mich stumm durch die Garage, die uns am nächsten steht.

Im Vorbeigehen versuche ich mich zu orientieren. Überall stehen Motorräder und auf dem Boden liegt Werkzeug verteilt. An ein paar von ihnen wird gearbeitet, während andere bloß herumstehen und anscheinend darauf warten, dass sich jemand um sie kümmert. Sie alle leuchten in den unterschiedlichsten Farben und machen so auf sich aufmerksam.

In der hintersten Ecke entdecke ich eine Tür, auf die Travis nun zuhält. Ohne auf die Männer zu achten, die sich überall befinden, tritt er durch die schwere Eisentür und zieht mich hinter sich her, ehe er sie wieder schließt. Kurz schaue ich mich um und sehe, dass wir in der Umkleidekabine stehen. Der Geruch von Deo und herbem Männerduschgel steigt mir in die Nase. Sämtliche Klamotten sind auf den Bänken und sogar auf dem Boden verteilt.

Doch ich habe keine Chance, mich näher umzusehen. Mit einer schnellen Bewegung dreht Travis mich herum, so dass ich mit dem Rücken zur Wand vor ihm stehe.

Sein Gesicht ist meinem so nah, dass ich meinen Kopf nur ein Stückchen heben müsste und unsere Nasenspitzen würden sich berühren.

»Ich will dich«, raunt er mit gefährlicher Stimme, umfasst mein Gesicht mit seinen großen Händen und küsst mich leidenschaftlich.

Meine Brustwarzen richten sich auf, während seine Hände über meinen Körper streichen und ihn in Brand setzen.

Nach Luft schnappend schaue ich ihn an, als sich unsere Lippen wieder voneinander lösen. Mein Herz rast und ich sehe alles nur noch verschwommen.

»Travis …«, setze ich an, doch er schüttelt den Kopf und legt mir den Zeigefinger auf die Lippen.

»Nur dich, und das werde ich dir immer wieder aufs Neue beweisen, bis du es mir glaubst«, flüstert er sanft. »Diese Frauen da draußen sind bei jedem Rennen. Genauso wie sie bei jedem Training auftauchen. Die sind nur darauf aus, sagen zu können, dass sie mit einem der Fahrer geschlafen haben. Viele meiner Kollegen lassen sich auf diesen Mist ein. Ich habe das noch nie gemacht.«

Skepsis macht sich in mir breit. Die Worte von Scott kommen mir wieder in den Sinn. Travis hatte viele Frauen vor mir und aus diesem Grund fällt es mir schwerer, als ich es eigentlich will, ihm das zu glauben. Damit er davon jedoch nichts mitbekommt, verbanne ich es in die hinterste Ecke meines Verstandes.

»Nie?«, frage ich ihn schließlich, da ich es noch immer nicht fassen kann.

»Ich gebe zu, dass ich öfter mit verschiedenen Frauen geschlafen habe, aber nie eine von denen. Außerdem, was soll ich mit denen anfangen, wenn ich Zeit mit dir verbringen kann?«

Mein Mund hat sich ein Stück geöffnet, damit ich besser atmen kann, während ich nach den richtigen Worten suche. Doch es gibt nichts, was mich nicht noch bescheuerter dastehen lässt, als es eh schon der Fall ist.

»Sorry«, murmle ich verlegen nach einer Weile. »Es ist total kindisch, dass ich so eifersüchtig reagiere. Eigentlich wollte ich dir doch nur zusehen, wie du deine Runden drehst.« Nachdem ich geendet habe, zucke ich mit den Schultern und vergrabe die Hände in den Hosentaschen.

Und hoffentlich verschafft mir der Abstand zu ihm ein wenig Ruhe, um mich wieder in den Griff zu bekommen.

»Ich finde es nicht kindisch, sondern süß. Eifersucht steht dir«, antwortet er und streicht sanft mit dem Daumen über meine Wange. Eine Gänsehaut überzieht meinen Körper.

»Süß?«, frage ich ein wenig ungläubig nach.

»Solche Momente zeigen mir, dass ich nicht der Einzige bin, der die Anziehungskraft zwischen uns spürt. Wäre ich an deiner Stelle, würde es mir nicht anders ergehen. Ich hingegen hätte aber anders reagiert.«

»Und was hättest du gemacht?«, erkundige ich mich mit einem Grinsen im Gesicht, das ich mir nicht verkneifen kann.

»Ich wäre hingegangen und hätte keinen Zweifel daran gelassen, zu wem du gehörst.«

In diesem Moment kann ich nicht anders als ihn mit einem verträumten Ausdruck in den Augen anzusehen. Die Vorstellung, dass er sich meinetwegen vielleicht prügelt, sorgt dafür, dass mein Vorsatz noch ein Stück in den Hintergrund tritt.

»Ich muss mich jetzt fertigmachen. Auf dem Gelände befinden sich ein paar Reporter, die mir sicherlich noch ein paar Fragen stellen wollen, sobald ich fertig bin. Trotzdem würde ich mich freuen, wenn du in der ersten Reihe stehst und mich anfeuerst.«

»Deswegen bin ich hier«, erkläre ich ihm gut gelaunt, werde im nächsten Moment aber wieder ernst. »Ich komme gleich nach«, flüstere ich und schaue in seine Augen. »Geh schon einmal vor. Ich brauche nur ein paar Minuten, um mich wieder zu sammeln.«

Eine Weile betrachtet er mich mit einem besorgten Blick, als hätte er Angst, dass ich abhaue, sobald er verschwunden ist. In mir erwacht die Befürchtung, dass er den Raum nicht ohne mich verlassen wird.

Doch noch bevor ich ihm versichern kann, dass ich wirklich nachkommen werde, nickt er und lässt mich los. In der nächsten Sekunde ist er verschwunden und die Tür fällt hinter ihm ins Schloss.

# 9

Ihm zuzusehen, wie er eine Runde nach der nächsten dreht, gibt mir ein Gefühl dafür, wie sehr er seinen Beruf liebt. Um so etwas zu tun, muss es einem Spaß machen. Und genau diesen Spaß erkenne ich bei ihm.

Er wurde dafür geboren und kennt keine Angst. Auf dem Motorrad scheint er abschalten zu können, genauso wie es bei mir der Fall ist, wenn meine Schwestern in der Nähe sind. Zumindest war das bis vor wenigen Tagen noch so gewesen. Nun weiß ich, dass ich auch den letzten Rest Anspannung verliere, wenn ich seine Stimme höre.

Mit viel zu hoher Geschwindigkeit, bei der ich wahrscheinlich ohnmächtig werden würde, brettert er von einer Kurve zur nächsten, und auch in diesen wird er nicht merklich langsamer. Er braucht den Nervenkitzel, das wird mir in diesem Moment bewusst, und das ist einer der Gründe, wieso ich ihn so anziehend finde.

Gebannt halte ich die Luft an und lasse ihn keine Sekunde aus den Augen. Ich will nicht einen Moment verpassen.

Aber ich bin nicht die Einzige, die ihn beobachtet. Um mich herum stehen jede Menge Leute, die zur Bahn schauen.

Auch die Frauen, die vorhin noch bei Travis standen, befinden sich in einiger Entfernung. Immer wieder schwingen sie ihre Haare nach hinten und richten ihre Oberteile, während sie darauf warten, dass er wieder an uns vorbeifährt. Wenn er das macht, winken sie ihm zu und werfen ihm einen übertriebenen

Kuss zu, was mich genervt die Augen verdrehen lässt. In gewisser Weise erinnern sie mich an Chrystal. Eigentlich hätte es mich nicht gewundert, wenn sie ebenfalls dort gestanden hätte.

Aber auf eine merkwürdige Art und Weise sind die Bedenken, die ich vorhin noch hatte, verschwunden. Es ist mir egal.

Na ja, nicht ganz egal, aber es stört mich nicht mehr so sehr wie am Anfang. Travis hat nämlich keinen Zweifel daran gelassen, dass er nicht an ihnen interessiert ist.

Ihre Stimmen dringen an mein Ohr, leider sprechen sie zu leise, so dass ich keine Ahnung habe, worüber sie sich unterhalten. Trotzdem würde ich gerne wissen, was sie sagen. Mein Gefühl verrät mir jedoch, dass sich ihr Gespräch um Travis dreht.

Ich beobachte, wie sein Trainer ihm und den beiden anderen Fahrern, die sich ebenfalls auf der Bahn befinden, ein Zeichen gibt. Sie werden langsamer und fahren schließlich im Schritttempo von der Strecke. Die drei halten etwas abseits des Geschehens und schalten ihre Maschinen aus, um dann abzusteigen. Doch noch bevor sie zum Stehen gekommen sind, setzt sich der kleine Fanclub in Bewegung und pilgert zu ihnen.

Aber nicht nur sie folgen den Männern, sondern auch ein paar Reporter, die vorhin noch schweigend am Rand standen. Nun kommt aber Leben in die Meute und ich höre, wie ein paar von ihnen Travis' Namen rufen.

Um nicht aufzufallen warte ich einige Sekunden, bevor ich mich ebenfalls ein paar Schritte nähere. Ich bleibe etwas abseits stehen, um sie nicht auf mich aufmerksam zu machen.

»Travis, wie schätzen Sie Ihre Chancen ein?«, fragt der erste Journalist und hält ihm ein Aufnahmegerät unter die Nase.

Doch noch bevor Travis die Gelegenheit hat zu antworten, kommen direkt die nächsten Fragen.

»Woher kommt der plötzliche Sinneswandel in Bezug auf Ihre Sozialstunden?«

»Wird auch in diesem Jahr Ihr Vater wieder eine aktive Rolle in Ihrer Crew einnehmen?«

Die Fragen prasseln von allen Seiten auf ihn ein, so dass man gar nicht weiß, wer von ihnen welche gestellt hat.

Travis beantwortet sie kurz und knapp, so dass ich mich frage, ob er das Interviewtraining wirklich braucht. Er scheint genau zu wissen, was er sagen muss, um sie zufriedenzustellen. Allerdings sind wir hier beim Training. Wahrscheinlich ist es noch einmal eine ganz andere Situation, wenn er ohnehin schon angespannt ist, weil ein Wettkampf bevorsteht.

»In den letzten Jahren haben Sie das eine oder andere Herz gebrochen, weil Sie kein Geheimnis daraus gemacht haben, dass Sie nur Ihren Spaß haben wollen! Kann man sich auch in diesem Jahr darauf einstellen? Oder wird es ruhiger um Sie werden, nun wo Sie beschlossen haben, dass Sie auch Ihre Strafe abarbeiten?«

Bei der Frage schaue ich den Reporter mit großen Augen an und ziehe hörbar scharf die Luft ein.

Um mich herum ist es auffallend ruhig geworden. Alle schauen erst zu dem Reporter und dann zu Travis. Dieser hingegen sieht kurz in meine Richtung, bevor er sich wieder auf den Mann konzentriert.

»Ich gebe zu, dass ich in den vergangenen Jahren niemand war, der einer Frau treu sein wollte. In der letzten Zeit hat sich bei mir sehr viel geändert. Und meine Freundin hätte mit Sicherheit ein Problem damit, wenn ich sie betrüge«, antwortet er mit ruhiger, aber fester Stimme.

Erschrocken über seine Worte schlage ich mir die Hände vor den Mund. Ich habe das Gefühl, als würde ich gleich ohnmächtig werden.

Freundin.

Ich brauche nicht großartig darüber nachzudenken, um zu wissen, dass er mich damit meint.

Für ein paar Sekunden sagt keiner etwas. Alle starren Travis an, während ich aus dem Augenwinkel sehe, dass sein Chef kurz in meine Richtung sieht. Im nächsten Moment konzentriert er sich sofort wieder auf seinen Fahrer, worüber ich froh bin. Ich habe die Befürchtung, dass es sonst alle merken.

»Freundin?«, hakt der Mann nun weiter nach, der ein wenig näher an Travis herangetreten ist.

Als könnte ich so das Schlimmste abwenden, beiße ich mir auf die Lippe, obwohl ich weiß, dass es nicht in meiner Hand liegt. Ich habe mal wieder nicht die Kontrolle über diese Situation.

»Wir sind noch nicht sehr lange zusammen, aber ja, man kann sie als meine Freundin bezeichnen.«

Nun stellen ihm auch die restlichen Reporter Fragen zu seiner Freundin, während die anderen Fahrer ihn nicht aus den Augen lassen.

Was Travis ihnen noch alles erzählt, will ich nicht wissen. Aus diesem Grund drehe ich mich ruckartig um und gehe mit festen Schritten auf die Umkleidekabine zu.

Ich bin sauer, wütend, genervt, enttäuscht und noch vieles mehr. Aber am liebsten würde ich ihm in den Hintern treten.

Das ist das erste Mal, dass ich wirklich nicht weiß, was ich machen soll, und das, wo niemand weiß, dass er mich damit gemeint hat. Wenn man mal von seinem Chef absieht.

In der Umkleidekabine laufe ich hin und her und trete die Hosen und Schuhe zur Seite, die auf dem Boden liegen.

Es dauert nur wenige Minuten, bis die Tür ein zweites Mal aufgeht und Travis mit seinem Trainer und zwei weiteren Männern den Raum betritt. Bei genauerem Hinsehen erkenne ich, dass es sich bei den beiden um jene Männer handelt, die vorhin mit ihm auf der Strecke waren. Aber das ist jetzt erst einmal nebensächlich, denn meine Augen kleben an Travis.

Als er mich entdeckt, strahlt er mich glücklich an. Sein Lächeln sorgt dafür, dass ich für kurze Zeit meine Wut auf ihn vergesse.

Für ihn scheint es auf diese Frage, in diesem Moment, die richtige Antwort gewesen zu sein.

Also warum kann es nicht die richtige für uns beide gewesen sein?

Seufzend muss ich einsehen, dass ich es nicht weiß.

Er hat ja schließlich nicht meinen Namen genannt oder gar auf mich gezeigt.

Das ändert sich wiederum schnell, als er den Mund aufmacht.

»Hatte ich da nicht wirklich eine gute Idee?«, fragt er mich und kommt auf mich zu. Als Travis sieht, wie ich ihn betrachte, bleibt er abrupt stehen.

»Und was genau hast du mit deiner guten Idee bezweckt?«, frage ich ihn herausfordernd und verschränke die Arme vor der Brust.

»Du hast doch selber gesagt, dass ich ihnen keinen Zündstoff mehr liefern soll, damit ich irgendwann uninteressant für sie bin.«

»Du hast gerade angefangen, den Mist geradezurücken, den du gebaut hast. Daran haben die erst einmal genug zu knabbern. Dass du ihnen dann auch noch von einer Freundin berichtest, die du gar nicht hast, ist zu viel. Das sind Reporter. Denen musst du alles häppchenweise auf dem Teller servieren, sonst sind sie überfordert!«, versuche ich ihm zu erklären.

»Haley hat recht. Allerdings muss ich auch zugeben, dass deine Aussage wahrscheinlich dafür sorgt, dass es hier in Zukunft etwas ruhiger wird«, erklärt sein Trainer.

»Wer sagt denn, dass ich sie nicht habe?«, fragt er mich, ohne die anderen zu beachten. Während die Worte über seine Lippen kommen, geht er wieder mit langsamen und geschmeidigen Schritten auf mich zu.

Ich höre das leise Raunen, dass von seinen Teamkollegen ausgeht, und bringe sie mit einem wütenden Blick zum Schweigen. Wenn sie es darauf anlegen, dann würde ich auch sie heute noch in ihre Schranken weisen.

»Wir lassen euch mal alleine«, flüstert der jüngere von ihnen und zieht den zweiten hinter sich her. Ich kann es nachvollziehen, schließlich scheint es hier drinnen gerade interessanter zu sein als da draußen. Trotzdem will ich in Ruhe mit Travis sprechen.

»Hört zu, Kinder. Ich weiß nicht, was da genau zwischen euch läuft. Und mich geht das auch nichts an. Wirklich, das ist ganz allein eine Sache zwischen euch beiden. Aber ihr zwei solltet das schnell klären, denn das Leben ist zu kurz, als es mit so einem Quatsch zu vergeuden«, sagt sein Trainer an uns beide gerichtet, bevor er den anderen beiden folgt.

Nachdem auch sein Chef die Kabine verlassen hat, ist es ruhig. Das einzige Geräusch, was zu hören ist, ist unser Atem. Eine Weile stehen wir schweigend voreinander. Mir gehen so viele Gedanken durch den Kopf, ich spüre so viele gegensätzliche Dinge, dass ich gar nicht weiß, wo ich anfangen soll.

»Hör zu«, beginnt Travis schließlich. »Ich weiß, dass es wahrscheinlich ein Fehler war, das vor der Presse zu sagen. Aber in diesem Fall ist es mir egal, ob sie mir tausend Fragen stellen oder nicht. Ich wollte nur für jede Frau da draußen klarstellen, dass ich vergeben bin, denn das bin ich. Du brauchst Zeit, dass weiß ich, und die will ich dir geben. Ich habe keine Ahnung von Beziehungen und solchen Dingen. Aber es trägt bestimmt nicht dazu bei, dass du dich sicher bei mir fühlst, wenn Frauen auf mich zukommen, bei denen es offensichtlich ist, dass sie meinen Schwanz wollen. Ich habe dich vorhin gesehen und ich weiß, dass es dir etwas ausgemacht hat. Mehr, als du es eigentlich zugeben willst.«

Seine Ansprache raubt mir den Atem. Ich muss mir eingestehen, dass ich es süß finde und ich damit nicht gerechnet habe. Zuvor hatte ich nämlich noch angenommen, dass er das nur gesagt hatte, um zu zeigen, dass er dazu in der Lage ist, sich zu ändern.

»Travis«, setze ich an, doch er schüttelt den Kopf.

»Bevor du gekommen bist, sind sie mir schon eine Weile auf die Nerven gegangen. Aber ich habe nicht eine einzige von ihnen berührt oder ihnen auch nur die kleinste Hoffnung gemacht. Ich habe versucht, ihnen aus dem Weg zu gehen, aber das ist nicht ganz so einfach, wie du dir vielleicht vorstellen kannst.«

Während er spricht, legt er seine Hände auf meine Hüften und zieht mich an sich. Langsam lasse ich meinen Kopf an seine Brust fallen, während sich meine Atmung wieder beruhigt.

»Mir ist klar, dass ich kein unbeschriebenes Blatt bin, und deswegen kann ich mir auch vorstellen, wieso du Zeit brauchst. Nimm sie dir, nur geh mir bitte nicht aus dem Weg«, flüstert er in die Stille hinein, die um uns herum herrscht.

»Danke«, murmle ich und schlinge meine Arme um ihn.

»Ich wusste gar nicht, dass du mit Travis zusammen bist«, begrüßt mich meine Oma, als sie mich am nächsten Tag im Büro anruft.

Ich hatte mit dem Anruf meiner Familie schon viel eher gerechnet. Deswegen bin ich überrascht, dass es bereits elf Uhr vormittags ist, als sich die Erste meldet.

»Wir sind auch kein Paar«, verbessere ich sie und stütze meinen Kopf in meiner Hand ab. »Woher willst du überhaupt wissen, dass er von mir gesprochen hat?«

Ich brauche gar nicht erst zu fragen, woher sie das hat. Ich bin mir sicher, dass das Interview überall gezeigt wurde und von allen heiß diskutiert wird.

»Über welche Frau sollte er denn sonst sprechen? Etwa von Chrystal? Das glaubst du doch wohl selber nicht.«

Die Worte lassen mich leise seufzen, weil sie recht hat.

»Ihr seid kurz nacheinander von meinem Geburtstag verschwunden. Am Samstag habe ich übrigens mitbekommen, wie du mit deinen Schwestern darüber gesprochen hast, dass du eine Verabredung mit ihm hast.«

Leise atme ich tief durch und versuche, nicht in Panik zu verfallen.

Ich hätte wissen müssen, dass meine Oma früher oder später etwas spitz bekommt, aber ich hatte überhaupt nicht daran gedacht. In diesen Sekunden war ich nicht in der Lage gewesen, über den Tellerrand hinauszuschauen, obwohl meine Familie schon mehrmals bewiesen hat, dass man bei ihr mit allem rechnen muss.

»Ja, wir haben uns getroffen, das bestreite ich auch gar nicht. Aber wir sind nicht zusammen.«

*Auf jeden Fall nicht so, wie man es als Paar ist*, denke ich, sage es jedoch nicht. Das würde nur weitere Fragen nach sich ziehen.

»Das hat sich aus seinem Mund aber ganz anders angehört.«

Eine Weile ist es ruhig in der Leitung. Verzweifelt suche ich nach den richtigen Worten, mit denen ich dagegenhalten kann, aber mir fällt einfach nichts ein. Was wohl daran liegt, dass es verdammt noch mal nichts gibt, was ich dazu sagen und was meine Oma vom Gegenteil überzeugen würde.

»Okay, Haley«, erklärt sie schließlich mit fester Stimme. »Mir ist klar, dass du normalerweise deinen Schwestern die Ratschläge gibst. Ich freue mich darüber, dass ihr euch immer so gut versteht und zusammenhaltet. Aber jetzt werde ich dir etwas sagen. Melody und Brooke sind erwachsen, sie stehen auf eigenen Beinen. Denk einmal nicht an die beiden, oder an all die anderen Dinge, die dir im Kopf umgehen. Kümmere dich um dich und schalte deinen Verstand aus. In diesem Fall ist es nur wichtig, dass du auf dein Herz hörst.«

Die harten Worte meiner Oma treffen mich. Mir ist bewusst, dass sie sie nicht böse meint. Trotzdem weiß ich erst einmal nicht, was ich darauf sagen soll. Dass ich sprachlos bin, hat sie in den letzten Jahren nur selten geschafft.

»Leb dein Leben und kümmere dich mal nicht um das, was andere über dich sagen. Das hast du nun wirklich lange genug gemacht. Ich weiß, du bist seine – wie nennst du das gleich noch? Imageberaterin? Das heißt aber nicht, dass du außerhalb deines Büros kein eigenes Leben mehr hast«, fährt sie fort, noch bevor ich einen klaren Gedanken fassen kann.

Ich weiß, dass sie recht hat. Aber ich kann nicht anders. In den letzten Jahren ist es mir in Fleisch und Blut übergegangen, mich genau so zu verhalten und meine Gefühle hintanzustellen.

»Ich will nur nicht, dass du dir eine Gelegenheit durch die Lappen gehen lässt, nur weil du Angst hast, ein Risiko einzugehen. Melody hat es auch getan, und nun sieh dir an, wie glücklich sie mit Scott ist.«

»Ich habe keine Angst«, erwidere ich. Meine Stimme klingt jedoch nicht einmal ansatzweise so sicher, wie ich es beabsichtigt habe.

»Ach Haley, ich kenne dich gut genug, um zu wissen, dass du lügst.«

Obwohl mir gerade nicht zum Lachen zumute ist, muss ich doch grinsen. Keine von uns dreien kann unserer Oma etwas vormachen, das konnten wir noch nie.

Und auch dieses Mal hat sie wieder recht.

»Versprich mir wenigstens, dass du darüber nachdenkst.«

»Das werde ich«, antworte ich, obwohl ich seit unserer Verabredung am Samstag ohnehin an nichts anderes mehr denke. Und auch die Worte, die er mir auf der Rennstrecke gesagt hat, gehen mir nicht aus dem Kopf.

»Halt mich auf dem Laufenden«, fügt sie noch hinzu, bevor sie auflegt und mich somit mit meinen Gedanken alleine lässt.

Es ist gar nicht so einfach, wie sie es sich vorstellt, von seinen alten Gewohnheiten loszulassen. Das Leben, was ich mir in den letzten Jahren aufgebaut habe, liebe ich genauso sehr wie meine Familie. Aber jetzt ist es vielleicht wirklich an der Zeit, dass ich mich einmal um mich kümmere.

# 10

Müde streiche ich mir meine Haare aus dem Gesicht und lasse die Hände über meinen Hals zu meinen Schultern fahren, um meine verspannten Muskeln ein wenig zu lösen. Aber es bringt nichts. In den letzten Tagen ist es so schlimm geworden, dass ich sogar darüber nachgedacht habe, zur Massage zu gehen.

Um mich von dem Gefühlchaos abzulenken, das Travis in mir auslöst, habe ich mich in die Arbeit vergraben. Gesehen habe ich ihn nicht. Ich bin erst abends spät nach Hause gekommen und er war den ganzen Tag beim Training oder hat seine Strafe abgearbeitet.

Zehn Stunden. Zehn bescheuerte Stunden.

Ich verstehe immer noch nicht, wieso er das nicht einfach von Anfang an getan hat, zumal die Strafe für den Mist, den er gebaut hat, noch sehr gering ist.

Aber ich bin froh darüber, dass er es jetzt macht. Ich meine nicht irgendeine normale Zufriedenheit, weil er sich an meine Tipps hält, sondern auf eine andere Art und Weise.

Er soll Erfolg haben und in Ruhe seinem Job nachgehen können. Und das kann er nur, wenn er sich wenigstens in manchen Bereichen endlich an die Spielregeln hält.

Obwohl wir uns nicht gesehen haben, haben wir uns in jeder freien Minute geschrieben und sogar miteinander telefoniert. Er hat mir immer wieder aufs Neue bewiesen, dass er sich für mich und mein Leben interessiert und mir zuhört.

Travis hat mich mit Fragen zu meinem Job und meiner Familie gelöchert, die ich ihm gerne beantwortet habe.

Ich muss zugeben, dass ich jetzt auch am liebsten seine Stimme hören würde. Selbst, wenn wir nur telefonieren, lockern sich meine Muskeln wenigstens etwas.

Außerdem habe ich ihm mitgeteilt, dass ich ihn für das Interviewtraining angemeldet habe und am Donnerstag seine erste Stunde dort ist. Glücklich schien er mir nicht darüber zu sein, aber er hat es hingenommen, ohne sich zu beschweren.

Gähnend greife ich nun nach meinem Handy und will es in meine Tasche stecken, als es in meiner Hand vibriert.

Vorfreude macht sich in mir breit, als ich daran denke, dass die Nachricht von Travis sein könnte. Allerdings ist es nicht sein Name, der mir angezeigt wird, sondern der meiner Schwester Brooke.

*Hast du Lust, mit mir eine Pizza essen zu gehen? Ich würde ja auch Melody fragen, aber die ist noch für zwei Tage in der Stadt der Sünde und hat dort ihren Spaß!*

Nachdem ich ihre Nachricht gelesen habe, fällt mir auf, dass es das erste Mal ist, dass wir alleine unterwegs sind. In den letzten Jahren waren wir noch nie ohne unsere jüngste Schwester weg, aber nun bleibt uns wohl nichts anderes übrig. Vor allem, weil ich keine Lust habe, alleine zu Hause zu sitzen und mir, wie so oft in den letzten Tagen, Gedanken über Travis zu machen.

Ein wenig Abwechslung wird mir wahrscheinlich ganz guttun. Schnell öffne ich das Antwortfenster und schreibe ihr zurück.

*Wir treffen uns in einer halben Stunde, ich mache gerade Feierabend.*

Ich schicke die Nachricht ab und greife nach den restlichen persönlichen Gegenständen, die auf meinem Schreibtisch liegen, um sie in meine Tasche zu stecken. Dann hänge ich mir dieselbe über die Schulter und verlasse mein Büro.

»Haley, warte mal«, ertönt die Stimme von Amber noch bevor ich verschwinden kann.

Langsam drehe ich mich in ihre Richtung und sehe ihr zu, wie sie mit schnellen Schritten auf mich zukommt.

»Was kann ich für dich tun?«, frage ich sie, obwohl ich eigentlich aufbrechen will. Das Letzte, worauf ich jetzt Lust habe, ist, länger hierzubleiben.

»Ich wollte dich nur fragen, ob du morgen einen Blick auf diese Unterlagen werfen kannst? Irgendwie habe ich das Gefühl, als hätte ich irgendetwas vergessen«, entgegnet sie und zeigt auf die Ordner, die auf ihrem Schreibtisch liegen.

»Sind das die Unterlagen für die Buchhaltung?«

Als Antwort nickt sie nur.

»Klar, ich schaue morgen. Besser einmal zu viel als zu wenig. Leg sie mir einfach auf den Schreibtisch.«

»Danke, ich wünsche dir noch einen schönen Abend.«

»Dir auch.« Mit diesen Worten drehe ich mich um und mache endlich Feierabend.

Als ich knapp dreißig Minuten später bei unserem Stammitaliener ankomme, herrscht Hochbetrieb. Die Angestellten laufen wie aufgescheuchte Hühner hin und her, wobei sie sich gegenseitig fast über den Haufen rennen.

An den einzelnen Tischen, die in dem großen Restaurant verteilt sind, sitzen Geschäftsleute, Paare oder Freunde. Sie unterhalten sich und lachen oder schauen auf die Unterlagen, die vor ihnen liegen.

Ich bleibe in der Tür stehen und halte Ausschau nach meiner Schwester. In einiger Entfernung entdecke ich Brooke schließlich. Sie sitzt in der hintersten Ecke und starrt wie gebannt auf ihr Handy.

Während ich mich ihr nähere, weiche ich den Menschen um mich herum aus und sinke schließlich auf den freien Stuhl, der ihr gegenübersteht.

»Hi«, begrüße ich sie.

»Du siehst müde aus. Wenn du dich lieber hinlegen willst, dann kann ich es verstehen. Es muss schwer sein, wenn man mit einem Rennfahrer zusammen ist«, legt Brooke los, nachdem sie mich eine Weile begutachtet hat.

»Ich werde nicht darauf eingehen«, verkünde ich und strecke ihr dann die Zunge heraus.

Ihr leises Kichern ertönt kurz, bevor sie wieder ernst wird.

»Wieso hast du es mir verschwiegen? Und selbst, nachdem es anscheinend in allen Zeitschriften verkündet wurde, hast du nichts gesagt. Du weißt, dass ich die eher selten lese, stattdessen habe ich es von einer Kollegin erfahren, deren Freund ein riesiger Fan von diesen Rennen ist«, verkündet sie. Brooke zieht ein Gesicht, als wäre sie sich nicht sicher, ob es gut oder schlecht ist. Ich hingegen bin mir sicher, dass es nicht ganz so gut ist.

»Moment mal, die wissen meinen Namen?«, frage ich nach.

»Nicht deinen Namen, aber ich weiß, dass du dich ein paarmal mit ihm getroffen hast. Also ist es doch naheliegend, dass nur du es sein kannst.«

»Oh Mann«, entfährt es mir leise. Ich schaue von rechts nach links, um mich zu versichern, dass keiner etwas von unserem Gespräch mitbekommt. Alle Gäste sind aber so sehr in ihre eigenen Unterhaltungen vertieft, dass sie Brooke und mich überhaupt nicht wahrnehmen.

»Es tut mir leid«, entschuldige ich mich bei ihr. »Aber wir sind nicht zusammen, auf jeden Fall nicht richtig.«

»Okay, da ich mir denken kann, was gerade in deinem hübschen Kopf vor sich geht, werde ich nichts weiter dazu sagen. Ich bin mir sicher, dass Melody das mit Sicherheit übernehmen wird, sobald sie wieder in der Stadt sind.«

»Ja, das denke ich auch«, murmle ich.

»Und nun ein anderes Thema. Mom hat mich heute angerufen.«

»Und?«, frage ich vorsichtig nach, da ich keine Ahnung habe, ob ich die Antwort darauf wirklich wissen will.

Normalerweise ist es keine große Sache, wenn sich unsere Mutter bei uns meldet, so dass wir es nicht extra erwähnen. Wenn Brooke es aber anspricht, dann scheint irgendetwas passiert zu sein.

Die nächsten Sekunden vergehen quälend langsam. Die Ruhe, die nun an unserem Tisch herrscht, lässt mich fast wahnsinnig werden. Ich kann an dem Gesicht meiner Schwester erkennen, dass sie mit sich kämpft und es ihr anscheinend schwerfällt, darüber zu sprechen. Je länger sie nichts sagt, umso größer wird meine Angst vor der Nachricht, die sie für mich hat.

»Oma wird ihren Wagen verkaufen«, platzt es schließlich aus Brooke heraus, als hätte man sie mit einer Nadel gestochen.

Ungläubig und mit offenem Mund starre ich sie an.

»Was?«, frage ich noch einmal nach, weil ich glaube, ich hätte mich verhört.

Ich kann einfach nicht fassen, was sie gerade gesagt hat. Das kann unmöglich ihr Ernst gewesen sein.

Unsere Oma fährt diesen Wagen schon seit Ewigkeiten. Opa hatte ihn gekauft und nach und nach fertig gemacht. Aus diesem Grund hatte sie ihn nie hergegeben, obwohl er in den letzten Jahren öfter in der Werkstatt stand, als dass sie ihn gefahren hätte.

Mom und unsere Tanten hatten immer wieder versucht, sie davon zu überzeugen, sich besser einen anderen Wagen zu holen.

Aber unsere Oma hatte betont, dass dieser Wagen sie an ihren verstorbenen Mann erinnere, und das fanden vor allem meine Schwestern und ich total rührend.

Dass sie nun ausgerechnet dieses Erinnerungsstück verkaufen will, trifft mich hart. Diese Ankündigung muss ich erst einmal verdauen.

»Hat sie eine Begründung angegeben?«, frage ich nach, wobei ich mit den Gedanken ganz woanders bin.

»Sie hat Mom gesagt, dass es Zeit wird, jetzt wo ihre Enkelinnen langsam sesshaft werden. Soweit ich weiß, will sie ihn nicht sofort verkaufen, sondern erst einmal schätzen lassen, damit sie weiß, wie viel sie verlangen kann.«

Immer noch verdutzt über die Entscheidung meiner Oma starre ich Brooke an. Innerlich hoffe ich, dass sie mir sagt, dass es ein Scherz ist. Aber das tut sie nicht.

Mir ist klar, dass meine Reaktion total übertrieben ist, schließlich ist es nur ein Auto. Aber dieser Wagen war für uns immer ein Zeichen dafür, dass es wahre Liebe gibt und die auch noch nach dem Tod fortbesteht.

»Wow«, flüstere ich mehr zu mir selber als zu meiner Schwester. Doch an ihrem Gesichtsausdruck erkenne ich, dass sie mich versteht.

»Das Gleiche habe ich auch gedacht, aber du weißt, was für einen Dickschädel sie hat. Ich glaube kaum, dass wir sie vom Gegenteil überzeugen können. Zumal Melody und du zwar sesshaft geworden seid, aber ich das nicht vorhabe. Dafür genieße ich meine Freiheit viel zu sehr.«

Bei ihren Worten hebe ich meine Augen von der Speisekarte vor mir und schaue sie an. Doch ich sage nichts.

Stattdessen öffne ich die Karte und warte darauf, dass die Bedienung an unserem Tisch erscheint.

Während wir essen, berichtet Brooke mir von ihrem neuen Job. Ich muss zugeben, dass es nichts für mich wäre, in einem Jahr fünf verschiedene Arbeitsstellen zu haben, aber ihr scheint es Spaß zu machen, und deswegen halte ich mich da raus. Außerdem habe ich, genau wie alle anderen in der Familie, die Hoffnung, dass sie irgendwann etwas anderes machen wird. Aber bis jetzt sieht es nicht danach aus.

Da ich aber weiß, dass sie alleine ihre Berufung finden muss, ziehe ich es vor, nichts zu sagen, und sie ihren Weg gehen zu lassen.

»Ohne Melody ist es einfach nicht das Gleiche«, seufzt Brooke, nachdem sie sich den letzten Bissen Pizza in den Mund geschoben hat. »Ich vermisse sie.«

»Gewöhn dich dran«, erwidere ich. Ich vermisse meine jüngste Schwester zwar auch, aber ich weiß, dass sich ihr Leben gerade grundlegend ändert. Deswegen bin ich mir sicher, dass Brooke und ich noch mehr von diesen Abenden verbringen werden.

Als Antwort zuckt sie nur mit den Schultern.

»So lange ihr mir versprecht, dass ich demnächst nicht alleine hier sitzen muss, ist alles in Ordnung.«

»Mach dir keine Sorgen, wir werden dich schon nicht vergessen«, gebe ich lachend zurück.

Als ich spätabends in meiner Wohnung ankomme, ist es bereits ruhig im Haus, da alle morgen früh rausmüssen, bevor sie endlich in das verdiente Wochenende starten können.

Und obwohl ich eigentlich auch schon im Bett liegen müsste, bin ich nicht müde. Stattdessen überlege ich, wie ich den von meiner Oma geplanten Verkauf des Autos verhindern kann.

Aber so sehr ich es auch versuche, es gibt nichts, was sie davon überzeugen würde, ihn zu behalten. Meine Oma ist schließlich eine erwachsene Frau, und wenn sie diesen Wagen verkaufen will, dann kann ihr das niemand verbieten. Auch wenn ich es wirklich schade finden würde, wenn er den Besitzer wechselt.

Gedankenverloren streife ich meine Schuhe von den Füßen und ziehe mir das Oberteil aus. Beides lasse ich in einer Ecke des Flures fallen, bevor ich auf mein Schlafzimmer zugehe. Doch kaum habe ich ein paar Schritte zurückgelegt, höre ich, wie mein Handy in der Handtasche klingelt. Kurz schaue ich auf meine Armbanduhr. Es ist gleich zwölf Uhr.

*Wer ruft mich um diese Uhrzeit noch an?*, frage ich mich.

Doch die einzigen beiden Personen, bei denen ich mit Bestimmtheit sagen kann, dass sie um diese Zeit schon im Bett liegen, sind meine Eltern.

Schnell wühle ich in meiner Tasche und ziehe mein Telefon schließlich hervor. Doch als ich einen Blick darauf werfe, schnappe ich nach Luft.

Travis.

Sein Name sticht mir sofort ins Auge.

*Vielleicht ist etwas passiert*, überlege ich, obwohl mir kein Szenario einfällt, dessentwegen er mich mitten in der Nacht anrufen sollte.

»Hi«, begrüße ich ihn, nachdem ich mich wieder einigermaßen beruhigt und auf das grüne Symbol gedrückt habe.

»Hi, meine Hübsche. Ich hoffe, ich habe dich nicht geweckt«, ertönt seine tiefe Stimme am anderen Ende der Leitung.

»Nein, alles in Ordnung. Ich bin gerade selber erst nach Hause gekommen«, erkläre ich ihm und hänge meine Tasche an die Garderobe.

»Oh.« Mehr sagt er nicht. Aber der Ton, mit dem er das Wort ausspricht, verrät mir, was ihm gerade durch den Kopf geht.

Er denkt, dass ich mich mit einem anderen Mann getroffen habe. Irgendwie finde ich es süß, dass er so reagiert, genauso wie er es bei mir süß fand, dass ich wegen der Frauen an der Rennbahn eifersüchtig wurde. Mir kommen auch wieder seine Worte in den Kopf, dass er jedem Typen sofort zu verstehen geben würde, dass ich zu ihm gehöre.

»Meine Schwester Brooke und ich waren zusammen essen«, erkläre ich ihm schnell. Ich will nicht, dass er das Falsche denkt und womöglich droht, jeden Mann, der in meine Nähe kommt, zu verprügeln.

»Ach so, okay. Hattet ihr einen schönen Abend?« Die Erleichterung in seiner Stimme ist nicht zu überhören, obwohl er das wahrscheinlich niemals zugeben würde.

»Den hatten wir. Melody hat aber gefehlt«, erwidere ich. Ich erwähne nicht, dass die Nachricht, dass der Wagen unserer Oma bald den Besitzer wechseln soll, eindeutig die Stimmung gedrückt hat.

Travis braucht es nicht zu wissen und würde mich wahrscheinlich auslachen, weil ich so emotional deswegen reagiere.

»Das freut mich. Wenn ich richtig informiert bin, dann werden die beiden ja bald wieder da sein.«

»Ich weiß, es ist nur irgendwie komisch, ohne sie unterwegs zu sein.«

»Ihr seid Freundinnen, da ist das normal. Ich rufe eigentlich nur bei dir an, weil ich mich bedanken will.«

»Wofür?«, frage ich ihn leicht irritiert.

»Schon vergessen? Du hattest mich doch bei diesem Training angemeldet, und heute war die erste Sitzung.«

*Stimmt*, denke ich. Daran hatte ich in den letzten Stunden gar nicht mehr gedacht. Eigentlich hatte ich ihm eine Nachricht schreiben wollen, um zu erfahren, wie es war.

»Es freut mich, dass es anscheinend gut lief.«

»Der Typ meinte, dass die Reporter sich vor den Rennen wohl erst recht noch einmal nach dir erkundigen werden, ob du auch dort bist und solche Sachen. Aber ich soll nicht darauf eingehen. Ich bin mir sicher, dass es mir schwerfallen wird, aber ich akzeptiere deine Meinung.«

Bei seinen Worten wird mir warm ums Herz. Eine Weile ist es still in der Leitung, da ich seine Worte verarbeiten muss.

»Was ist los?«, fragt er mich schließlich, nachdem ich nicht geantwortet habe.

»Nichts«, flüstere ich und wische mir eine Träne aus dem Gesicht. »Ich hatte heute nur viel im Büro zu erledigen und bin deswegen müde.«

»Sehen wir uns morgen? Ich muss zu einer Cluberöffnung, zu der ich dich gerne mitnehmen würde. Es wird wahrscheinlich etwas drunter und drüber gehen, weil viele mit mir werden sprechen wollen, aber danach gehöre ich ganz dir«, versucht er zu scherzen, doch mir ist gerade nicht zum Lachen zumute. »Ich würde mich einfach nur freuen, wenn du auch dort wärst und ich weiß, dass du in meiner Nähe bist.«

Gerade fühlt es sich so an, als würde alles über mich hereinbrechen.

»Ich weiß nicht, ob das so eine gute Idee ist«, erkläre ich ihm.

»Haley, bitte. Ich will den Abend mit dir verbringen. Wir können getrennt hineingehen und uns dann drin treffen, wenn dir das lieber ist. Der Besitzer ist ein Freund von mir, sonst würde ich den Termin absagen, aber ich habe es ihm versprochen.«

Bei seinem Vorschlag überkommt mich der Wunsch, ihm wieder nah zu sein und ihn zu sehen. Er nimmt mich ein, so dass für nichts anderes mehr Platz ist. Dabei ist es egal, ob wir nur miteinander telefonieren oder uns gegenüberstehen.

»Okay«, willige ich ein. »Ich werde da sein.«

»Klar wirst du das, schließlich hole ich dich ab. Oder denkst du, ich lasse dich zu einem Date alleine fahren?«

Da ist es wieder. Dieses kleine Wort, das so eine große Wirkung auf mich hat, dass es mir den Boden unter den Füßen wegzieht. Und ich bin mir sicher, dass er das weiß, sonst würde er es nicht so sehr betonen.

»Wie spät?«, frage ich ihn tonlos, als mir klar wird, dass ich noch nichts darauf erwidert habe. Mittlerweile weiß ich, dass ich erst gar nicht mit ihm zu diskutieren brauche, weil es ohnehin nichts bringt. Also überspringe ich das und komme stattdessen lieber direkt zur Sache.

»Ich bin gegen sieben da.«

»Okay«, erwidere ich.

»Ich freu mich schon auf dich.«

In letzter Sekunde kann ich es verhindern, dieselben Worte an ihn zu richten. Bereits jetzt dreht mein Magen bei dem Gedanken durch, dass ich ihn morgen sehen werde.

»Und, Haley?«, dringt seine Stimme noch einmal an mein Ohr.

»Ja?«

»Zieh keinen Rock und auch kein Kleid an. Sondern irgendetwas, in dem du dich gut bewegen kannst.«

»Was?«, frage ich ein wenig verwundert.

Doch noch bevor ich das Wort zu Ende sprechen kann, hat er die Verbindung getrennt.

»Travis«, rufe ich noch einmal in das Handy hinein, aber es kommt keine Antwort.

Stumm starre ich das Telefon an, bevor ich es zur Seite werfe und mich schließlich auch von den restlichen Sachen befreie. Dann lege ich mich in mein Bett und denke darüber nach, was er vorhaben könnte, doch mir fällt nichts ein.

# 11

Als ich am nächsten Tag das Bürogebäude verlasse, schlägt mir die heiße Sommerluft entgegen. Der Himmel ist strahlend blau und es verspricht ein schöner Abend zu werden.

Eigentlich müsste ich noch zwei Stunden arbeiten, doch da ich mich auf nichts anderes mehr konzentrieren konnte, habe ich beschlossen, dass ich auch gleich Feierabend machen kann. Schließlich habe ich genug Überstunden angehäuft, und die meisten meiner Kollegen waren auch schon verschwunden.

Nun ziehe ich meine Sonnenbrille aus der Tasche, setze sie mir auf die Nase und gehe in Richtung Parkplatz. Doch weit komme ich nicht, denn nach wenigen Schritten knalle ich mit jemandem zusammen.

»Entschuldigung«, murmle ich und will weitergehen. Doch der Mann greift nach meinem Handgelenk und zwingt mich so, mich zu ihm umzudrehen.

»Wir kennen uns doch«, stellt er fest und schaut mich an.

»Ich wüsste nicht, woher«, antworte ich und durchforste mein Gedächtnis nach seinem Gesicht. Aber so sehr ich es auch versuche, ich kann mich einfach nicht an ihn erinnern.

»Von der Geburtstagsfeier meines Vaters.«

*Scheiße*, schießt es mir durch den Kopf, während ich nach meiner Sonnenbrille greife und sie mir vom Gesicht ziehe.

Jetzt, wo er es gesagt hat, erkenne ich ihn auch. Vor mir steht Connor, der nervtötende Sohn von Travis' Teamchef.

»Stimmt«, erwidere ich. Fieberhaft suche ich in meinem Kopf

nach einer Ausrede, da ich keine Lust habe, mich mit ihm zu unterhalten. Unser letztes Gespräch ist mir noch sehr präsent, und deswegen habe ich keine Lust, mich weiter mit ihm zu unterhalten.

Nun hat sich ein schmieriges Grinsen auf sein Gesicht gelegt, bei dessen Anblick ich mich am liebsten umdrehen und verschwinden würde. Allerdings hält er noch immer meinen Arm umklammert, so dass ich ihm nicht entkommen kann.

»Wie geht es Ihnen?«, fragt er mich. Ich winde mich, versuche es mir aber so wenig wie möglich anmerken zu lassen. Das Letzte, was ich will, ist, dass er weiß, welche Reaktion er mir entlockt. Diese ist nämlich das komplette Gegenteil von Travis.

»Bestens, danke«, erwidere ich betont freundlich. Gleichzeitig drehe ich mein Handgelenk von einer Seite zur anderen, damit er mich loslässt.

»Ich hoffe, die Party war nicht allzu langweilig. Sie sind sicherlich sonst etwas anderes gewohnt.«

Schon immer habe ich es erkannt, wenn mir jemand eine Beleidigung um die Ohren gehauen hat, egal, wie nett sie verpackt ist. Und so ist es auch in diesem Fall. Aus zusammengekniffenen Augen starre ich ihn wütend an und entziehe ihm nun energisch meinen Arm.

»Machen Sie sich darum mal keine Sorgen. Travis hat sich wunderbar um mich gekümmert«, fauche ich ihn an und erinnere ihn gleichzeitig daran, mit wem ich dort war.

»Travis«, gibt er nur tonlos von sich. Aber mehr braucht er auch gar nicht zu sagen, ich weiß sofort, dass es ihm nicht passt, dass ich ihn erwähnt habe.

»Einer der Fahrer, die für Ihren Vater arbeiten. Sie erinnern sich doch sicherlich an ihn.«

Connor weiß genau, von wem ich spreche, aber gerade macht es mir viel zu viel Spaß, ihm all das noch unter die Nase zu reiben.

»Es ist also wirklich ernst zwischen Ihnen?«, fragt er mich mit einem Ton in der Stimme, den ich nicht ganz einordnen kann. Aber das ist mir egal.

Ich bin sauer und von mir aus kann er das ruhig wissen.

»Sieht so aus«, erkläre ich ihm und halte seinem Blick stand.

»Sie sollten wissen, dass er Sie nur bescheißt. Der hat überall seine Frauen, und ich würde meinen Arsch darauf verwetten, dass er jeder sagt, dass er nur sie will.«

Bei seinen Worten spannt sich mein Körper automatisch an. Ich muss daran denken, wie Scott erwähnte, dass Travis überall nur in Begleitung von mehreren Frauen auftaucht.

Ich atme tief durch, damit ich die Kontrolle über meinen Körper behalte. Schnell rufe ich mir die Worte zurück ins Gedächtnis, die Travis mir auf der Rennbahn gesagt hat.

*Connor will nur, dass ich mich so fühle. An Travis' Ton hat man doch gemerkt, dass er seine Worte ehrlich meint.*

»Ich glaube nicht, dass es Sie etwas angeht«, feuere ich deswegen zurück und starre ihn an. »Und selbst wenn es so wäre, dann wäre das nur mein Problem und mit Sicherheit nicht Ihres.« Mit diesen Worten drehe ich mich um und lasse ihn stehen.

Sein lautes Lachen ertönt hinter mir, ich beachte ihn nicht. Bei jedem Schritt, den ich hinter mich bringe, wird meine Wut auf dieses eingebildete Arschloch größer. Ich muss mich zusammenreißen, um mich nicht umzudrehen und ihm eine zu verpassen.

Also gehe ich immer weiter, bis ich schließlich bei meinem Wagen angekommen bin. Ich weiß zwar nicht, was zwischen den beiden Männern vorgefallen ist, aber ich bin mir sicher, dass er es verdient hat, dass Travis ihn meidet.

Mir kommt es wie eine Ewigkeit vor, bis ich endlich mein Wohnhaus erreiche. Auf dem Parkplatz stelle ich meinen Wagen zwischen zwei anderen ab und gehe auf die große Eingangstür zu.

Müde schlurfe ich die Treppen hinauf und zu meiner Wohnung. Kaum habe ich sie betreten und die Tür wieder hinter mir geschlossen, lasse ich meine Tasche auf den Boden fallen.

Doch weiter als zwei Schritte komme ich nicht, denn da klingelt es schon wieder.

Seufzend ziehe ich meine Schuhe aus und drehe mich herum, um wieder zurückzugehen und den Türöffner zu betätigen.

Während ich auf denjenigen warte, der sich da angekündigt hat, ziehe ich mir das Haargummi vom Pferdeschwanz, so dass mir meine langen Haare über die Schultern und den Rücken fallen.

Es dauert ein paar Sekunden, da höre ich das Geräusch von Absätzen auf den Fliesen und stecke neugierig meinen Kopf aus der Tür. Wenig später erscheinen Chrystals blonde Haare in meinem Gesichtsfeld.

*Oh nein*, schießt es mir durch den Kopf. Sie ist die letzte Person, mit der ich mich gerade unterhalten will. Vor allem nach dem unfreiwilligen Zusammentreffen mit Connor liegen meine Nerven blank.

»Was kann ich für dich tun?«, frage ich sie und komme somit direkt zur Sache, noch bevor sie an meiner Tür angekommen ist. Ich habe keine Lust, mich mit langen Begrüßungen herumzuschlagen, sondern will einfach nur, dass sie wieder verschwindet und mich in Ruhe lässt.

»Ich habe in den letzten Tagen nachgedacht.«

»Und?«, hake ich ein wenig ungeduldig nach.

»Ich bin zu dem Schluss gekommen, dass es doch irgendwie schade ist, wenn wir uns nur alle paar Monate einmal sehen und das dann auch nur für wenige Minuten.«

Bei ihren Worten werde ich hellhörig. In mir erwacht ein ungutes Gefühl, das einfach nicht verschwinden will.

Fragend schaue ich sie an und mache keine Anstalten, ein Stück zur Seite zu gehen, um sie eintreten zu lassen. Ich will einfach nur unter die Dusche und die Erinnerung an Connor und seine Hände auf meiner Haut wegwaschen.

»Ich dachte mir, dass du deine Schwestern anrufst und wir uns einen schönen Abend machen, nur wir vier Mädels.« Während sie spricht, öffnet sie ihre große Umhängetasche und greift hinein. Bereits in der nächsten Sekunde hält sie eine Flasche Sekt in die Luft. Dabei bedenkt sie mich mit einem strahlenden Lächeln, doch ich reagiere nicht darauf.

Ungläubig und für einen kurzen Moment auch baff starre ich sie an.

»Sorry«, erwidere ich mit fester Stimme, als ich mich wieder gefangen habe. »Melody ist mit ihrem Freund für ein paar Tage unterwegs, Brooke muss arbeiten und ich bin auch schon verabredet.«

Es tut gut, ihr diese Worte um die Ohren zu hauen. Aber selbst, wenn ich nicht mit Travis ein Date hätte, hätte ich mir eine andere Ausrede einfallen lassen.

»Oh«, entgegnet Chrystal. Sie mustert mich, als wollte sie herausfinden, ob ich wirklich die Wahrheit sage.

»Mit wem triffst du dich denn?«, fährt sie fort und versucht, einen Blick an mir vorbei in die Wohnung zu erhaschen. Ich stelle mich ihr in den Weg, obwohl ich nichts zu verstecken habe.

»Mit einem Freund. Deswegen habe ich nun auch wirklich keine Zeit mehr, obwohl ich mich gerne noch ein wenig mit dir unterhalten würde.«

Ich zucke mit den Schultern und setze einen entschuldigenden Gesichtsausdruck auf, oder zumindest bemühe ich mich. Ob es mir gelingt, weiß ich nicht, da ich es nämlich eigentlich gar nicht schade finde.

Ein paar Sekunden steht sie mir gegenüber und starrt mich an. Ich weiß, dass sie nicht gerne eine Absage bekommt. Chrystal ist es gewohnt, dass sich alle nach ihr richten, und aus diesem Grund kann sie damit sehr schwer umgehen.

»Wann habt ihr denn mal Zeit?«, fragt sie mich nun und unternimmt auf diese Weise einen weiteren Versuch.

Sie ist hartnäckig, wenn sie ein Ziel verfolgt, das muss man ihr lassen.

»Das weiß ich noch nicht. Wir sind zurzeit wirklich sehr beschäftigt.«

Während ich spreche, verfinstert sich ihr Gesichtsausdruck ein wenig.

»Natürlich«, antwortet sie in einem giftigen Ton. Wieder einmal führt sie mir vor Augen, wieso keine von uns etwas mit ihr zu tun haben will.

»Wenn du mich jetzt entschuldigen würdest, ich bin selber gerade erst nach Hause gekommen und wollte etwas essen und duschen gehen.« Ich versuche meine Stimme so freundlich wie möglich klingen zu lassen, obwohl ich ihr am liebsten mitteilen würde, wo sie sich ihre beschissene Arroganz hinstecken kann.

»Na gut, man sieht sich.« Mit diesen Worten dreht sie sich mit fliegenden Haaren um und stolziert davon.

Für einige Sekunden bleibe ich in der Tür stehen und schaue ihr nach, um sicherzugehen, dass sie auch wirklich verschwindet. Vor meinem inneren Auge spielen sich wieder die Szenen ab, wie sie beim Klauen erwischt wurde und darauf bestanden hat, dass wir ihr die Sachen untergeschoben hätten. Oder wie sie betrunken auf dem Hochzeitstag meiner Eltern aufgetaucht ist und den beiden die Feier versaut hat.

Wenn Chrystal in der Nähe ist, bedeutet das Ärger!

Als ich die Tür wieder schließe, überlege ich, wieso sie sich auf einmal mit uns treffen will. Schließlich hat sie noch nie ein Geheimnis daraus gemacht, dass sie weder mich noch meine Schwestern wirklich mag. Jedes Wort, das wir auf irgendwelchen Feiern oder Familientreffen mit ihr wechseln, dient eher dazu, den Schein zu wahren. Obwohl jeder genau weiß, dass wir uns die meiste Zeit des Jahres bewusst aus dem Weg gehen.

Doch dann geht mir ein Licht auf, und der Gedanke gefällt mir überhaupt nicht.

Travis.

Sie muss die Bilder von ihm in den Zeitungen ebenfalls gesehen und mitbekommen haben, dass er eine Kehrtwende hinlegt.

Dass er sich bessern will, um nicht mehr im Mittelpunkt der Presse zu stehen.

Sie wollte mich über Travis ausfragen und mehr über seine vermeintliche Freundin erfahren.

Den Punkt mit der Freundin schiebe ich schnell wieder zur Seite, darüber will ich gerade nicht nachdenken.

Trotzdem muss ich mich zusammenreißen, damit ich ihr nicht hinterherstürme und sie anschreie, dass sie von mir nichts erfahren wird. Stattdessen presse ich meine Lippen aufeinander, drehe mich um und gehe zurück in meine Wohnung.

Da Travis mich beim letzten Mal eher als ausgemacht abgeholt hat, wundert es mich nun überhaupt nicht mehr, dass er auch nun früher auftaucht, als er gesagt hat.

Ich bin überrascht darüber, dass er zwei Pizza-Kartons in den Händen hält, als er auf mich zukommt.

»Man erwartet mich erst gegen neun auf der Party. Deswegen dachte ich, dass wir uns noch für den Abend stärken, es wird nämlich eine lange Nacht werden«, erklärt er mir. Während er spricht, mache ich einen Schritt zur Seite und lasse ihn in die Wohnung. Mit einem schelmischen Grinsen zwinkert er mir zu.

Sobald er den Flur betritt, steigt mir der Geruch von Pizza in die Nase und lässt mir das Wasser im Mund zusammenlaufen. Vorhin hatte ich mir zwar ein wenig Nudelauflauf warm gemacht, da ich aber so nervös war, hatte ich keinen Bissen herunter bekommen.

»Was hast du denn für heute alles geplant?«, frage ich ihn und versuche meine Stimme ein wenig belustigt klingen zu lassen. Das gelingt mir aber nicht.

Die Aussicht darauf, dass dieser Abend nicht schon nach zwei Stunden vorbei ist, lässt mich hibbelig werden. Sie sorgt dafür, dass die Schmetterlinge in meinem Bauch sich schlagartig vermehren.

Ich sehe die Bilder von unserem nächtlichen Ausflug an den

Strand, der einfach wunderschön war, Revue passieren. Ich weiß zwar nicht, was Travis dieses Mal geplant hat, ich habe nicht einmal eine Idee, aber mein Körper wird von Vorfreude erfasst.

»Ich werde dich entführen«, flüstert er, nachdem er sich ein Stück nach vorne gebeugt hat, und küsst mich dann sanft auf den Mundwinkel.

Mein Herz setzt kurz aus. Ich halte mich an der Türklinke fest, da ich die Befürchtung habe, dass ich sonst gegen das harte Holz falle.

Es dauert einen Moment, bis meine Augen sich wieder scharf gestellt haben und ich ihn besser betrachten kann. Travis trägt eine helle Jeans, die verführerisch tief auf seinen Hüften sitzt. Darüber ein schwarzes Shirt, auf dem eine weiße Rennmaschine abgebildet ist, und an den Füßen ebenfalls schwarze Sneakers.

Meine Augen tasten jeden Zentimeter ab, den sie erkennen können. Als ich ihm wieder ins Gesicht blicke, verrät mir sein Grinsen, dass er es genau gemerkt hat.

Ich spüre, wie ich ein wenig rot anlaufe, weswegen ich ihm schnell den Rücken zudrehe und voraus ins Wohnzimmer gehe.

»Schön hast du es hier«, meint er, nachdem er mir gefolgt ist und sich neugierig nach allen Seiten umgeschaut hat.

Mein Wohnzimmer ist groß, aber nicht sehr vollgestellt. Rechts neben der Tür habe ich ein Sideboard platziert, über dem ein riesiger Fernseher hängt. Links stehen die schwarze Couch und der Wohnzimmertisch auf einem dicken Teppich. Dahinter erstreckt sich eine riesige Glaswand, durch die eine Tür hinaus auf die Terrasse führt. Dunkle Vorhänge verdecken die Scheiben und ein paar Bilder schmücken die Wände. Alles in allem ist es sehr schlicht eingerichtet.

»Findest du?«, frage ich ihn. »Ich hatte bei der Einrichtung mehr darauf geachtet, dass man sie schnell saubermachen kann. Die meiste Zeit bin ich unterwegs und deswegen will ich nicht so viel meiner freien Zeit mit Putzen verbringen.«

Ein leises Lachen dringt aus seiner Kehle und sorgt dafür, dass meine Nippel sich noch in der gleichen Sekunde aufrichten. Travis tritt näher und legt die beiden Schachteln auf den Tisch hinter mir.

Sein Parfüm steigt mir in die Nase und löst in mir den Wunsch aus, mich an ihn zu lehnen. Doch bevor ich das tun kann, umrunde ich den Tisch und lasse mich auf den weichen Stoff des Sofas sinken. Meine Füße ziehe ich so an meinen Körper, dass ich im Schneidersitz dort sitze.

Travis hingegen macht keine Anstalten, sich mir gegenüber zu setzen. Stattdessen streift er seine Schuhe ab, greift nach der Fernbedienung und kommt zu mir. Im nächsten Moment legt er sich hinter mir und zieht mich an den Hüften näher zu sich.

Ich weiß nicht genau, wie er es gemacht hat, aber in der nächsten Sekunde liege ich auf der anderen Seite und lasse meinen Kopf auf seine Brust sinken.

»Erst wird gekuschelt und dann gegessen.«

Ich kann mir ein leichtes Grinsen nicht verkneifen, da ich ahne, von wem er die Sache mit dem Kuscheln hat.

Scott.

Von Melody weiß ich, dass genau das zu Scotts Lieblingsbeschäftigungen gehört. Aber ich sage es nicht.

Anschließend schauen wir schweigend fern und essen. Wenn Travis in meiner Nähe ist, muss ich nicht viel sagen, damit er mich versteht. Es reicht, wenn ich ihn ansehe oder eine Geste mache. Fast kommt es mir so vor, als könnte er meine Gedanken lesen, da ich so etwas noch nie erlebt habe.

Die Ruhe verschafft mir aber auch Gelegenheit, darüber nachzudenken, was mich in dem Club erwarten wird.

Travis und ich sind nicht offiziell zusammen, und aus diesem Grund weiß auch niemand, wie ich aussehe. Ich gehe davon aus, dass sich wahrscheinlich die einen oder anderen Frauen an ihn heranmachen.

In meine Überlegungen vertieft streiche ich immer wieder mit meinen Fingerspitzen über seine Brust. Hier mit ihm zu liegen fühlt sich normal und fast schon selbstverständlich an.

Er gibt sich Mühe und zeigt mir, dass ich ihm wichtig bin. Auf seine Art und Weise gibt er mir zu verstehen, dass er mich will, und das nicht nur fürs Bett.

Und genau das freut mich. Obwohl ich es niemals zugeben würde, ist es genau das, was mir immer gefehlt hat. Jemand, zu dem ich gehöre und der zu mir gehört, mal abgesehen von meiner Familie.

Langsam dreht Travis sich zu mir.

»Wir sollten uns allmählich auf den Weg machen, je schneller wir da sind, umso eher habe ich dich wieder für mich«, erklärt er mit eindringlicher Stimme.

Als Antwort nicke ich nur und stehe auf. Ohne mich noch einmal umzudrehen, gehe ich ins Badezimmer und überprüfe mein Make-up und meine Frisur. Aber nichts davon ist verrutscht, so dass ich nur nach meinem Mascara greife und ihn mit in den Flur nehme, um ihn in meine Tasche zu stecken.

Dort wartet Travis bereits auf mich.

Wortlos greift er nach meiner Hand, um mich zu stützen, als ich in meine Sandalen schlüpfe. Sie runden mein Outfit, das aus einer engen Jeans und einem schwarzen Top besteht, perfekt ab.

Travis lässt seinen Blick über meinen Körper wandern.

»Was?«, frage ich ihn ein wenig verwirrt.

»Nichts, du siehst phantastisch aus.«

»Danke.«

»Dieses Mal pass aber besser auf deinen Schlüssel auf«, erinnert er mich an den Ausgang unserer letzten Verabredung.

»Keine Sorge«, erwidere ich und strecke ihm die Zunge raus.

Ohne noch weiter auf seinen Kommentar einzugehen, greife ich nach meiner Lederjacke und gehe voraus in den Hausflur.

Kaum haben wir die ersten Treppenstufen hinter uns gebracht, dringt das laute Schreien meiner Nachbarn an mein Ohr. Genervt seufze ich und verdrehe die Augen.

»Reißen die das Haus ab?«, fragt Travis mich, nachdem er kurz in die Richtung geschaut hat, aus der der Lärm kommt.

»Solange sie nur ihre eigene Wohnung bearbeiten, ist mir das egal. Aber man gewöhnt sich dran, die beiden streiten sich mindestens dreimal in der Woche und genauso oft will einer von ihnen ausziehen.«

»Und wie lange geht das schon so?«, hakt Travis nach, als wir weitergehen.

»Schon eine ganze Weile.«

Travis sagt nichts, stößt aber einen leisen Pfiff aus. Ich kann seine Reaktion gut nachvollziehen. Am Anfang fand ich es auch etwas befremdlich, mittlerweile reagiere ich aber nicht mehr darauf.

Nachdem wir die letzte Stufe hinabgestiegen sind, greift er nach meiner Hand und öffnet die Tür. Gemeinsam treten wir in die warme Abendluft hinaus und gehen zu seinem Wagen, der dieses Mal direkt neben meinem steht.

»Ich dachte, du würdest ihn nicht so oft fahren.«

»Würde ich dich nicht mitnehmen, hätte ich auch das Motorrad genommen«, gibt er zurück. Dann öffnet er die Beifahrertür und hilft mir beim Einsteigen.

Ich beobachte ihn, wie er mit schnellen Schritten um den Wagen herumgeht und sich in den Sitz neben mich sinken lässt.

»Der Club gehört einem Freund von mir«, erklärt er mir, während er den Wagen auf die Straße lenkt. »Mit ihm habe ich abgesprochen, dass ich dich vor dem Hintereingang absetze und er dich dort in Empfang nimmt. So schnell wie möglich werde ich dann ebenfalls reinkommen und dich dort treffen. Er freut sich übrigens schon darauf, dich kennenzulernen.«

Kurz schaue ich in seine Richtung, doch schnell wende ich mich wieder von ihm ab. Für wenige Sekunden denke ich darüber nach, ob ich nicht einfach mit ihm durch den Vordereingang gehen soll, doch dann entscheide ich mich dagegen.

Klar, eine Cluberöffnung ist in einer Stadt wie Los Angeles

nichts Neues und nicht bei jeder gibt es Reporter. Es passiert aber auch nicht oft, dass Rennfahrer anwesend sind, von denen einer gerade erst bekannt gegeben hat, dass er in festen Händen ist. Ich könnte mir vorstellen, dass sie scharf darauf wären, ein gemeinsames Bild von uns zu ergattern, das dann morgen bereits in allen Zeitungen zu sehen sein würde.

Travis reißt mich aus meinen Überlegungen, indem er seine Hand auf mein Bein legt und immer wieder mit zärtlichen Berührungen darüberstreicht. In diesem Moment kann ich nur daran denken, wie gut sich das anfühlt. Ich freue mich schon darauf, nach der Party wieder mit ihm alleine zu sein und von ihm entführt zu werden.

Schweigend fährt er durch die Straßen, bis er schließlich in eine kleine Gasse abbiegt. Dort bleibt er nach wenigen Metern stehen und stellt den Motor ab, so dass nur noch die Scheinwerfer in der Dunkelheit leuchten. Suchend schaue ich mich um. Mehr als ein paar leere Kisten und eine große Mülltonne kann ich aber nicht erkennen. Doch kaum ist Travis ausgestiegen, öffnet sich eine Hintertür.

Heraus tritt ein Mann in unserem Alter. Er ist genauso groß wie Travis, hat aber ein nicht ganz so breites Kreuz. Seine Haare sind etwas länger als die von seinem Freund. Genauso wie der Mann an meiner Seite hat er sich für Jeans und Shirt entschieden, was seine tätowierten Unterarme zur Geltung bringt.

»Henry«, ruft Travis, während er mir bedeutet, dass ich ebenfalls aussteigen soll. Ich folge seiner Aufforderung, halte mich aber ein wenig im Hintergrund.

Schweigend sehe ich den beiden Männern zu, wie sie sich begrüßen, bevor sein Freund in meine Richtung schaut.

»Das ist also der Grund, wieso du eigentlich nicht kommen wolltest?«, grinst Henry mich an. »Haley, richtig? Es freut mich, dich kennenzulernen. Lass dir von ihm bloß nicht auf der Nase rumtanzen. Er wird es verkraften, wenn es nicht immer nach seinem Willen läuft«, sagt er zu mir.

»Keine Sorge«, erwidere ich nur, da ich keine Ahnung habe, was ich sonst dazu sagen soll. »Mit Travis werde ich schon fertig.«

»Eine Frau nach meinem Geschmack. Dann komm, ich werde dich reinbringen.«

Ich will mich gerade in Bewegung setzen, als ich den festen Handgriff von Travis um mein Handgelenk spüre. Er berührt mich an der gleichen Stelle, an der auch Connor mich am Gehen gehindert hatte. Die Erinnerung an den Sohn seines Chefs dämpft meine gute Laune ein wenig, doch bevor sie mir den Abend versaut, konzentriere ich mich auf Travis.

Fragend drehe ich mich zu ihm um und schaue ihm direkt in die Augen.

»In spätestens zwanzig Minuten sehen wir uns wieder«, verspricht er mir und küsst mich.

»Bis gleich«, flüstere ich schließlich verheißungsvoll, nachdem er sich von mir gelöst hat. Ein sexy Lächeln erscheint auf seinem Gesicht, was es mir nur schwer macht, mich von ihm zu trennen.

# 12

»Woher kennst du Travis?«, frage ich Henry, als er neben mir hergeht. Er führt mich einen langen Flur entlang, von dem rechts und links einige Türen abgehen.

»Ob du es glaubst oder nicht, aber ich bin früher auch Motorradrennen gefahren. Ich habe nach wenigen Jahren wieder aufgehört. So lange wie Travis habe ich nicht durchgehalten.«

Überrascht über seine Worte schaue ich ihn an. Ich muss zugeben, dass ich damit nicht gerechnet habe, zumal Travis auch nichts in diese Richtung gesagt hatte.

»Das wusste ich nicht. Wieso hast du aufgehört?«, erwidere ich.

»In diesem Geschäft muss man den hohen Ansprüchen gerecht werden, die von allen Seiten gestellt werden, sonst hast du verloren. Wie bei jeder Art von Sport geht es darum, immer schneller und besser zu werden. Das ist nichts für mich.« Henrys unbeschwerter Tonfall erweckt den Eindruck, dass es ihn nicht stört.

Dass er heute einen Club eröffnet, ist aber ein Beweis für mich, dass es ihm in den letzten Jahren anscheinend nicht schlecht ging.

Henry öffnet eine weitere Tür und gibt mir ein Zeichen, dass ich hindurchtreten soll. Kaum bin ich seiner Aufforderung nachgekommen, finde ich mich in einer großen und modern eingeräumten Küche wieder. Hier herrscht geschäftiges Treiben. Kellner laufen aufgeregt durcheinander und rufen sich gegenseitig irgendwelche Befehle zu, während die Köche versuchen, den Überblick zu behalten.

»Ich dachte, es ist nur eine Disco«, wende ich mich an Henry, nachdem ich mich umgesehen habe.

»Hier ja, aber ich habe einen Teil der Wand zu dem Geschäft nebenan einreißen lassen. Dort befindet sich ein kleines Bistro, in dem man eine Pause machen und sich stärken kann«, erklärt er mir.

»Das ist eine gute Idee gewesen«, pflichte ich ihm bei.

»Hier«, sagt er und zeigt auf ein Fenster, das sich auf der linken Seite befindet. »Dort kannst du dich hinstellen und in die Bar schauen. Travis wird gleich kommen, solange werde ich hier mit dir warten.«

»Danke, aber das musst du nicht machen.«

»Kein Problem. Du scheinst ihm wichtig zu sein, und das ist etwas, was ich bei ihm noch nie gesehen habe.«

Da ich keine Ahnung habe, wie er das meint, werfe ich ihm einen fragenden Blick zu.

»So einen Aufwand würde Travis sonst mit Sicherheit nicht betreiben. Er hat noch nie über eine Frau so gesprochen, wie er es bei dir macht. Ich kenne ihn lange genug, um das zu wissen.«

»Das ist kompliziert«, gebe ich zurück und schaue durch die Scheibe, von der Henry nun einen Schritt zurückweicht.

In dem Raum, der sich auf der anderen Seite befindet, ist es gerade hell genug, dass man sieht, wohin man läuft. Scheinwerfer erhellen den Raum immer wieder in verschiedenen Farben, so dass man schon bald die Orientierung verliert.

Die Bässe dringen zu mir hindurch und lassen meinen Körper vibrieren. Jedes Mal, wenn die Schwingtür aufgeht, wird es laut in der Küche, doch der Lärm schwillt sofort wieder ab, sobald sie sich wieder geschlossen hat.

»Ich würde sagen, dass Beziehungen immer kompliziert sind, und meine Mutter würde sagen, dass es nur so schwierig ist, wie man es sich selber macht.«

Plötzlich sieht Henry ein wenig verloren aus. Ich will ihm etwas Aufmunterndes sagen. Aber da ich seine Situation nicht kenne, weiß ich auch nicht, was angebracht ist.

»Wahrscheinlich ist es eine Mischung aus beidem«, entgegne ich stattdessen nur und hoffe, dass ich nichts Falsches gesagt habe.

»Da könntest du recht haben.«

Eine Weile schaue ich ihn noch an. Er scheint es nicht zu merken, denn irgendetwas oder irgendeine Erinnerung scheint ihn fest im Griff zu haben. Schweigend drehe ich ihm wieder den Rücken zu und warte auf Travis.

Obwohl es nur ein paar Minuten sind, kommt es mir wie eine Ewigkeit vor, bis Travis endlich vor meinen Augen erscheint. Von allen Seiten wird er angesprochen, von Männern wie Frauen. Er beachtet die Frauen überhaupt nicht, während er die Männer kurz begrüßt und sich mit ihnen unterhält. Er schaut mehrmals in meine Richtung, fast so, als könnte er mich sehen.

»Mach dir keine Sorgen, hier kann keiner reinschauen. Travis weiß, dass du hier stehst«, erklärt Henry mir, der anscheinend auch die Blicke seines Freundes gesehen hat.

Dankbar für die Info lächle ich ihn an, bevor ich wieder zu dem Mann schaue, der sich mir langsam nähert.

Aufregung macht sich in mir breit, als Travis endlich die Tür öffnet und die Küche betritt. Er weicht einem Kellner aus, bevor er in meine Richtung sieht. Ein glückliches Lächeln erscheint auf seinen Gesichtszügen, was ich erwidere.

»Siehst du? Deiner Freundin geht es gut!«, verkündet Henry, nachdem er zu uns gekommen ist.

»Danke! Die Spinner hätten sich auf sie gestürzt wie die Geier. Ich glaube, die meisten Frauen sprechen eine andere Sprache, oder sie überhören mit Absicht, was wir Männer sagen«, berichtet Travis Henry. Gleichzeitig greift er nach meiner Hand und zieht mich an seine Seite.

Sofort werde ich von seiner Wärme und seinem Geruch eingehüllt. Ich bin mir den aufmerksamen Blicken von Henry bewusst, versuche aber, nicht so sehr darauf zu achten.

»Kein Problem. Wenn ich helfen kann, tue ich das auch.«

Kaum hat er ausgesprochen, nickt er mir noch einmal zu und verschwindet in den Hauptraum. Eine Weile schaue ich ihm noch nach, da ich das Gefühl habe, dass er noch immer ein wenig aufgewühlt und abwesend ist.

»Wieso kommt es mir so vor, dass er jemanden verloren hat, der ihm viel bedeutet hat?«, frage ich Travis und blicke aus dem Fenster, wo ich noch immer seinen Freund beobachten kann.

Henry steht bei einer Gruppe Männern und unterhält sich mit ihnen, bevor er weitergeht.

»Weil es stimmt.« Überrascht über seine Worte schaue ich Travis an, doch er macht keine Anstalten, näher darauf einzugehen. Stattdessen beugt er sich zu mir und küsst mich sanft.

Dann führt er mich in einen Lagerraum und von dort aus wieder in den Club.

»Ich weiß, es ist ein Umweg, aber viele haben gesehen, dass ich hier hereingekommen bin. Wahrscheinlich stehen manche von ihnen noch immer dort und warten darauf, dass ich wieder auftauche«, erklärt Travis.

Es ist so voll, dass ich Mühe habe, ihm zu folgen. Irgendwann merke ich, dass er auf eine Ecke des Raumes zusteuert, die durch eine kleine Wand abgetrennt ist, so dass man dort vor neugierigen Gästen geschützt ist. Aber um sicherzugehen stellt Travis sich mit dem Rücken zu den Gästen, damit ihn niemand erkennt.

Er zieht mich von hinten an seine Brust und umgreift meine Hüften, während seine Lippen mein Ohr und meinen Hals streifen. Ein Schauer nach dem anderen jagt über mich hinweg. Ich bin mir sicher, wären wir in diesem Moment alleine, würde ich ihn küssen und vielleicht sogar noch mehr.

Meine Lippen sehnen sich danach, seine zu spüren, meine

Hände wollen über seinen durchtrainierten Oberkörper fahren und meine Brustwarzen wollen von ihm berührt werden.

Immer wieder kommt sein Mund mir gefährlich nah, doch er macht keine Anstalten, mich zu küssen. Mit den Händen fährt er über meinen Rücken und meinen Hintern. Gleichzeitig versuche ich verzweifelt, all die Empfindungen, die er in mir weckt, in den Griff zu bekommen.

Doch es gelingt mir nicht und ich spüre, wie mein Vorsatz, ihm zu widerstehen, immer weiter in den Hintergrund tritt.

Zwei Stunden später machen wir uns auf die Suche nach seinem Freund Henry. Hand in Hand bahnen wir uns einen Weg durch die Menge. Die meiste Zeit haben wir in der Ecke verbracht. Nur zwischendurch ist Travis losgezogen, um uns etwas zu trinken zu besorgen. Leider hatte es immer ein wenig gedauert, bis er wieder bei mir war. Ich brauche ihn nicht zu fragen, um zu wissen, dass er von Leuten aufgehalten wurde, die ihm ein Gespräch aufdrängen wollten.

Auch jetzt müssen wir alle paar Schritte stehen bleiben, weil Travis entweder von einem Freund oder einem Fan angesprochen wird. So gut es geht, versuche ich mich im Hintergrund zu halten. Travis hingegen lässt mich nicht los, so dass ich keine Chance habe, ein paar Schritte zurückzutreten.

Denen, die er persönlich kennt, stellt er mich sogar vor. Wie sich zeigt, sind noch mehr ehemalige Teamkollegen hier und sogar ein paar Leute, die er aus der Schule kennt. Ein paar von ihnen schauen ein wenig überrascht, aber das kann ich verstehen – so ganz kann ich es selbst nicht glauben, dass er sich ausgerechnet für mich geändert haben soll.

Es dauert eine Weile, aber schließlich entdecken wir seinen Freund, der umringt ist von mehreren Leuten.

»Henry!«, ruft Travis ihm zu. »Melde dich in den nächsten Tagen bei mir, dann treffen wir uns.«

Während er spricht, sehe ich, dass ein paar der Frauen nun zu uns schauen und mich mit einem eindeutigen Blick bedenken. Jedoch stört mich das nicht. Auf der Rennbahn war es schließlich nicht anders. Deswegen wundert es mich nicht, dass ich auch hier so angesehen werde, als hätte ich ein großes Verbrechen begangen. Davon abgesehen hat es mich noch nie gestört, wenn mich jemand nicht mochte.

»Es freut mich, dass ihr da wart. Vor allem hat es mich gefreut, dich kennenzulernen«, wendet Henry sich mit seinen letzten Worten an mich.

»Ich habe mich auch gefreut. Einen wirklich schönen Laden hast du hier.«

»Ich hoffe, dass er morgen auch noch so schön aussieht«, scherzt Henry mit einem leisen Lachen. »Und denk dran, Beziehungen sind kompliziert, aber den meisten Stress macht man sich alleine«, fasst er seine Worte zusammen.

Aus dem Augenwinkel erkenne ich den fragenden Blick, den Travis uns zuwirft, aber ich werde jetzt nicht darauf eingehen. Keine Ahnung, ob ich es überhaupt jemals werde.

»Man sieht sich«, verabschiedet Travis sich von ihm, ehe er nach meiner Hand greift und wir uns einen Weg aus dem Laden heraussuchen.

Es dauert eine Weile, aber schließlich haben wir die Küche erreicht und verlassen von dort durch den Hintereingang das Gebäude.

»Der Abend war wunderschön«, sage ich ein paar Minuten später.

Gemeinsam gehen wir um die Hausecke auf seinen Wagen zu, der in der hintersten Ecke des Parkplatzes steht. Kurz schaue ich zum Haupteingang und sehe, dass sich noch immer ein paar Leute dort draußen befinden. Soweit ich es sehen kann, ist aber kein Reporter mehr darunter.

»Es waren nicht viele, nur zwei oder drei von der örtlichen Zeitung, die über solche Dinge berichten. Sie haben mir ein paar Fragen gestellt, unter anderem auch über dich, und das war's.

Und nur zur Erinnerung, dieser Abend ist noch lange nicht vorbei.« Während seiner letzten Worte hat sich ein frecher Ausdruck auf sein Gesicht geschlichen.

»Du und deine Überraschungen«, gebe ich mit einem Grinsen zurück, doch Travis geht nicht darauf ein. Anstatt etwas zu sagen nickt er in die Richtung des Autos und gibt mir so zu verstehen, dass ich einsteigen soll.

Doch weit komme ich nicht, denn kaum habe ich den Griff in der Hand, höre ich jemanden hinter uns seinen Namen rufen. Als ich mich umdrehe, sehe ich einen Jungen auf uns zulaufen, der nicht älter als achtzehn oder neunzehn sein kann. Auch er ist durchtrainiert, so dass sich das enge Shirt um seine Muskeln spannt.

»Verschwindest du etwa schon wieder? Die Party geht doch gerade erst los«, erklärt er, nachdem die beiden sich begrüßt haben.

»Meine Freundin ist müde und ich will auch ins Bett. Das war eine harte Woche.«

Der Typ schaut zu mir und grinst mich an. »Du musst Haley sein. Der Chef hat von dir berichtet. Leider war ich nicht auf der Strecke, als du vor Ort warst, sonst wären wir uns sicher früher über den Weg gelaufen. Ich bin übrigens Patrick.«

»Hi«, murmle ich völlig überrumpelt.

»Wir sehen uns beim Training, feiere nicht so viel«, entgegnet Travis nun mit fester Stimme.

»Was denkst du von mir?«

»Nur das Beste!«

»Ich wünsche euch noch einen schönen Abend.« Mit diesen Worten winkt er uns noch ein letztes Mal zu, dreht sich um und verschwindet so schnell, wie er gekommen ist.

»Ein Kollege?«, frage ich Travis, nachdem ich es mir auf dem Beifahrersitz gemütlich gemacht habe.

»Ja, und eine Quasselstrippe. Wenn der einmal anfängt, hört er nicht mehr auf. Deswegen wollte ich auch weg. Er ist zwar lieb, aber da er nicht sehr viele Freunde hat, redet er bei jeder Gelegenheit ohne Unterbrechung. Normalerweise ist mir das egal, aber jetzt will ich einfach nur von hier verschwinden.«

Bei seinen Worten schaue ich ihn überrascht an. Doch Travis geht nicht weiter darauf ein. Schweigend fährt er wenige Minuten später durch die Straßen von Los Angeles, immer weiter seinem Ziel entgegen.

Obwohl ich müde bin, will ich keine Sekunde der Fahrt verpassen. Neugierig verfolge ich, wo er hinfährt. Es dauert eine Weile, doch schließlich bleibt er vor der Garage stehen, die sich neben seinem Haus befindet.

»Was machen wir hier?«, frage ich ihn, doch er schenkt mir nur ein geheimnisvolles Lächeln. Dann steigt er aus und geht auf das Tor zu, ohne auf mich zu warten.

Schnell folge ich ihm und sehe gerade noch, wie er einen Schlüssel aus der Hosentasche zieht und ihn in das Schloss schiebt. Im nächsten Moment fährt das Tor leise nach oben und gibt den Blick auf einen dunklen Raum frei.

Travis macht ein paar Schritte in das Innere der Garage und wenige Sekunde später springt das Licht über ihm an.

Neugierig lasse ich meinen Blick von einer Seite zur anderen wandern. Hinter ihm stehen ein paar Motorräder. An manchen fehlen die Reifen, an anderen wiederum die Motoren. Aber eine glänzende Maschine steht direkt vor mir. Sie ist grün lackiert, nur die beiden Ledersitze sind schwarz. *Kawasaki* steht in dicker Schrift darauf.

»Sind das alles deine?«, frage ich ihn.

»Nicht alle, ein paar davon gehören meinen Freunden. In meiner Freizeit, von der ich nicht viel habe, repariere ich sie. Die hier gehört mir«, erläutert er und zeigt auf die Maschine, die mir gerade schon aufgefallen ist.

Eine Weile ist es ruhig zwischen uns. Unschlüssig, da ich nicht weiß, was wir hier machen, stehe ich vor Travis' Wagen und blicke ihn an.

»Hier«, sagt Travis und reicht mir einen Helm.

Langsam und verwirrt strecke ich meine Hand danach.

»Wir werden eine Runde drehen.«

»Was?« Geschockt reiße ich meine Augen auf und schaue zwischen ihm und der Maschine hin und her.

»Zieh dir deine Jacke an und dann geht es los.«

Unfähig mich zu bewegen bleibe ich wie angewurzelt stehen. Ich bin sechsundzwanzig, habe aber noch nie auf einem Motorrad gesessen. Bis zu diesem Moment habe ich auch keinen Gedanken daran verschwendet, es zu tun.

Meine Angst war immer viel zu groß gewesen, da ich genug Bilder gesehen habe, die zeigen, was passiert, wenn man mit so einem Teil einen Unfall baut.

»Travis, ich glaube nicht, dass das eine gute Idee ist«, wende ich vorsichtig ein. Mir ist klar, dass er fahren kann – sonst würde er bestimmt keine Rennen bestreiten. Trotzdem werde ich die Angst nicht los.

Er ist gerade dabei, seine Lederjacke zu schließen, doch nun hält er inne. Kurz betrachtet er mich, bevor er sich in Bewegung setzt und zu mir kommt.

»Mach dir keine Sorgen. Du bist schließlich mit einem Rennfahrer unterwegs. Wenn jemand weiß, wie man fährt, dann bin ich das.«

*Das weiß ich selber*, denke ich, sage es aber nicht.

»Okay«, gebe ich stattdessen schließlich nach, obwohl ich nicht einmal richtig protestiert habe, aber er hat recht.

Travis fährt jeden Tag mehrere Stunden. Außerdem glaube ich nicht, dass er wie ein Wahnsinniger rasen wird, wenn er mich hinten drauf hat. Deswegen ziehe ich meine Jacke an und setze mir den Helm auf.

Noch immer stehe ich in einiger Entfernung, als Travis sein rechtes Bein über den Sattel schwingt und sich darauf sinken lässt. Mit dem Fuß drückt er den Ständer nach oben und klopft dann auf den Sitz hinter sich.

Ein letztes Mal atme ich tief durch, bevor ich zu ihm gehe und mich an seinen Schultern festhalte, damit ich ebenfalls auf die Maschine klettern kann. Automatisch krallen meine Finger sich an seiner Jacke fest. Vorsichtig lasse ich mich auf das Leder sinken und beuge mich nach vorne, um meine Arme um seinen Bauch schlingen zu können.

Sein leises Lachen dringt an meine Ohren, bevor er den Schlüssel dreht und die Maschine knurrend zum Leben erwacht. Das Geräusch sorgt dafür, dass ich kurz erschrocken zusammenzucke.

*Wahrscheinlich ist meine Oma gerade aus dem Bett gefallen*, überlege ich. Doch nachdem ich kurz in die Richtung ihres Hauses geschaut habe, sehe ich, dass alle Fenster dunkel sind.

Als Travis kurz den Kopf zu mir dreht, nicke ich und gebe ihm so das Zeichen, dass ich bereit bin.

Langsam fährt er an und lenkt die schwere Maschine die Auffahrt entlang, bis wir nach rechts auf die Straße biegen.

Am Anfang habe ich etwas Angst, dass wir einen Unfall bauen, aber je mehr Zeit ich auf der Maschine verbringe, umso wohler fühle ich mich. Ich genieße die Fahrt mit Travis über die Landstraßen in der Umgebung von Los Angeles. Ja, ich bekomme sogar ein Gefühl dafür, wieso er so gerne auf der Maschine sitzt.

Man fühlt sich frei und losgelöst.

An Travis Rücken gekuschelt genieße ich die Fahrt so sehr, dass ich gar nicht mitbekomme, wie wir langsamer werden und Travis von der Straße abfährt. Erst, als er stehen bleibt und seinen Fuß auf den Boden setzt, merke ich, dass er sein Ziel anscheinend erreicht hat. Ich richte mich ein Stück auf und schaue mich um. Vor uns erkenne ich ein Haus, mehr aber nicht, da alles um uns herum dunkel ist.

Es gibt keine Lichter und die Bäume stehen so dicht nebeneinander, dass der Mond kaum hindurchkommt.

»Wo sind wir?«, frage ich ihn, nachdem ich den Helm abgenommen habe und von der Maschine gestiegen bin. Ich bleibe neben ihr stehen, da ich keine Ahnung habe, wo ich hingehen soll.

»In dem Haus haben meine Eltern gewohnt, bis sie sich dazu entschieden haben, sich eine kleine Eigentumswohnung in der Stadt zu nehmen. Damit es nicht in fremde Hände gerät, habe ich es ihnen abgekauft. Schon seit ein paar Jahren war ich nicht mehr hier.«

»Warum?«

»Der ganze Scheiß mit den Motorradrennen und so fing schon früh an, weswegen ich immer mit anderen Sachen beschäftigt war.«

An seiner Stimme erkenne ich, dass er auf seine Verfehlungen nicht stolz ist und nicht darüber sprechen will. Also entscheide mich dazu, nichts mehr zu sagen. Trotzdem greife ich nach seiner Hand und drücke sie, um ihm nahe zu sein. Mir ist es egal, ob er Mist gebaut hat.

Er hat aus seinen Fehlern gelernt und will sie wieder in Ordnung bringen, das ist alles, was zählt.

# 13

Gemeinsam betreten wir das Haus, in dem Travis aufgewachsen ist. Kaum hat er die Tür hinter uns geschlossen, höre ich, wie er den Lichtschalter betätigt. Noch in der gleichen Sekunde springt eine Lampe an und enthüllt den Raum, in dem wir stehen.

Die Möbel sind alt, genauso wie die Tapeten. Man sieht ihnen deutlich an, dass sie schon einmal bessere Zeiten gesehen haben. In den Ecken erkenne ich dicke Spinnweben. Auf der rechten Seite des Zimmers erkenne ich einige Möbelstücke, die mit einem Laken abgedeckt sind. Da wir uns hier in der Küche befinden, gehe ich davon aus, dass sich darunter eine Sitzbank und ein Tisch befinden.

»Ich habe überlegt, ob ich eine Baufirma beauftragen soll, um das Haus wieder in Schuss zu bringen. Irgendwann würde ich gerne wieder hier wohnen«, erzählt Travis, während er mich durch das große Haus führt.

»Warum tust du es nicht? Stattdessen hast du dir das Haus in der Stadt gemietet.«

»Weil es näher an der Rennstrecke ist«, antwortet Travis und geht weiter.

Der Flur ist genauso geräumig wie die Küche, die wir gerade verlassen haben. Auch hier ist alles alt, aber trotzdem sieht es gemütlich aus. In den alten Balken, die unter der Decke hängen, kann ich im Vorbeigehen sogar ein paar Gravuren entdecken.

Travis führt mich in das Wohnzimmer und nimmt eine Decke vom Sofa, während er weiter auf die Terrassentür zuhält. Draußen geht er die Stufen hinunter in den Garten und entfernt sich ein paar Schritte. Ich wiederum bleibe auf der obersten stehen und habe meine Hand auf das Treppengeländer gelegt. Schweigend beobachte ich ihn, wie er im Schein der Lichter von drinnen die Decke auseinanderfaltet und über das hohe Gras breitet.

Dann hebt er seinen Kopf und sein Blick trifft auf Anhieb meinen. Travis streckt seine Hand nach mir aus. Langsam steige ich die Treppe hinunter, gehe auf ihn zu und lasse mich von ihm auf die Decke ziehen. Travis legt sich auf den Rücken und zieht mich mit sich, so dass mein Kopf auf seine Brust sinkt.

»Wie laufen deine Sozialstunden?«, frage ich ihn und lasse die Spitze meines Zeigefingers über das Bild auf seinem Shirt wandern.

»Gut. An manchen Tagen ist es zwar etwas stressig, alles mit dem Training unter einen Hut zu bringen, aber es ist ja nicht jeden Tag so«, antwortet er.

»Wieso hast du es so lange schleifen lassen? Schließlich hättest du sie schon lange abgearbeitet haben können.«

»Ich weiß, aber dann wärst du mir nicht über den Weg gelaufen.«

»Doch, das wäre ich. Schließlich haben wir uns bei meiner Oma das erste Mal gesehen«, werfe ich ein.

»Wir hätten nur eine Nacht miteinander verbracht und wären getrennte Wege gegangen. So gefällt es mir viel besser. Es hat also auch eine gute Seite.«

Während er spricht, zieht er mich näher an sich heran und hält mich fest.

In diesem Punkt muss ich ihm allerdings recht geben. Auch mir gefällt es so viel besser, Versprechen hin oder her.

Als ich am nächsten Morgen wach werde und die Augen öffne, schaue ich in den blauen Himmel. Die Sonne strahlt, doch da Travis die Decke unter einen Baum gelegt hat, befinden wir uns im Schatten und ich werde nicht geblendet.

Nachdem ich mich gestreckt habe, hebe ich meinen Oberkörper ein Stück und stütze mich auf den Ellbogen ab. Kaum habe ich mich ein wenig bewegt, spüre ich, dass Travis mich immer noch in seinen Armen hält und nun den Griff verstärkt. Er zieht mich weiter an seinen warmen Körper heran, so dass ich seinen Atem auf meiner Haut spüren kann. Eine Gänsehaut bildet sich auf meinem Körper, da es sich wunderbar anfühlt, ihm so nah zu sein.

In der Erwartung, dass er wach ist, blicke ich zu ihm, doch er schläft tief und fest. Ich nutze die Chance und schaue mir die Umgebung genauer an. Als wir gestern hier ankamen, war es bereits dunkel, so dass ich im Schein des Mondes nicht mehr allzu viel erkennen konnte. Nur die groben Umrisse habe ich gesehen, doch nun kann ich mich genauer umsehen.

Wir befinden uns in einem riesigen Garten, in dem sich ein paar Obstbäume befinden. Gestern Abend hatte ich gar nicht gemerkt, dass das Gras so hoch ist, dass es mir stellenweise sicherlich bis an die Hüften reicht. An den Zäunen entlang befinden sich Blumenbeete, denen man ebenfalls ansieht, dass sich schon lange niemand mehr darum gekümmert hat. Die Blumen blühen zwar in den buntesten Farben, aber in den freien Lücken hat sich das Unkraut breit gemacht. Vom Zaun blättert die Farbe ab.

Links von mir entdecke ich das Haus.

Im Tageslicht sieht es sogar noch größer und beeindruckender aus als bei Nacht. Die Terrasse ist überdacht und nimmt die gesamte Breite des Hauses aus. Zwar splittert auch dort die Farbe stellenweise ab, doch das ändert nichts daran, dass das ganze Haus von meiner Position aus imposant erscheint. Man sieht ihm an, dass Travis und seine Familie sich hier gerne aufgehalten und viele glückliche Stunden miteinander verbracht haben.

Ich kann verstehen, wieso er das Haus gekauft hat. Auch ich hätte nicht gewollt, dass jemand anderes darin wohnt.

Erschrocken zucke ich zusammen, als ein leises Seufzen an mein Ohr dringt. Langsam drehe ich mich herum und schaue zu

Travis. In dem Moment, in dem ich meine Augen auf ihn richte, sehe ich, dass er seine öffnet. Als sich unsere Blicke treffen, betrachtet er mich mit einem zufriedenen Ausdruck auf dem Gesicht.

»Guten Morgen, Schönheit«, flüstert er. Zärtlich streicht er mir über die Wange und setzt so ein Feuer in mir frei, das in mir sofort den Wunsch nach mehr weckt. Aber ich halte mich zurück. Das hier ist nicht der geeignete Ort und auch nicht der richtige Zeitpunkt, um Derartiges zu empfinden. »Wie hast du geschlafen?«, fragt mich Travis und sieht mich durchdringend an.

»Gut, auch wenn es etwas hart auf dem Boden war. Trotzdem bin ich fit und bereit in den Tag zu starten«, erkläre ich ihm und nicke. »Und das sogar ohne Kaffee.«

Während ich spreche, umfasst Travis zärtlich mein Handgelenk. Obwohl an dieser Berührung nichts Grobes ist, zucke ich ein wenig zusammen. Meine Muskeln spannen sich an und meine Augen wandern von seinen zu der Stelle, an der er mich festhält.

Gedankenverloren betrachte ich sie und erinnere mich wieder an Connors Griff.

»Was ist los?«, fragt Travis mich, nachdem ich einige Sekunden seinen fragenden Blick auf mir gespürt habe. Sanft streicht er mit dem Daumen über meine Haut, so dass ich mich ein wenig entspanne. Aber leider nur ein wenig, denn ganz kann ich das Gefühl von Connors Hand nicht abschütteln.

»Nichts«, antworte ich, da ich gerade keine Lust habe, an das gestrige Gespräch mit dem Idioten zu denken. Aber vor allem will ich nicht darüber sprechen und dabei ist es mir egal, dass Travis vor mir sitzt. Nicht einmal mit meinen Schwestern würde ich darüber reden.

»Haley, sag mir die Wahrheit. Ich spüre, dass etwas nicht stimmt.« Seine Stimme ist zwar energischer als zuvor, aber trotzdem noch ruhig.

Ich reiße meine Augen von meinem Handgelenk los und schaue ihm wieder ins Gesicht. Nicht zum ersten Mal fällt mir auf, dass Travis und Connor nichts gemeinsam haben. Diese beiden Männer sind so unterschiedlich wie man nur sein kann. Ich bin mir sicher, dass Connor privat das gleiche Arschloch ist, wie er es mir gegenüber mehrmals bewiesen hat.

Für einen Moment bin ich hin- und hergerissen, ob ich es Travis wirklich sagen soll. Ich weiß, dass die beiden sich nicht sonderlich gut verstehen, und habe keine Ahnung, wie er deswegen auf diese Nachricht reagieren würde. Andererseits will ich es ihm auch nicht verschweigen, weil ich einfach keine Geheimnisse vor ihm haben will. Außerdem könnte es sein, dass Connor mir in Zukunft noch einmal über den Weg läuft. Wäre das der Fall, sollte Travis doch besser Bescheid wissen.

»Ich habe gestern den Sohn deines Chefs gesehen«, platzt es aus mir heraus, und ich erzähle ihm von unserer Unterhaltung.

Aufmerksam hört Travis mir zu. Er spannt die Kiefer an und presst die Lippen zu einer dünnen Linie zusammen. Seine Anspannung wächst, je mehr ich ihm berichte.

Nachdem ich geendet habe, ist es ruhig zwischen uns. Ich winde mich innerlich, da ich keine Ahnung habe, was gerade in seinem Kopf vor sich geht.

*Wird er sich nun mit mir streiten?* Bei dem Gedanken daran beginnt mein Körper zu zittern. Nach dem letzten Abend und der vergangenen Nacht will ich nicht wegen so einem Mist mit ihm aneinandergeraten.

»Wenn er dir das nächste Mal über den Weg läuft, sag ihm einfach, dass er Ärger mit mir bekommt. Er ist ein Idiot und nur auf Stress aus. Das war er schon immer, und deswegen haben wir uns ein paarmal fast geprügelt. Ich wäre nie auf die Idee gekommen, dass er es auch auf dich abgesehen hat«, erklärt er mit wütender Stimme.

Ich sehe ihm an, dass er noch mehr dazu sagen will, seine Lippen bleiben jedoch verschlossen. Kurz überlege ich, ob ich nachfragen soll, da ich neugierig bin, entscheide mich dann aber dagegen. Ich will nicht, dass wir uns über Connor unterhalten und uns deswegen wohl doch noch in die Haare kriegen.

»Ich hätte es dir nicht sagen sollen«, seufze ich und weiche etwas zurück.

»Oh doch, das war genau die richtige Entscheidung«, entgegnet Travis mit fester Stimme. Dabei erhebt er sich von der Decke, so dass er vor mir sitzt. Ich beobachte ihn, wie er mit geschmeidigen Bewegungen aufsteht und sich so hinstellt, dass sich die Sonne hinter ihm befindet. Als Nächstes hält er mir seine Hand hin, die ich schnell ergreife und mich so von ihm auf die Füße ziehen lasse.

Mit einem Ruck komme ich vor ihm zum Stehen und greife nach seinen Armen, damit ich nicht umkippe.

»Wenn jemand meine Freundin blöd anmacht, will ich das wissen. Mir ist es egal, um wen es sich handelt.« Kaum hat er ausgesprochen, zieht er mich an seinen harten Oberkörper und küsst mich stürmisch.

Seine Zunge sucht sich einen Weg in meinen Mund und umspielt meine. Mit den Händen fährt er über meinen Rücken und lässt sie schließlich auf meinem Hintern liegen.

Leidenschaft und Verlangen erfasst mich und ich lege meine Arme um seinen Hals. Mir ist klar, dass alle, die gerade in den umliegenden Häusern aus den Fenstern schauen, uns sehen können, aber das ist mir egal.

Ich will mich ihm nahe fühlen und durch seine Hilfe das Zusammentreffen mit Connor vergessen.

Als sich Travis schließlich doch von mir löst, bin ich völlig außer Atem. Mein Herz rast und will sich überhaupt nicht mehr beruhigen.

Seine Hand legt sich an meine Wange und ich lehne mich dagegen. Meine Augen schließen sich und mein Kopf ist wie leer gefegt. In nur wenigen Sekunden gelingt es Travis, dass ich alles vergesse und mich nur noch auf ihn konzentriere.

Vorhin sind mir noch die Worte durch den Kopf gegangen, dass ich nicht seine Freundin bin. Ich wollte ihn darauf hinweisen, doch von einer Sekunde auf die andere bin ich mir da nicht mehr so sicher.

»Bist du zufällig bei Oma, oder siehst du sie heute noch? Wenn ja, dann tritt ihr in den Hintern und sag ihr ruhig, dass das von mir kommt. Da ist man nur für ein paar Tage nicht in der Stadt und schon bekommt man so etwas zu hören. Ich will gar nicht erst wissen, was sie alles gemacht hat, als ich in San Diego war.« Die aufgebrachte Stimme von Melody schlägt mir entgegen, als sie mich am Montag anruft.

Da ich gerade mit meinen Gedanken ganz woanders war, dauert es einen Moment, bis ich überhaupt verstehe, wovon sie spricht.

»Es tut mir leid, dass ich dich da enttäuschen muss, aber ich bin mir nicht einmal sicher, ob ich es pünktlich aus dem Büro schaffe. Also kann ich dir auch nicht versprechen, dass ich es heute noch zu Oma schaffen werde. Allerdings habe ich in den letzten Tagen versucht, sie zu erreichen«, entgegne ich und scrolle mit der Maus über den Bildschirm meines Laptops, um einen Brief auszudrucken.

»Dann ruf Travis an und sag ihm, dass er das machen soll. Die beiden sind doch schließlich Nachbarn.«

»Auch wenn ich das gerne sehen würde, er ist beim Training.«

»Ahhh, woher weißt du das denn?«

Erst jetzt wird mir klar, dass ich meiner Schwester, ohne es zu wollen, genug Zündstoff für das nächste Thema gegeben habe. Schnell beiße ich mir auf die Lippen, damit mir nicht noch mehr herausrutscht. Aber mir ist klar, dass dieser Satz bereits genug war.

»Haley, ich habe dich etwas gefragt«, kommt nun die ungeduldige Stimme meiner Schwester aus der Leitung.

»Wo soll er denn sonst sein? Er fährt schließlich jeden Tag

seine Runden, damit er eine Chance bei den nächsten Rennen hat«, erwidere ich. Im Stillen hoffe ich, dass sie nicht weiter nachfragt.

»Aber natürlich.« An ihrer Stimme höre ich, dass sie mir das nicht abkauft, aber Melody sagt nichts weiter dazu, so dass ich erleichtert aufatme.

»Außerdem hat er keine Ahnung davon, dass sie den alten Wagen verkaufen will.«

Ich kann förmlich vor mir sehen, wie ihre Augen ein Stückchen größer werden.

»Was meinst du damit? Hast du es ihm nicht erzählt? Worüber unterhaltet ihr euch denn?«

»Nein, wieso sollte ich auch? Ihm kann es doch egal sein. Und wir reden über die gleichen Dinge wie du und Scott.«

Kaum habe ich diesen Satz ausgesprochen, weiß ich, dass ich einen weiteren Fehler begangen habe.

Eine Weile ist es ruhig in der Leitung. Mir ist klar, dass meine Schwester darüber nachdenkt, dass ich nicht gesagt habe, dass wir ja schließlich nicht zusammen sind. Die Worte liegen mir auch auf der Zunge, aber nach der gemeinsamen Nacht mit ihm bringe ich es einfach nicht über mich.

»Ich würde den Wagen sofort kaufen. Wir haben keinen Platz, um ihn unterzustellen, und auf dem Parkplatz will ich ihn auch nicht stehen lassen. Es gibt bestimmt ein paar Idioten, die ihn zerkratzen würden oder andere Dinge mit ihm anstellen«, murmelt Melody nun niedergeschlagen.

Ich kann sie verstehen, denn auch ich habe schon darüber nachgedacht, habe aber gemerkt, dass ich das gleiche Problem wie sie habe. Und bei Brooke sieht es sicherlich genauso aus, zu ihrem Haus gehört nicht einmal ein eigener Parkplatz. Sie muss ihren Wagen immer in der Seitenstraße abstellen, und da hat man ihr auch schon mehrere Dellen ins Auto gefahren.

Leise seufze ich bei der Erkenntnis, dass wir keinen Ausweg haben und nichts unternehmen können.

»Ich verstehe Mom und Dad nicht. Die beiden wissen genau, wieviel ihr dieser Wagen bedeutet«, seufzt Melody.

»Die beiden sind viel zu froh darüber, dass Oma das Auto endlich verkaufen will, dass es ihnen wahrscheinlich egal ist.«

Ich mache meinen Eltern deswegen keinen Vorwurf. Die beiden leben in ihrer eigenen Welt. Das war schon immer so und es wird sich auch nichts mehr daran ändern. In diesem Punkt bin ich mir sicher.

»Und was ist mit ihren Geschwistern?«

»Ernsthaft? Die beiden sind viel zu viel unterwegs. Mich würde es nicht wundern, wenn sie davon noch gar nichts wissen«, erwidere ich. »Davon abgesehen hat Tante Helen sogar ihren Wagen abgegeben, weil sie keine Ahnung hat, wo sie ihn hinstellen soll.«

»Ich für meinen Teil werde ihn auf jeden Fall vermissen«, sagt Melody leise.

Bei dem Wort vermissen setzt ein sehnsuchtsvolles Ziehen in meiner Brust ein. Seitdem Travis mich am Samstag nach Hause gebracht hat, habe ich ihn nicht mehr gesehen. Gestern Abend haben wir zwar miteinander telefoniert, aber das hat es auch nicht besser gemacht. Ich würde sogar so weit gehen und behaupten, dass meine Sehnsucht nach ihm dadurch noch schlimmer geworden ist. Seine Stimme zu hören hat dafür gesorgt, dass ich mich am liebsten an ihn gekuschelt hätte.

Aber ich weiß, dass er arbeiten und nebenbei noch seine Sozialstunden ableisten muss. Aus diesem Grund hatte ich die Worte einfach hinuntergeschluckt.

Außerdem bin ich nicht seine Freundin, rufe ich mir wieder in Erinnerung, obwohl er mich genausogenannt hat, und das mehrmals.

Freundin!

Alleine der Gedanke daran, dass er eine Andere so nennt, lässt mich eifersüchtig werden.

»Wie war es in Las Vegas?«, frage ich meine Schwester, um mich auf andere Gedanken zu bringen.

»Es ist wunderschön da. Die Stadt ist laut und voller Lichter, vor allem sobald es dunkel ist. Überall ist was los und die unterschiedlichsten Leute laufen herum. Viele von ihnen tragen sogar Kostüme und machen Werbung für unterschiedlichste Firmen oder irgendwelche verrückten Shows. Wenn Scott das nächste Mal dort ins Trainingslager fahren muss, werde ich auch wieder mit dabei sein. Diese Stadt kann man mit Los Angeles überhaupt nicht vergleichen.«

»Freut mich, dass es dir so gut gefallen hat. Bis jetzt bin ich ja nur einmal durchgefahren. Leider habe ich nicht sonderlich viel gesehen, weil ich zu sehr damit beschäftigt war, den richtigen Weg zu finden«, erwidere ich.

»Auf jeden Fall musst du mal für ein paar Tage da bleiben. Vielleicht sollten wir mal ein Mädelswochenende dort veranstalten«, überlegt sie laut. »Brooke würde das sicherlich auch toll finden.«

Ich muss zugeben, dass sich der Vorschlag super anhört, aber in den nächsten Wochen werde ich dafür leider keine Zeit haben.

»Mal sehen«, murmle ich deswegen nur und schaue auf meinen Drucker, auf dessen Ablagefach der Brief liegt.

»Wie geht's Travis?«, fragt sie mich nun und lenkt das Gespräch somit wieder auf den Mann, der mir ohne Unterbrechung im Kopf herumgeistert.

»Als ich ihn das letzte Mal gesehen habe, ging es ihm noch gut.«

»Ich habe in der Zeitung ein Bild von ihm gesehen, wie er bei dieser Cluberöffnung war. Schade, dass du nicht auch mit drauf warst. Ich wette, dass dann jeder weibliche Rennsportfan deine Feindin wäre. Aber wo hast du überhaupt gesteckt?«

»Woher willst du wissen, dass ich anwesend war?«

»Geraten.« Vor meinen Augen taucht ihr Bild auf und ich sehe, wie sie mit den Schultern zuckt, woraufhin ich leise lachen muss.

»Okay«, gebe ich zu. »Ich war da. Aber mir ist nicht wohl dabei, die Aufmerksamkeit von Reportern oder anderen Leuten zu bekommen, die ich nicht kenne. Deswegen hat sein Freund mich durch den Hintereingang in den Laden geschmuggelt. Aber die Blicke aller Frauen habe ich mit Travis an meiner Seite eh auf mich gezogen.«

Eine Weile ist es ruhig in der Leitung. Ich weiß, dass Melody gerade darüber nachdenkt, wie es zwischen ihr und Scott angefangen hat. Auch die beiden haben ihre Beziehung am Anfang geheim gehalten, bis Scotts Vater in seiner Wohnung aufgetaucht war. Nachdem die beiden das Wochenende damit verbracht hatten, seine Sachen in ihre Wohnung zu bringen, hatten sie es öffentlich gemacht.

»Trotzdem gebt ihr ein schönes Paar zusammen ab«, teilt sie mir noch mit einem leisen Kichern mit. »Ich muss jetzt wieder auflegen. Eigentlich wollte ich mich auch nur nach dem Auto erkundigen. Man sieht sich. Ich hab dich lieb, Schwesterherz.«

»Ich dich auch«, gebe ich noch zurück. In der nächsten Sekunde höre ich schon das Tuten in der Leitung, das mir zeigt, dass sie aufgelegt hat.

# 14

Müde schleppe ich mich aus meinem Büro. In den letzten Tagen war ich erst spät zu Hause und musste morgens schon früh wieder raus.

Nachdem ich das Gebäude verlassen habe, blicke ich von rechts nach links und beobachte die Menschen, die hektisch an mir vorbeieilen. Sie sehen gestresst aus. Ein paar essen im Gehen ein Brötchen, während Mütter ihre Kinder dazu drängen, sich schneller vorwärts zu bewegen. Männer schauen vorbeigehenden Frauen auf den Hintern und die Frauen lächeln sie an.

Nach einigen Sekunden mische ich mich unter die Menschenmenge und schlage die Richtung ein, in der ich heute Morgen meinen Wagen geparkt habe. Es ist warm und die Sonne scheint erbarmungslos auf mich herab. Dass ich mich mitten im Gedränge befinde, macht die Hitze auch nicht erträglicher. Bevor ich nach links auf den Parkplatz biege, lege ich noch bei einem Bäcker einen Zwischenstopp ein und kaufe mir dort eine kühle Flasche Wasser.

Obwohl es erst vier Uhr ist und ich eigentlich total müde bin, habe ich noch keine Lust, nach Hause zu fahren.

In den letzten Tagen hatte ich erneut mehrmals erfolglos versucht meine Oma zu erreichen. Von meinen Schwestern weiß ich, dass sie es auch ein paarmal versucht haben. Es scheint fast so, als würde sie mit Absicht nicht darauf reagieren, wenn wir versuchen, sie ans Telefon zu bekommen. Heute hätte es auch keinen Sinn, da ich weiß, dass sie donnerstags nie zu Hause ist.

Morgen werde ich ihr aber einen Besuch abstatten und kann nur hoffen, dass sie dieses Mal da ist.

Aus diesem Grund beschließe ich, dass ich Travis auf der Rennstrecke besuchen werde.

Nachdem ich in mein Auto gestiegen bin, schalte ich die Klimaanlage an. Da mein Wagen nicht der neueste ist, dauert es einen kurzen Moment, bis es endlich kühler wird.

Der Gedanke daran, dass ich Travis gleich wiedersehen werde, sorgt dafür, dass ein Rest Hitze in meinem Körper bleibt. Ich bin aufgeregt und freue mich gleichzeitig, weil ich bald endlich wieder bei ihm sein werde.

Mit besserer Laune reihe ich mich in den fließenden Verkehr ein und mache mich auf den Weg zur Rennbahn.

Da die Straßen voll sind, dauert es etwas länger, als ich erwartet habe, bis ich endlich auf dem Parkplatz halte. Wie schon beim ersten Mal steht er voll mit Autos und Anhängern, auf denen verschiedene Logos abgebildet sind. Soweit sieht alles aus wie beim letzten Mal, trotzdem habe ich plötzlich das Gefühl, als wäre etwas anders.

Kaum bin ich ausgestiegen, schlägt mir die warme Luft entgegen. Ich spitze meine Ohren und versuche Motorengeräusche ausfindig zu machen, aber da ist nichts.

Beinahe kommt es mir so vor, als wäre keiner hier. Die Tür, die auf das Gelände führt, steht jedoch weit offen.

»Hallo!«, rufe ich laut und deutlich, als ich vorsichtig hindurchtrete und mich auf das Grundstück begebe. Doch niemand antwortet mir.

Neugierig gehe ich weiter und biege um die Ecke der Garagen. Doch kaum erstreckt sich der große Platz vor mir, halte ich gebannt die Luft an und bleibe abrupt stehen.

Ich höre die Schreie von zwei Männern und sehe, wie sie von anderen getrennt werden, damit sie nicht aufeinander losgehen. Die Streitschlichter haben ihre liebe Mühe, die beiden voneinander fernzuhalten.

»Scheiße«, murmle ich, als mir klar wird, dass es sich bei den beiden Männern um Travis und Connor handelt.

Wutentbrannt stehen sie einander gegenüber und starren sich an. Es scheint fast so, als würden sie nur darauf warten, dass sie sich befreien können.

Für den Bruchteil einer Sekunde bleibe ich stehen. Als ich schließlich wieder in der Lage bin, mich zu bewegen, lege ich die restliche Distanz mit energischen Schritten zurück.

»Du Wichser, lass Haley in Ruhe!«, donnert Travis' tiefe Stimme durch die Stille.

»Wieso lässt *du* sie nicht in Ruhe? Sie scheint ein kluges Mädchen zu sein, wenn auch etwas naiv. Brauchst du wirklich noch eine Frau? Mittlerweile dürfest du doch in jedem Stadtteil mehr als genug haben. Weiß sie davon?«, brüllt Connor ihm entgegen, während er wieder nach vorne preschen will. Doch die beiden Männer haben ihn fest im Griff und hindern ihn daran, sich auf Travis zu stürzen.

»Wag es bloß nicht, ihr irgendwelche Lügen über mich zu erzählen. Du bist doch nur neidisch, weil dich keine haben will«, schreit Travis ihn an. Dabei scheint er sich besser unter Kontrolle zu haben als sein Gegenüber. Das ändert aber nichts daran, dass er seine Kiefer angespannt hat. Travis sieht aus, als würde er nur darauf warten, dass Connor ihm eine knallen will.

Die beiden sind so sehr auf den jeweils anderen fixiert, dass sie überhaupt nicht merken, wie ich neben ihnen zum Stehen komme.

»Was ist hier los?«, frage ich mit strenger Stimme.

Ich sehe, dass Travis kurz zusammenzuckt und dann in meine Richtung schaut. Er scheint nicht damit gerechnet zu haben, dass ich vorbeikomme, aber das war ja auch ein spontaner Einfall.

*Wahrscheinlich hat er gehofft, dass ich nichts davon erfahre*, denke ich und schaue ihn an.

In der einen Sekunde habe ich das Gefühl, als würde er gleich komplett ausrasten, in der nächsten sehe ich, wie seine Muskeln sich entspannen. Das scheint auch den beiden Männern aufzufallen, die ihn halten. Sie schauen ihn prüfend an und lassen ihn schließlich los.

»Nichts«, entgegnet er nur und lässt mich keine Sekunde aus den Augen.

»Wie nichts sieht das aber nicht aus.« Während ich spreche, deute ich abwechselnd auf ihn und Connor.

Travis' Brust hebt und senkt sich schwer. Ich weiß, dass es ihm nicht passt, dass ich ihn damit konfrontiere, aber das ist mir egal. Ich will aus seinem Mund hören, was er hier treibt.

»Er soll aufhören, dir irgendwelche Lügen über mich zu erzählen«, erklärt er mir nach einer gefühlten Ewigkeit.

Unverwandt schaue ich ihn an.

»Lass ihn doch reden, mir ist es egal«, erkläre ich mit fester Stimme. Er soll nicht merken, dass ich die ersten Minuten nach meinem Gespräch mit Connor doch etwas verunsichert war. Ich hatte mir schnell vor Augen gehalten, dass Travis mir nicht einen einzigen Grund geliefert hat, wieso ich Connor mehr glauben sollte als ihm.

Langsam setzt Travis sich in Bewegung und kommt mit vorsichtigen Bewegungen auf mich zu. Erst, als er so dicht vor mir steht, dass ich seinen Atem auf meiner Haut spüre, bleibt er stehen und sieht zu mir herunter.

»Ich habe Sie eigentlich für schlauer gehalten. Aber wahrscheinlich finden Sie es auch noch toll, eine seiner Schlampen zu sein«, feuert sein Gegenüber nun in meine Richtung.

Es dauert einen Augenblick, bis die Worte von Connor bei mir ankommen. Dann drehe ich jedoch meinen Kopf ihm zu, zeitgleich mit Travis.

Doch noch bevor ich seine Beleidigung richtig verarbeitet habe, sehe ich aus dem Augenwinkel, wie Travis an mir vorbeistürmt und auf ihn losgeht. Es geht alles so schnell, dass ich keine Chance habe, ihn festzuhalten oder etwas zu sagen, um ihn daran zu hindern.

Das Einzige, was ich sehe, ist, wie Travis Connor zu Boden reißt und auf ihn einprügelt, während er sich auf ihn setzt. Geschockt reiße ich meine Augen auf. Ich schaue dabei zu, wie Connor sich unter ihm befreit und ihm ebenfalls einen Stoß in die Rippen verpasst.

Angespannt halte ich die Luft an und schlage mir die Hände vors Gesicht.

Als ich die beiden beobachte, kommen mir wieder die Worte meiner Großmutter in den Sinn. Schon früh hat sie meinen Schwestern und mir gesagt, dass man nicht dazwischengeht, wenn zwei Männer sich prügeln.

Kurz denke ich wirklich darüber nach, ob ich ihren Ratschlag befolgen soll. Ich habe das Gefühl, dass es bei dieser Prügelei nicht nur um mich geht, sondern sie schon lange überfällig ist.

Doch dann verpasst Connor Travis einen rechten Haken, so dass dessen Kopf zur Seite fliegt. Bereits in der nächsten Sekunde läuft ihm Blut über das Kinn und tropft auf sein Shirt.

»Würdet ihr die beiden vielleicht mal trennen?«, frage ich seine Teamkollegen mit lauter Stimme. Reglos stehen sie daneben und verfolgen die Schlägerei mit offenem Mund. Doch die Männer scheinen mich überhaupt nicht zu hören. »Hallo!«, schreie ich sie an und fuchtle mit den Händen in der Luft herum. Damit reiße ich sie aus ihrer Trance.

Kurz schauen sie mich an und eilen dann zu den beiden, nachdem ich auf Travis und Connor gezeigt habe. Jeweils zwei umklammern einen der Streithähne und ziehen sie voneinander weg. Genau rechtzeitig, denn im nächsten Moment sehe ich, wie Travis' Teamchef aus den Garagen kommt und uns entdeckt.

»Was ist hier los?«, dröhnt seine tiefe Stimme durch die plötzlich herrschende Stille.

Erschrocken zucke ich zusammen. Ich beachte ihn jedoch nicht, sondern gehe zu Travis, der seine rechte Hand an die Rippen gepresst hat. Genau da, wohin Connor noch vor wenigen

Sekunden geschlagen hat. Vorsichtig nehme ich seine Hand in meine und fahre mit den Fingerspitzen über die Stelle.

Travis verzieht bei dieser leichten Berührung das Gesicht und stöhnt leise.

»Frag deinen Fahrer, Dad. Der Spinner hat sich nicht im Griff. Aber das hat er in den letzten Jahren ja schon mehrfach bewiesen. Also wundert es mich nicht wirklich. Der wird sich nicht mehr ändern.« Connor spuckt die Worte förmlich aus, wofür ich ihm am liebsten auch noch eine verpassen würde.

Stattdessen greife ich nach Travis' Hand und drücke sie. Ich stelle mich vor ihn, da ich sichergehen will, dass er sich kein zweites Mal auf Connor stürzt, obwohl es ihm augenscheinlich nicht gutgeht.

»Vielleicht solltest du auch erzählen, dass du mich vorher eine Schlampe genannt hast«, gebe ich in einem besonders ruhigen Ton von mir.

Connor sieht in meine Richtung und aus seinen zusammengekniffenen Augen schießen mir Blitze entgegen. Aber das interessiert mich nicht. Soll er mich doch hassen. Ich habe ja eh nichts mit ihm zu tun.

Stattdessen drehe ich mich wieder ein Stück zu Travis, der noch immer von einem seiner Kollegen gestützt wird. Sein Gesicht ist schmerzverzerrt und seine Muskeln angespannt.

»Ist das wahr?«, fragt sein Chef nun. Ich brauche ihn nicht anzusehen, um zu wissen, dass er die Frage an seinen Sohn richtet.

Doch Connor antwortet nicht. Eine bedrückende Stille macht sich breit. Ich beachte ihn nicht weiter. Meine volle Aufmerksamkeit gilt Travis. Auch er lässt mich keine Sekunde aus den Augen. Seine Finger sind mit meinen verschränkt und zeigen mir, dass er froh darüber ist, dass ich noch hier bin.

Für mich gibt es keinen anderen Ort, an dem ich gerade sein möchte.

»Ist das wahr, habe ich dich gefragt!«, dringt nun die laute und zugleich feste Stimme des Rennstallbesitzers an meine Ohren.

Ein wenig erschrocken darüber drehe ich mich in seine Richtung und sehe, dass er sich inzwischen vor seinem Sohn aufgebaut hat. Doch diesen scheint das nicht zu kümmern. Stattdessen schaut er fast schon gelangweilt zu seinem Vater.

»Ja, das ist es«, erklärt nun einer der Männer, die Connor noch immer festhalten.

»Wie oft in den letzten Jahren habe ich dir gesagt, dass ich so etwas nicht dulde?«

Fragend schaue ich zwischen den beiden hin und her.

»Aber das, was Travis macht, ist besser? Wieso unterstützt du ihn trotzdem, obwohl ich dein Sohn bin und nicht er?«, kontert nun Connor und sieht seinen Vater wutentbrannt an.

»Jede einzelne Frau, mit der er in den letzten Jahren geschlafen hat, wusste genau, worauf sie sich einlässt. Schließlich hat er kein Geheimnis daraus gemacht. Aber hier werden keine Frauen beleidigt, und schon gar nicht, weil du eigentlich sauer auf ihn bist. Haley hat nichts mit euren Streitereien zu tun. Hast du jemals gehört, dass ich deine Mutter so nenne? Oder hat dein Opa deine Großmutter jemals sogenannt?«

Überrascht über seine Worte schaue ich Mr. Baker an. Er wiederum scheint gleich zu explodieren. Aber Connor sieht nicht weniger wütend aus. Aus engen Augenschlitzen starrt er seinen Dad an und wischt sich mit der Handfläche Blut aus dem Gesicht.

Travis sieht ebenfalls kurz in seine Richtung, bevor er sich an mich lehnt. Würde der andere Fahrer ihn nicht halten, würden wir wahrscheinlich zusammen umkippen, da ich nicht die Kraft habe, ihn alleine zu stützen.

»Verschwinde, Connor. Ich meine es ernst. Wenn du irgendwann wieder bei Verstand bist, kannst du gerne wiederkommen, aber so lange will ich dich hier nicht mehr sehen. Irgendwann wird dir eine Frau über den Weg laufen, die dir wichtig sein wird. Mit ihr wirst du es dir aber verscherzen, wenn du dich ihr gegenüber so verhältst, wie du es immer tust. Und dann möchte ich mir keine Vorwürfe machen, dass wir dich nicht richtig erzogen haben.«

Mr. Bakers Worten entnehme ich, dass er von Connor nichts anderes gewohnt ist und sie dieses Gespräch nicht zum ersten Mal führen. Doch es scheint das erste Mal zu sein, dass sie es vor anderen tun. Aus dem Augenwinkel sehe ich, dass auch die übrigen Fahrer überrascht zu sein scheinen.

Obwohl es ein paar Begriffe gibt, die mir gerade auf der Zunge liegen, spreche ich sie nicht aus. Gerne würde ich Connor um die Ohren hauen, was für ein Arsch er ist und dass es alleine meine Entscheidung ist, mit wem ich mich treffe und mit wem nicht. Aber ich tue es nicht. Stattdessen drehe ich mich wieder zu Travis.

»Komm, ich bringe dich ins Krankenhaus. Das muss geröntgt werden. Hilfst du mir eben, ihn zu meinem Wagen zu bringen?«, frage ich den anderen Mann, ohne auf eine Antwort von Travis zu warten.

Dieser sieht mich nur kurz an, sagt aber nichts, worüber ich froh bin. Gerade habe ich keine Lust, mit ihm zu diskutieren und ihn zu seinem Glück zu zwingen. Sein Gesichtsausdruck sagt mir, dass er von meiner Idee nicht begeistert ist.

»Klar, kein Problem«, erwidert sein Kollege und geht langsam voran, wobei er Travis stützt.

»Haley, ruf mich bitte an und sag mir, was der Arzt gesagt hat. Ich hoffe, dass es ihm bald wieder besser geht«, bittet mich nun Mr. Baker und nickt kurz in die Richtung, in der Travis und sein Partner verschwunden sind.

»Werde ich machen«, erwidere ich nur und werfe einen letzten Blick auf Connor, der zu den Garagen geht. Er dreht sich noch einmal zu uns um und zeigt seinem Vater den Mittelfinger. Den scheint das aber nicht zu interessieren.

»Wir hatten immer die Befürchtung, dass es irgendwann mit ihm eskalieren wird. Connor hat nie ein Geheimnis daraus gemacht, dass er die anderen Fahrer nicht mag, und vor allem

Travis war ihm ein Dorn im Auge. Alle machen ihren Job, und das ist etwas, was ich auch von ihm erwarte, aber anscheinend haben meine Standpauken nichts gebracht. Es tut mir auf jeden Fall leid, dass er dich sogenannt hat.«

»Ich bin zwar nicht begeistert darüber, aber ändern würde es auch nichts, wenn ich ihm noch eine verpasse«, erwidere ich trocken.

Der Rennstallbesitzer wirft mir noch einen entschuldigenden Blick zu, bevor ich mich umdrehe und den beiden Männern zu meinem Wagen folge.

Eine Stunde später sitzen Travis und ich im Behandlungszimmer in der Notaufnahme und warten auf das Ergebnis der Untersuchung. Seitdem wir uns zusammen ins Auto gesetzt haben, hat Travis kaum etwas gesagt. Es scheint fast so, als würde er ausblenden wollen, dass ich neben ihm sitze und ihn betrachte.

Am Anfang habe ich ihm das noch durchgehen lassen, da ich dachte, dass er sich erst einmal wieder sammeln muss. Mittlerweile finde ich sein Verhalten lächerlich. Er hat sich geprügelt, weil ich beleidigt wurde. Das ist doch nichts, was ihm peinlich sein muss.

Seufzend stehe ich von meinem Stuhl auf und gehe zu ihm hinüber. Travis liegt auf dem Bett und hält sich die Seite, wo sich mittlerweile eine dicke Prellung gebildet hat.

Sachte lasse ich mich auf die Bettkante sinken und schaue ihn an. Eine Weile erwidert er kommentarlos meinen Blick, doch dann atmet er tief durch.

»Ich hatte nicht erwartet, dass du auftauchst«, flüstert er schließlich und greift nach meiner Hand.

»Es war auch eher eine spontane Idee«, gebe ich zu.

»Du solltest nicht sehen, wie ich mich schlage.«

»Wieso? Weil du gerade dabei bist, den ganzen Mist, den du in den letzten Jahren gebaut hast, gerade zu biegen?«

Anstatt zu antworten schaut er mich einfach nur an.

»Hast du gedacht, dass ich es nicht bemerken würde, wenn du dich auf einmal unter Schmerzen bewegst? Oder wolltest du mir aus dem Weg gehen, bis es dir wieder besser geht? Dafür hättest du mir aber eine super Erklärung liefern müssen«, fordere ich ihn heraus. Ich merke, wie sich bei dem Gedanken daran, dass ich ihn ein oder zwei Wochen nicht gesehen hätte, mein Magen schmerzhaft zusammenzieht.

»Ich habe wohl gar nichts gedacht.« Travis' Stimme klingt niedergeschlagen. »Eigentlich wollte ich mit diesem ganzen Scheiß aufhören. Doch als ich Connor heute gesehen habe, sind ein paar Sicherungen durchgebrannt. Die Tatsache, dass er dich einfach festgehalten hat und sich zwischen uns drängen wollte, gefällt mir noch immer nicht.«

»Mach dir um Connor keine Gedanken. Dass er ein Idiot ist, habe ich auch schon gemerkt, und ihm deswegen auch keine Beachtung geschenkt.«

»Hätte es dir am nächsten Tag nicht noch so zugesetzt, wäre ich auch gar nicht auf ihn losgegangen.«

»Gut, dass du eine Ausnahme gemacht und dich meinetwegen mit ihm gekloppt hast«, versuche ich seine Laune ein wenig zu heben. Ich stupse ihn an, wobei ich darauf achte, dass ich ihm nicht weh tue. Außerdem hoffe ich, dass ich so dieses Thema endlich abhaken kann.

Und es gelingt mir sogar, denn im nächsten Moment erscheint ein leichtes Lächeln auf seinen Lippen. Es wärmt mir das Herz.

Langsam beuge ich mich zu ihm hinunter und drücke ihm einen sanften Kuss auf die Wange.

Travis will gerade den Mund aufmachen und noch etwas sagen, doch da öffnet sich die Tür und der Arzt betritt in Begleitung einer Krankenschwester das Zimmer. Einer ziemlich gut gebauten Krankenschwester, wie ich angespannt feststellen muss.

Als sie Travis sieht, mustert sie ihn neugierig. Während sie weiter auf die Schränke zugeht, die an der anderen Wand stehen, kann sie ihre Augen kaum von ihm abwenden. Das hat zur Folge, dass sie beinahe gegen einen kleinen Tisch läuft. Kurz streifen ihre Augen mich. Ihr Blick gibt mir zu verstehen, dass sie mich für überflüssig hält.

Um mich nicht näher mit ihr befassen zu müssen, konzentriere ich mich wieder auf den Arzt. Er ist etwas älter, scheint aber viel Sport zu treiben, so dass nur seine bereits im Ansatz grauen Haare sein wahres Alter verraten.

»Ich bin Dr. Dale. Da haben Sie ja einen schönen Schlag eingesteckt«, bemerkt er nun. Er zeigt auf das Bild, das die Schwester gerade an eine beleuchtete Tafel gesteckt hat.

Ich folge seinem ausgestreckten Arm, muss mir aber eingestehen, dass ich nicht allzu viel auf dem Röntgenbild erkennen kann.

»Sie werden sich in den nächsten Wochen ruhig verhalten müssen«, fährt Dr. Dale fort. Bei seinen Worten drehe ich meinen Kopf wieder in seine Richtung.

»Das kann ich nicht, ich muss trainieren«, widerspricht Travis sofort. Er versucht sich hinzusetzen, aber ich hindere ihn daran, indem ich den Kopf schüttle. Kurz sieht er mich an, als würde er protestieren wollen, aber er sagt nichts.

Gerade will ich mich nicht streiten und schon gar nicht, solange sich die Krankenschwester mit uns in einem Raum befindet. Wahrscheinlich würde sie das sofort ausnutzen und sich an ihn heranmachen.

»Wenn Sie das nicht machen, werden wir Sie operieren müssen, und die anschließende Erholungsphase wird dann noch länger dauern. Sie haben Schmerzen; so können Sie keine Maschine unter Kontrolle halten. Und schon gar nicht bei den Geschwindigkeiten, mit denen Sie fahren.«

Bei den Worten des Arztes schlucke ich. Das Fahren bedeutet Travis alles. Ich habe keine Ahnung, was er in den kommenden Wochen machen soll, wenn er das nicht darf.

»Ihre Freundin wird Ihnen bestimmt helfen, sich die Zeit zu vertreiben.«

Da ich es bereits aufgegeben habe, die Leute vom Gegenteil zu überzeugen, spare ich mir die Mühe.

Es liegt auch daran, dass ich mir gerade zum ersten Mal eingestehe, dass ich etwas für ihn empfinde. Etwas, was irgendwann dazu führen wird, dass ich mein eigenes Versprechen vergesse.

»In zwei Wochen kommen Sie noch einmal zur Nachuntersuchung. Wie es dann weitergeht, werde ich bei der Gelegenheit entscheiden.«

»Danke«, murmelt Travis ein wenig betreten.

Er sieht nicht glücklich über die Nachricht von Dr. Dale aus, aber das kann ich ihm schlecht verübeln. Die letzten Jahre hat er nichts anderes gemacht als seine Zeit auf der Rennstrecke zu verbringen, wahrscheinlich hat er überhaupt kein anderes Hobby. Mal von den Maschinen, an denen er herumbastelt, abgesehen, denn auch das wird er in der nächsten Zeit bestimmt nicht machen können.

»Passen Sie gut auf, dass er sich daran hält«, weist der Arzt mich an.

»Das werde ich.«

Dr. Dale nickt mir noch einmal zu, bevor er wieder verschwindet.

»Setzen Sie sich auf, damit ich Ihnen den Verband anlegen kann. Den nehmen Sie in den nächsten Tagen bitte nicht ab«, weist die Schwester Travis an und lächelt verführerisch.

Während sie näher an die Liege herantritt, versucht sie mich ein Stück wegzudrängen. Ich lasse mich nicht darauf ein. Stattdessen stehe ich auf und mache keine Anstalten, ihr Platz zu machen. Ich ergreife Travis' Hände und helfe ihm vorsichtig, sich hinzusetzen.

»Danke, Babe«, murmelt er und lächelt mich an, während er sich noch ein Stück größer macht.

»Kein Problem«, erwidere ich und drücke sanft seine Hand.

Erst als ich mir sicher bin, dass er nicht sofort wieder zusammenklappt, trete ich etwas beiseite und lasse die Schwester ihre Arbeit verrichten.

Ich will meine Hand von ihm lösen, doch Travis hält mich weiterhin fest. Erst als ich auf die Schwester zeige, die anscheinend immer noch darauf wartet, dass wir uns voneinander trennen, lässt er mich los.

Mit einem sichtlich zufriedenen Gesichtsausdruck macht sie sich daran, Salbe auf seine Brust aufzutragen. Doch dann kommt sie ihm eindeutig zu nahe, als sie ihm den Verband umlegt.

Mit einem verkniffenen Gesichtsausdruck beobachte ich die beiden. Als Travis in meine Richtung schaut, versuche ich so normal wie möglich zu wirken, aber es gelingt mir nicht. Ein freches Grinsen breitet sich auf seinem Gesicht aus, wofür ich ihm nur die Zunge zeige.

# 15

Travis hatte gestern darauf bestanden, dass ich ihn vom Krankenhaus nach Hause bringe, was ich nur sehr ungern gemacht habe. Am liebsten hätte ich ihn mit zu mir genommen, aber da er kein kleines Kind mehr ist, konnte ich ihn nicht dazu zwingen.

Leider konnte ich nicht bei ihm bleiben, da ich keine Wechselklamotten bei mir hatte und heute wieder zur Arbeit musste. Aber trotzdem haben wir in den letzten Stunden mehrmals miteinander telefoniert. Travis hat mir ein paar Bilder geschickt und ich ihm ebenfalls welche von mir.

Ja, er hat keinen Zweifel daran gelassen, dass ihm langweilig war, was ich nachvollziehen kann.

Also habe ich heute meine Sachen eher gepackt, obwohl mein Schreibtisch noch immer bis oben hin voll ist. Aber ich kann das Gespräch mit meiner Großmutter nicht länger hinauszögern, und außerdem will ich zu Travis und ihn endlich wiedersehen.

*Vielleicht kann ich meine Oma wenigstens davon überzeugen, dass sie sich eine Garage für den Wagen nimmt*, überlege ich. Bei diesem Gedanken breitet sich Hoffnung in mir aus. Es ist leider die einzige Möglichkeit, die ich habe. Wenn sie sich nicht darauf einlässt, habe ich auch keine Idee mehr.

Es dauert über eine Stunde, bis ich endlich in die Straße einbiege, in der beide wohnen. Da zugleich ganz L. A. nach Hause wollte, bin ich von einem Stau in den nächsten geraten, bis ich endlich mein Ziel erreicht habe.

Völlig fertig mit den Nerven und eigentlich total müde halte ich am Straßenrand und schaue zu dem alten Wagen, der in der

Einfahrt steht. Er ist glänzend poliert, so dass sich die Sonne in ihm spiegelt. Dieses Auto strahlt Kraft und Eleganz aus.

»Oh Mann«, seufze ich, als ich spüre, wie mir schwer ums Herz wird.

Ja, wahrscheinlich ist es schwachsinnig und total bescheuert, dass ich mich so für einen Wagen einsetze. Vielleicht sogar überzogen, aber für meine Schwestern und mich war er immer der Beweis dafür, dass es die große Liebe gibt, die niemals endet. Nicht einmal nach dem Tod!

Ein letztes Mal atme ich tief durch, bevor ich nach meiner Tasche greife und aus meinem Auto steige. Energisch schließe ich die Tür hinter mir. Dann drücke ich auf den Knopf auf meiner Fernbedienung und schließe ab. Dann gehe ich auf das Haus meiner Oma zu.

Normalerweise komme ich gerne hierher, da es für mich immer ein Zuhause war. Die Tür meiner Großeltern stand uns Kindern immer offen. Sie haben uns zugehört und uns Ratschläge gegeben. Daran hatte sich auch nach dem Tod meines Großvaters nichts geändert.

Es war eher so, dass wir alle noch ein Stückchen näher zusammengerückt waren, wenn man mal von Chrystal absieht.

Aber in diesem Fall ist es anders. Gerade wäre ich am liebsten am anderen Ende der Welt, nur damit ich nicht dieses Gespräch mit ihr führen muss. Aber so ist das nun einmal, wenn man die Älteste ist. Zumindest bei uns.

Wie immer übernehme ich die nicht so tolle Aufgabe und hoffe, dass es nicht in einer Katastrophe endet. Etwa, dass meine Oma mich aus dem Haus wirft und kein Wort mehr mit mir spricht.

Um nicht noch mehr darüber nachzudenken, gehe ich mit zügigen Schritten den Weg entlang und steige die drei Stufen hinauf, die zu ihrer Tür führen. Bevor ich es mir anders überlegen kann, drücke ich auf die Klingel und warte darauf, dass sie mir die Tür öffnet.

»Haley, was für eine schöne Überraschung! Mit dir habe ich gar nicht gerechnet«, begrüßt meine Oma mich mit freudiger Stimme und macht einen Schritt zur Seite, damit ich eintreten kann. Doch noch bevor ich an ihr vorbeigehe, werfe ich einen Blick auf das Haus von Travis, das ruhig daliegt. Auch, wenn er nicht zu sehen ist, so weiß ich doch, dass er da ist. Es ist fast so, als würde ich seine Anwesenheit spüren.

Mein Körper reagiert auf ihn und je näher ich ihm komme, umso unruhiger wird er. Doch gerade ist das nicht förderlich. Ich muss mich erst einmal hierauf konzentrieren.

*Wenn ich hier fertig bin, werde ich Travis und mir etwas zu essen holen*, beschließe ich und gehe in den kühlen Flur.

»Was kann ich für dich tun?«, fragt meine Großmutter mich und zieht so meine Aufmerksamkeit wieder auf sich. Nur mit einer weiten Hose und einem figurbetonten Shirt bekleidet steht sie vor mir und sieht mich erwartungsvoll an.

»Ich wollte mit dir über den Wagen sprechen«, erkläre ich ihr leise.

Obwohl ich immer einen guten Kontakt zu ihr hatte, weiß ich nicht, wie sie darauf reagieren wird. Schließlich mische ich mich mehr oder weniger ein, und das ist etwas, was ich vorher noch nie gemacht habe.

»Was ist mit ihm? Verlange ich zu viel?«

Mit großen Augen starre ich sie an. Ich hatte keine Ahnung, dass sie ihn bereits inseriert hat. Eigentlich hatte ich die Hoffnung, dass sie damit noch ein wenig warten würde, falls jemand aus der Familie ihn haben will.

Aber da scheine ich mich geirrt zu haben.

Ein paar Sekunden ist es still zwischen uns. Sie sieht mich an, als würde sie selber nicht genau wissen, wie sie eigentlich darauf reagieren soll.

»Komm, hast du Hunger, oder möchtest du etwas trinken? Du kommst doch sicherlich gerade erst von der Arbeit.«

»Ein Wasser, danke«, murmle ich.

Ein wenig perplex bleibe ich im Flur stehen und schaue ihr ein paar Sekunden nach, ehe ich in der Lage bin, ihr zu folgen.

Während sie zwei Gläser aus dem Schrank holt und Wasser eingießt, setze ich mich an den großen Esstisch und stelle meine Tasche neben mir auf dem Stuhl ab.

Als meine Schwestern und ich noch klein waren, haben wir hier jedes Jahr Weihnachten und Ostern gefeiert. Irgendwann fingen wir dann an, uns nur noch bei meinen Eltern zu treffen.

Nun kommt es mir aber so vor, als wäre ich wieder das kleine Kind, das ich damals war. Auch früher fiel es mir schon schwer, mit ihr über bestimmte Themen zu sprechen. Allerdings war dieses Gefühl im Laufe der Jahre verschwunden, so dass ich nun nicht weiß, wie ich damit umgehen soll.

»Also, was ist mit dem Auto?«, fragt meine Oma mich, nachdem sie das Glas vor mir abgestellt hat. Ich beobachte sie, wie sie sich auf den freien Stuhl sinken lässt, der mir gegenübersteht, und mich aufmerksam ansieht.

»Verkauf ihn nicht. Du kannst dir einen Stellplatz mieten und ihn dort hinbringen«, platzt es aus mir heraus. Eigentlich wollte ich das Gespräch einfühlsamer beginnen, doch dafür ist es nun zu spät.

*Wirklich sehr erwachsen, Haley*, schimpfe ich mit mir selber.

Nachdenklich sieht meine Großmutter mich an.

»Haley«, beginnt sie schließlich in einem sanften Ton, den sie schon früher angeschlagen hat. »Ich kann verstehen, dass der Wagen euch sehr viel bedeutet, und Gott weiß, dass ich mir diese Entscheidung wirklich nicht leicht gemacht habe. In den letzten drei Wochen habe ich nichts anderes getan, als darüber nachzudenken. Ich tue das also nicht aus einer Laune heraus«, sagt sie und seufzt dann leise.

»Aber?«, frage ich, da ich das Gefühl habe, als wäre das noch nicht alles.

»Aber das Leben geht weiter«, erklärt sie mit fester Stimme.

»Dein Opa hätte nicht gewollt, dass ich für den Rest meines Lebens an diesem Wagen hänge, weil er mich an ihn erinnert. Ihr seid erwachsen geworden und geht euren eigenen Weg. Melody ist mit Scott glücklich, du hast Travis, und ich bin mir sicher, dass auch Brooke früher oder später jemanden finden und erfahren wird, was sie mit ihrem Leben anstellen will. Auch deine Cousinen und Cousins haben sich ihre eigenen Leben aufgebaut, worüber ich sehr froh bin. Es ist auch für mich an der Zeit, dass ich nach vorne schaue. Und dazu gehört leider auch das.«

Bei ihren Worten zucke ich kurz zusammen, habe mich aber schnell wieder im Griff. Ich werde jetzt nicht auf Travis eingehen und mich so vom Thema ablenken lassen, denn deswegen bin ich nicht hier.

»Der Wagen hat Großvater immer so viel bedeutet, weswegen ich nicht verstehen kann, dass du ihn nun hergeben kannst. Ich weiß, dass er auch dir immer wichtig war, sonst hättest du ihn mit Sicherheit nicht acht Jahre lang gepflegt.«

Bei dem Gedanken daran, dass mein Opa sich mehr um das Auto gekümmert hat als um seine Gesundheit, treten mir Tränen in die Augen. Aber schnell blinzle ich sie weg. In diesem Moment will ich nicht darüber nachdenken, dass er noch leben könnte, wenn er besser auf sich aufgepasst hätte.

»Ich kann es auch nicht einfach. Mir fällt es genauso schwer wie die erste Zeit, die ich ohne diesen dickköpfigen Mann verbringen musste, Haley. Mir ist es zu teuer, ihn irgendwo unterzustellen, und auf deine Eltern will ich auch nicht angewiesen sein.«

Obwohl ich ihre Argumente verstehen kann, legt sich doch ein riesiger Stein auf mein Herz. Um den Kloß, der sich in meinem Hals gebildet hat, irgendwie loszuwerden, nehme ich einen Schluck aus meinem Glas, doch ohne Erfolg. Es kommt mir eher so vor, als würde er noch größer werden.

»Versprich mir wenigstens, dass du noch ein einziges Mal darüber nachdenkst«, starte ich einen verzweifelten weiteren Versuch.

»Haley, Kindchen. Ich würde es dir sofort versprechen, aber du weißt genauso gut wie ich, dass es gelogen wäre. Und euch habe ich oft genug gesagt, dass man nicht lügen soll, so dass ich es jetzt auch nicht machen werde.«

Bei ihren Worten schießen mir erneut unweigerlich die Tränen in die Augen.

*Meine Güte, du tust ja fast so, als würde irgendein Haustier eingeschläfert werden*, ermahne ich mich selber, doch vergeblich.

»Okay«, murmle ich deswegen und kann die Traurigkeit aus meiner Stimme nicht heraushalten.

»Sieh es von der guten Seite. Es ist ein Neuanfang, der längst überfällig ist.«

Das ist nur ein kleiner Trost dafür, dass der Wagen, der schon seit Kindestagen zu meinem Leben gehört, bald verschwunden sein wird.

Eine halbe Stunde später verabschiede ich mich von meiner Großmutter, da ich das Gefühl habe, als würden sich die Wände immer weiter auf mich zubewegen.

Kaum habe ich die Haustür hinter mir zugezogen, atme ich tief durch. Doch ich bleibe nicht lange stehen. Mit langen Schritten gehe ich zu meinem Wagen, um eine Pizza für Travis und mich zu holen. In diesem Moment will ich einfach nur bei ihm sein und den ganzen Mist vergessen. Ich brauche Ablenkung von dem, was in den letzten Tagen passiert ist, obwohl Travis da auch seinen Teil dazu beigetragen hat.

Nachdem ich den Knopf auf meiner Fernbedienung gedrückt habe, setze ich mich in meinen viel zu heißen Wagen und schiebe den Schlüssel in das Schloss. Mein Auto gibt keinen Ton von sich, als ich ihn herumdrehe.

Ich versuche es ein zweites und ein drittes Mal, doch das Ergebnis bleibt das Gleiche.

»Scheiße, das darf doch nicht wahr sein«, fluche ich laut und lasse meine Stirn auf das Lenkrad sinken.

Die nächsten Sekunden bleibe ich genauso sitzen.

Es war ja klar, dass das ausgerechnet mir passieren muss!

Und das Ganze auch noch ohne Vorwarnung, denn vorhin lief der Wagen noch einwandfrei.

Doch nachdem auch im Büro manche Dinge in den letzten Tagen nicht nach Plan liefen, wundert es mich nicht, dass es nun auch mein Auto erwischt.

»Alles klar bei dir? Wieso sitzt du hier? Es ist doch viel zu warm.« Bei dem Klang von Travis' Stimme zucke ich erschrocken zusammen und hebe meinen Kopf.

Als ich in seine Richtung schaue, sehe ich, dass er sich neben die Autotür gehockt hat und mich durch das geöffnete Fenster hindurch ansieht.

»Hi«, gebe ich schlecht gelaunt von mir.

»Na, das nenne ich doch mal eine Begrüßung. Wolltest du gerade fahren oder bist du gekommen?« Bei dem letzten Wort wackelt er mit den Augenbrauen, was mir ein leises Lachen entlockt. »So gefällst du mir schon besser.«

Für einige Augenblicke ist es ruhig zwischen uns, während ich seine Worte auf mich wirken lasse.

»Ich wollte fahren«, erkläre ich ihm leise und deute auf den Schlüssel, der noch immer im Schloss steckt.

»Ohne mich zu besuchen?«, fragt er mich mit großen Augen. »Da habe ich aber etwas anderes von dir erwartet, schließlich habe ich mich für dich geprügelt.«

Bei seinen Worten legt sich ein leichtes Lächeln auf mein Gesicht. Es ist schön, dass er seine große Klappe wiedergefunden hat, nachdem er im Krankenhaus so ruhig war.

»Ich war gerade bei meiner Oma. Eigentlich hatte ich vor, etwas zu essen für uns zu holen und danach mit meiner Beute zu dir zu fahren«, erkläre ich ihm deshalb, »aber mein Wagen springt nicht mehr an.«

»Hmmm«, macht er nur, steht langsam auf und öffnet die Tür. Als Nächstes reicht er mir seine Hand und hilft mir beim Aussteigen.

Dicht vor ihm komme ich zum Stehen, so dass mir sein Geruch in die Nase steigt. Seine Augen halten meine gefangen. Kurz überlege ich, einen Schritt zurückzuweichen, aber ich kann es nicht. Nicht nur die Tatsache, dass er seine Hand auf meinen Rücken gelegt hat, hindert mich daran, sondern auch meine Sehnsucht nach ihm.

»Wie geht es deiner Rippe?«, frage ich ihn, nachdem mir auffällt, dass er schon viel fitter aussieht. Er hat wieder Farbe im Gesicht und scheint sich besser bewegen zu können, obwohl er Letzteres noch immer langsam tut.

»Sie schmerzt noch ein wenig, aber es lässt sich aushalten. Der Arzt hatte ja gesagt, dass es etwas dauert.« Gleichgültig zuckt er mit den Schultern, weswegen ich ihn kurz anlächle. »Und was für eine Krankheit hat dein Wagen?« Während er spricht, dreht er seinen Kopf in die Richtung meines Gefährts und sieht es prüfend an.

»Ich weiß es nicht. Den fahre ich schon, seit ich mit meinem Studium fertig bin, und bis jetzt musste noch nie etwas repariert werden. Vorhin hat er noch geschnurrt wie eine Katze.«

»Na ja, irgendwann ist immer das erste Mal. Er ist halt nicht mehr der Jüngste.« Als die Worte bei mir ankommen, drehe ich überrascht meinen Kopf in seine Richtung.

»Nicht mehr der Jüngste? Willst du mir damit sagen, dass du auch keine sechzehn mehr bist, und deswegen bei der Prügelei erwischt wurdest?« Meine Stimme hat einen herausfordernden Ton angenommen, während ich meine Hand auf seine Verletzung lege.

»Connor hat einfach nur Glück gehabt, mehr nicht«, macht er deutlich. »Aber wie es der Zufall will, hat deine Oma mir heute Morgen Nudelauflauf vorbeigebracht, der zu schade ist, um ihn alleine zu essen.«

Als er meine Großmutter erwähnt, drehe ich mich noch einmal ihrem alten Wagen zu. Wehmütig schaue ich ihn an.

»Ist alles in Ordnung?«, hakt er nach.

»Ja, alles bestens«, erwidere ich und hole meine Tasche aus dem Wagen, ehe ich ihn abschließe und Travis zu seinem Haus folge.

Nachdem ich es betreten habe, lasse ich mich aufs Sofa sinken und vergrabe meinen Kopf in den Händen. Ich bin so in Gedanken, dass ich gar nicht mitbekomme, wie er sich neben mich setzt und seinen Arm um mich legt.

»Na los, erzähl schon. So niedergeschlagen kenne ich dich überhaupt nicht. Was ist passiert?«

Die Worte sorgen dafür, dass ich meinen Kopf an seine Schulter lehne und ihm alles erzähle.

»Wahrscheinlich hältst du mich nun für verrückt, weil mir der Wagen so viel bedeutet«, stelle ich fest, nachdem ich geendet habe. Ich weiche Travis' Blick aus, da ich nicht wissen will, was ich in seinen Augen sehen würde.

»Wieso sollte ich? Das ist das Gleiche wie bei meinem Elternhaus.«

Überrascht schaue ich ihn an.

»Wahrscheinlich hast du recht.«

»In diesem Fall bin ich mir sicher, dass ich recht habe. Na los, leg dich hin, ich werde uns das Essen warm machen.«

»Sollte ich nicht diejenige sein, die sich um dich kümmert?«, frage ich und ziehe die Augenbrauen ein Stück nach oben.

»Ich hasse es, wenn immerzu jemand um mich herumläuft und sich erkundigt, ob ich noch etwas brauche.« Seine eindringliche Stimme sorgt dafür, dass ich sofort leise bin. Travis sagt kein Wort mehr, sondern steht langsam auf und lässt mich alleine zurück. Ich sehe ihm zu, wie er mit vorsichtigen Bewegungen in die Küche geht und dort zwei Teller aus dem Schrank holt.

Ihn in seinem Haus zu sehen und zu beobachten, wie er so normale Dinge tut, zeigt mir, dass er noch eine andere Seite hat.

Er ist nicht nur der Draufgänger, der gerne Rennen fährt. Nein, er ist auch häuslich und daran gewöhnt, dass er sich um sich selber kümmern muss.

Mein Herz klopft immer schneller, während ich ihm zusehe. Ich liebe es, ihn zu beobachten; das gehört definitiv zu den Dingen, die ich ewig machen könnte.

*Das kommt daher, weil ich ihn liebe.*

Der Gedanke trifft mich völlig unvorbereitet. Mein Mund öffnet sich ein Stück und ich schnappe nach Luft.

Liebe.

An dieses Wort habe ich in seiner Gegenwart bisher nie gedacht. Obwohl ich es nicht wollte, hat er es doch irgendwie geschafft, sich in mein Herz zu schleichen und sich dort einen festen Platz zu suchen.

»Verdammt«, seufze ich und fahre mir über den Nacken.

»Was ist?«, ertönt Travis' Stimme dicht hinter mir. Erschrocken zucke ich zusammen. Ich war so in meine Gedanken versunken, dass ich gar nicht gemerkt habe, wie Travis plötzlich hinter mir aufgetaucht ist.

»Mir ist gerade eingefallen, dass ich keine Ahnung habe, wie ich nun nach Hause kommen soll«, gebe ich schnell zurück und hoffe, dass er mir die Lüge glaubt.

»Erst einmal bleibst du bei mir und wir machen uns einen schönen Abend. Und dann hast du die Wahl.«

»Die Wahl?«, frage ich mit einem skeptischen Unterton nach.

»Entweder du schläfst bei mir, oder ich bringe dich nach Hause. Die Entscheidung liegt bei dir.«

Meine Gedanken schwirren umher. Aber da ich gerade keine Lust habe, mich damit auseinanderzusetzen, beschließe ich, dass das warten kann. Stattdessen nehme ich Travis den Teller ab, den er mir hinhält.

»Danke«, sage ich.

»Ich bin froh, dass du hier bist«, entgegnet er und zwinkert mir zu, ehe er sich seinem Teller widmet.

»Ich auch.«

Während des Essens ist es ruhig zwischen uns. Trotzdem spüre ich seine Nähe. Mein Körper reagiert auf seine Nähe, so dass ich von Sekunde zu Sekunde mehr das Kribbeln spüre, das mich beherrscht.

In meinen Gedanken bin ich noch immer bei der Erkenntnis, dass ich ihn liebe. Ich muss zugeben, dass es mich schockt, aber nicht wirklich verwundert. Vom ersten Moment an hat er sich Mühe gegeben mir zu zeigen, wie wichtig ich ihm bin. Und auch ich hatte diese Gefühle von Anfang an.

Ich hatte sie aber verbannt. Ich habe mich geweigert und alles dafür getan, damit sie nicht hochkommen.

Doch nun sitze ich schweigend neben ihm und spüre seine Anwesenheit immer stärker. Meine Sehnsucht nach ihm wächst.

Ich will mich an ihn kuscheln und seine Haut an meiner spüren. Ich will seinen Herzschlag hören und sicher wissen, dass es nur für mich schlägt. Ich will ihn, und ich will ihm dafür danken, dass er mir gezeigt hat, was mir gefehlt hat, obwohl ich es selber nicht einmal gewusst habe.

All das will ich, doch ich habe Angst davor, es wirklich zuzugeben.

# 16

Als könnte Travis meine Gedanken lesen, wendet er sich mir zu und stellt seinen Teller auf dem Tisch ab.

»Haley«, flüstert er, hebt seine Hand und streicht mir sanft über die Wange.

Bei dieser Berührung durchläuft mich ein Schauer, den ich nicht vor ihm verbergen kann. Meine Brustwarzen richten sich auf und mein Mund öffnet sich leicht. Travis sieht mich unverwandt an, während ich versuche, meine Reaktion auf den Kontakt einzudämmen. Obwohl ich noch immer meinen Teller in der Hand halte, kann ich den Blick nicht von ihm abwenden.

In seinen Gesichtszügen sehe ich so viel, so viele Gefühle und Empfindungen, von denen ich mir nicht sicher bin, dass er sie mir mitteilen will.

Ohne ein Wort zu sagen, strecke ich meinen Arm aus und stelle meinen Teller neben seinen auf den Tisch.

»Bleib heute Nacht bei mir. Ich verspreche dir auch, dass ich mich benehmen werde. Das Einzige, was ich will, ist, dass du bei mir bist.« Mit ernstem Gesichtsausdruck sieht er mich an.

Mir ist klar, dass er sich wirklich zurückhalten würde, aber das will ich nicht.

Ohne darüber nachzudenken bewege ich mich so, dass ich im nächsten Augenblick auf seinem Schoß sitze. Überrascht darüber schaut er mich an, doch ich schüttle nur den Kopf. Für einen winzigen Moment betrachte ich ihn. Travis macht keine Anstalten, sich von mir fortzubewegen. Eher das Gegenteil ist der Fall. Er sieht mich mit einem erwartungsvollen Blick an, bei dem mir ein paar Grad wärmer wird.

Deswegen umfasse ich sein Gesicht und drücke meine Lippen fest auf seine.

Travis zögert nicht eine Sekunde. Er legt seine Hände auf meinen Rücken und zieht mich noch näher zu sich heran, so dass sich meine Brüste an seinen Oberkörper schmiegen.

Ein leises Stöhnen entfährt mir, als er anfängt, meine Zunge mit seiner zu umspielen. Es fühlt sich einfach wundervoll an, auf diese Art wieder mit ihm verbunden zu sein. Aus diesem Grund könnte ich selbst dann nicht aufhören, wenn ich es wollte.

Aus einem Reflex heraus greife ich nach dem Bund meines Oberteils und ziehe es mir über den Kopf.

Darunter trage ich einen schwarzen, mit Spitzen besetzten BH, der mein Dekolleté so weit nach oben drückt, dass es Travis sofort ins Auge fallen muss. Und als ich in sein Gesicht schaue, sehe ich meine Vermutung bestätigt.

Er betrachtet es ausgiebig und lässt die Spitze seines rechten Zeigefingers über den Ansatz meiner Brüste wandern.

»Travis«, flüstere ich heiser vor Lust.

Mit den Händen fährt er über meinen Bauch nach hinten zu meinem Rücken, wo er nach dem Verschluss greift. Im nächsten Moment spüre ich, wie er ihn öffnet und mir die Träger von den Schultern streift. Er lässt den BH einfach fallen und umschließt meine Brüste mit den Händen, um sie anzuheben und meine Nippel in den Mund zu saugen.

Stöhnend lasse ich meinen Kopf in den Nacken fallen. Ich kralle mich an seinen Schultern fest, da ich befürchte, ich könnte jeden Moment das Gleichgewicht verlieren. Immer wieder schnellt seine Zunge über meine empfindliche Brustwarze, während er mit dem Daumen sanft über die andere streicht.

Ich spüre, wie ich immer feuchter werde. Voller Ungeduld ziehe ich ihm Shirt über den Kopf, so dass sein Verband zum Vorschein kommt.

Eine Weile betrachte ich ihn nachdenklich, da er ein Zeichen dafür ist, dass ich ihm wichtig bin. Sanft streiche ich mit den Fingerspitzen über den oberen Rand. Schließlich kommt meine Hand auf der Stelle zum Liegen, worunter sich die gebrochene Rippe befindet.

Kurz zuckt er zusammen, doch in der nächsten Sekunde hat er seine Reaktion bereits wieder im Griff.

»Nur, weil ich noch etwas angeschlagen bin, heißt das nicht, dass wir nicht trotzdem eine schöne Nacht haben werden.«

»Das habe ich auch nicht behauptet«, raune ich zwischen zwei Küssen an seinen Lippen.

Sein raues Lachen erfüllt den Raum. Bevor ich mir dessen bewusst bin, hat er sich so bewegt, dass ich liegend neben ihm auf dem Sofa lande. Seine Augen sind dunkel vor Lust und Begierde. Sie wandern über meinen nackten Oberkörper und setzen ihn in Brand.

Als Travis sich erhebt, rutscht mein Bein von seinem Schoß auf das Sofa.

Seine Finger wandern zwischen meinen Brüsten immer weiter nach unten. Er ist so sanft, dass ich sie kaum wahrnehme. Erst als er den Verschluss meiner Hose erreicht hat, hält Travis inne. Mit geschickten Fingern öffnet er sie und streift sie mir von den Beinen. Nachdem er mich von dem störenden Stoff befreit hat, wirft er sie zur Seite und lässt mein Höschen folgen.

Als ich komplett nackt vor ihm liege, legt er seine Hände auf meine Knie und drückt sie ein Stück auseinander. Bereits in der nächsten Sekunde hat er seinen heißen Mund auf meine pochende und verlangende Mitte gepresst.

Ich stöhne laut auf und drücke meinen Rücken durch, während ich noch näher an ihn heranrücke. Meine rechte Hand vergräbt sich im Couchbezug, während meine linke sich in seinen Haaren festkrallt und ihn so gefangen hält.

Ich will nicht, dass er von mir lässt.

Immer wieder fährt er mit der Zunge über meine empfindliche Stelle und facht so das Feuer, das in mir brennt, noch weiter an. Travis weiß genau, was er tun muss, damit ich noch verrückter nach ihm werde, als ich es eh schon bin.

Ich spüre, wie sich tief in mir der erlösende Druck aufbaut. Er wird immer größer und sucht nach einem Ventil. Als Travis auch noch zwei Finger in mich schiebt, kann ich nicht länger an mir halten.

Es fühlt sich an, als würde ich explodieren. Etwas so Intensives habe ich noch nie gespürt. Ich gebe ihm alles und fliege immer weiter und höher, während ich es Travis überlasse, mich wieder sicher auf die Erde zu bringen.

Als ich nach einer Ewigkeit endlich zu mir komme, ist mir schwindelig. Meine Umgebung nehme ich nur noch verschwommen wahr, während ich Travis scharf sehe. Mein Puls rast und macht keine Anstalten, sich wieder zu beruhigen.

Ohne ein Wort zu sagen und mit leicht schmerzverzerrtem Gesicht steht er langsam auf. Um ihm Arbeit abzunehmen, richte ich mich ebenfalls auf und setze mich an den Rand des Sofas.

Ich öffne seinen Gürtel und ziehe ihm die Jeans mitsamt seiner Boxershorts vom Hintern. Sein steifer Schwanz springt mir entgegen.

Sachte lasse ich meine Hand an ihm entlanggleiten, bevor ich ihn so tief wie möglich in den Mund nehme. Immer wieder streife ich vorsichtig mit meinen Zähnen darüber und entlocke ihm so ein tiefes Stöhnen.

Das wiederhole ich ein paarmal, bis er sich mir entzieht.

»Ich will, dass du mich reitest«, raunt er mit gefährlicher Stimme.

Da ich in diesem Moment keinen Ton herausbekomme, nicke ich nur. Travis geht zu seiner Wohnwand, öffnet eine Schublade und holt eine glänzende Verpackung heraus. Mit einem frechen Grinsen auf dem Gesicht kommt er auf mich zu und reißt die Folie gleichzeitig auf. Kaum ist er vor mir zum Stehen gekommen, zieht er sich das Kondom über, wobei er mich keine Sekunde aus den Augen lässt.

Wortlos setzt er sich wieder aufs Sofa und lehnt sich gegen die dicken Kissen in seinem Rücken. Ohne dass er etwas sagen muss, setze ich mich wieder auf seine Beine und positioniere mich so, dass meine Vagina direkt über der Spitze seines Schwanzes schwebt.

Langsam lasse ich mich auf ihn sinken, bis ich ihn tief in mir aufgenommen habe. Ich brauche einen Moment, um mich an das Gefühl zu gewöhnen. Doch dann schließe ich meine Augen und bewege mich ein Stück nach oben, nur um mich im nächsten Moment wieder auf ihn fallen zu lassen.

Meine Bewegungen werden immer schneller und verlangender. Seine Hände fahren über meinen Körper. Sie streichen über meinen Hintern, meinen Bauch und meine Brüste und lassen meine Sehnsucht nach ihm auf diese Weise noch wachsen.

Irgendwann legt Travis seinen Daumen auf meine Perle und lässt ihn fest darüberfahren. In diesem Moment komme ich.

Immer wieder schreie ich seinen Namen, während ich meinen Rücken durchbiege und sich auf diese Weise meine Brüste direkt vor seinem Mund befinden. Seine Zunge fährt über meine Nippel und zögert meinen Orgasmus noch hinaus.

Wenige Stöße später spüre ich, wie auch er sich anspannt. Seine Finger umfassen mit festem Griff meine Brüste, während er mit seinen Augen meine festhält.

Mir kommt es wie eine Ewigkeit vor, bis ich wieder gleichmäßig atmen kann und mein Herzschlag sich ein wenig beruhigt hat. Erschöpft, aber glücklich lasse ich mich auf Travis' Brust sinken.

Sanft umfasst er mich und legt mich neben sich.

Ein leises Seufzen entfährt mir und ich bekomme eine Gänsehaut, nachdem sein wärmender Körper sich von mir entfernt hat.

Aus halbgeschlossenen Augen sehe ich, wie Travis sich das

Kondom vom Penis zieht und es zusammenknotet. Er lässt es auf den Boden fallen und legt sich neben mich.

So nah wie möglich zieht er mich an seine Brust und streicht immer wieder über meinen Rücken und meinen Bauch. Ewig könnte ich hier liegen und mich auf diese Art von ihm verwöhnen lassen.

Danach spüre ich, wie Travis eine Decke über unsere nackten Körper breitet.

Leise seufzend lege ich meine Hand auf seine Wunde und meinen Kopf auf seine Schulter. Ich genieße die Nähe zu ihm viel zu sehr, als dass ich jetzt von hier verschwinden wollte.

Wenn er in meiner Nähe ist, kann ich endlich loslassen und mich entspannen. Und genau das ist es, wonach ich mich immer gesehnt habe.

»Schlaf«, murmelt er dicht an meinem Ohr und drückt mir noch einen Kuss auf die Stirn.

*Ich liebe dich*, ist der letzte Gedanke, der mir durch den Kopf schießt, bevor ich einschlafe.

Wenn man es genau nimmt, ist die letzte Nacht genauso abgelaufen wie die erste. Ein paarmal sind wir wach geworden und konnten dann nicht die Finger voneinander lassen. Doch in zwei Dingen war es anders.

Der kleinere der beiden Unterschiede ist, dass wir es nicht in sein Bett geschafft haben, sondern auf dem Sofa geblieben sind. Der andere, und das ist der viel größere, ist, dass dieses Mal Gefühle mit im Spiel waren.

Gefühle, die ich eigentlich vermeiden wollte, und die trotzdem da sind.

Und nun liege ich erneut nackt neben ihm, während Travis den Anschein macht, als würde er noch tief und fest schlafen.

Eine Weile beobachte ich ihn. Travis hat seinen Arm um mich geschlungen und seine Nase in meinen Haaren vergraben. Seine Atmung ist ruhig und gleichmäßig.

Panik vor dem, was passiert, wenn er wach wird, macht sich in mir breit.

Beim letzten Mal bin ich einfach abgehauen, und das aus dem Grund, weil ich zur Arbeit musste. Jedenfalls versuche ich mir das einzureden.

Auch jetzt kommt mir der Gedanke, einfach zu verschwinden, doch weit würde ich nicht kommen, schließlich ist mein Wagen kaputt.

*Aber meine Oma hat ihren Wagen vor der Tür stehen*, überlege ich.

Mir ist klar, dass ich von ihm wegmuss. Schon alleine deswegen, damit ich endlich einen freien Kopf bekomme und darüber nachdenken kann, was er alles in mir freisetzt und was das für uns bedeutet.

Ich blicke zu meinen Klamotten und dann wieder zu Travis. Noch immer liegt er mit geschlossenen Augen neben mir.

So vorsichtig es geht, stehe ich auf und lege seine Hand auf das Kissen. Dann greife ich nach meiner Kleidung und streife sie mir über. Als Nächstes schnappe ich mir meine Schuhe und meine Tasche. Doch da ich nicht noch mehr Zeit verlieren will, ziehe ich sie mir nicht an, sondern halte sie in den Händen. Bevor ich den Flur betrete und Travis somit aus meinem Sichtfeld verschwindet, werfe ich noch einen letzten Blick auf ihn. In mir schreit mich alles an, dass ich hier bei ihm bleiben soll, aber ich kann nicht.

Ich muss zur Ruhe kommen und für mich auf die Reihe kriegen, wie es nun zwischen uns weitergehen soll.

Klar, es wäre einfach, ihm zu sagen, dass ich ihn liebe, und die Wahrscheinlichkeit wäre sogar hoch, dass er meine Gefühle erwidert. Aber es besteht ein Restrisiko, dass es nicht so ist, denn nur weil ich ihm wichtig bin, heißt das noch lange nicht, dass er so für mich empfindet. Und genau aus diesem Grund halte ich es für das Beste, es erst einmal für mich zu behalten.

Ruckartig drehe ich mich um und gehe in den Flur. Wenn

ich das jetzt nicht durchziehe, werde ich es wahrscheinlich nie schaffen. In diesem Fall würde ich mich von einem Mann abhängiger machen, als ich es jemals wollte.

Leise schleiche ich zur Haustür und strecke meine Hand nach der Klinke aus. Kaum habe ich sie einen Spalt breit geöffnet, höre ich Travis' Stimme.

»Haley?«, ruft er verschlafen in die Stille des Hauses hinein.

Mein Herz beginnt zu pochen, doch ich achte nicht darauf. Stattdessen schlüpfe ich lautlos durch die Tür und schließe sie leise hinter mir.

So schnell wie möglich renne ich über den Rasen und die Hofeinfahrt, bis ich keuchend vor der Tür meiner Großmutter zum Stehen komme. Immer wieder drücke ich wie eine Bescheuerte auf die Klingel, bis meine Oma endlich die Tür öffnet. Ohne sie zu begrüßen, schiebe ich mich an ihr vorbei und ins Innere des Hauses. Dann schließe ich die Tür, die sie noch immer aufhält.

»Ist alles in Ordnung bei dir?«, fragt sie mich, während sie mich mit einem besorgten Ausdruck in den Augen von oben bis unten mustert.

»Mir geht es gut«, erwidere ich und versuche meinen Herzschlag wieder in den Griff zu bekommen. »Ich brauche deinen Wagen.«

»Wieso? Deiner steht doch vor der Tür«, wundert sich meine Großmutter und zeigt in die Richtung des defekten Autos.

»Der ist kaputt. Keine Ahnung, was er hat, auf jeden Fall springt er nicht mehr an«, erwidere ich.

»Ich verstehe kein Wort.« Mit einem leichten Lächeln im Gesicht betrachtet meine Oma mich, was mich an ihren Worten zweifeln lässt. Trotzdem erzähle ich ihr die Kurzfassung von dem, was gestern Abend passiert ist, nachdem ich ihr Haus verlassen habe.

»Dann lass dich doch von ihm nach Hause bringen. Ich bin mir sicher, dass Travis das gerne machen würde.«

»Man könnte sagen, dass ich einfach abgehauen bin, als er noch geschlafen hat«, setze ich sie etwas kleinlaut in Kenntnis.

»Ahhh, daher weht also der Wind. Also so wie beim ersten Mal.«

Entgeistert über ihre Worte schaue ich sie an. Aber auf ihr Gesicht hat sich nun ein wissender Ausdruck gelegt.

»Woher weißt du das?«

»Geraten, und anscheinend richtig.«

Meine Oma zuckt mit den Schultern. Sie sieht mich an, als würde sie herausfinden wollen, was gerade in meinem Kopf vorgeht.

Schließlich holt sie aber tief Luft und seufzt leise.

»Ich gebe zu, dass du es nicht immer einfach hattest, eben weil du die Älteste bist. Du hast stets auf deine Schwestern geachtet und viele Dinge auf dich genommen. Genauso wie du es sofort übernommen hast, mit mir über den Wagen zu sprechen.«

Ich will meinen Mund öffnen und etwas einwenden. Ihr Blick bringt mich jedoch zum Schweigen, bevor ich überhaupt etwas erwidern konnte.

»Ich weiß, dass du nicht lange gefackelt und deinen Schwestern diese Aufgabe abgenommen hast. Und das gehört zu den Dingen, die ich so an dir schätze. Du bist eine starke Frau. Aber wovor hast du Angst? Hast du Angst davor, dass du die Kontrolle verlieren könntest, wenn du Travis gestehst, dass du ihn liebst? Hast du Angst vor dem, was passiert, wenn du ihn in dein Leben lässt? Ich könnte dich auch fragen, ob du Angst davor hast, wie andere darauf reagieren, dass du mit einem Motorradfahrer zusammenbist. Ich weiß aber, dass dich dieser Punkt überhaupt nicht kümmert.«

Da ich nicht weiß, was ich darauf antworten soll, stehe ich meiner Großmutter einfach gegenüber und schaue sie an.

»Ich kenne dich und ich weiß, dass du immer alles im Griff hattest, und ich kann dir sagen, dass es sich auch dieses Mal nicht ändern wird. Aber wenn es dir dann besser geht, nimm den Wagen und atme durch. Nun bitte ich dich aber, dass du wenigstens darüber nachdenkst.« Mit diesen Worten trennt sie den Autoschlüssel von den anderen und reicht ihn mir.

»Das werde ich«, murmle ich, nachdem ich ihn entgegengenommen habe, und will zur Tür gehen.

Doch noch bevor ich sie geöffnet habe, klingelt es erneut. Erschrocken zucke ich zusammen und ziehe meine Hand zurück.

»Travis«, raune ich so leise, dass ich es selber kaum verstehen kann. Aber meine Angst, dass er mich hört, ist zu groß. Die Panik, die ich vorhin schon verspürt hatte, macht sich wieder in mir breit.

»Verschwinde durch den Garten«, weist meine Oma mich an und nickt in Richtung des Wohnzimmers.

»Danke«, sage ich noch und gehorche dann.

Kaum habe ich die Glastür geöffnet, die in den Garten führt, ertönt Travis' Stimme.

»Ist Haley hier?«

Seine Frage sorgt dafür, dass ich mit laut klopfendem Herzen stehen bleibe.

»Nein, wieso? Ich dachte, sie ist bei dir. Schließlich steht ihr Wagen doch dort.«

Mein Körper zittert so sehr, dass ich einmal tief durchatmen muss, damit ich ihn wieder unter Kontrolle bekomme.

Ohne weiter auf das Gespräch zwischen den beiden zu achten, trete ich hinaus in die Sonne. Die Stimmen dringen noch immer bis zu mir, als ich auf das Tor zugehe, das sich auf der rechten Seite des Gartens befindet.

Doch ich gehe nicht sofort zu dem Wagen meiner Oma. Stattdessen postiere ich mich an der Seite des Hauses und warte darauf, dass die beiden ihre Unterhaltung beenden.

Es dauert ein paar Minuten, aber schließlich höre ich, wie sie sich voneinander verabschieden. Einige Sekunden warte ich noch, doch dann schaue ich vorsichtig um die Ecke. Von Travis ist weit und breit nichts zu sehen.

Mir ist klar, dass dieses Verhalten kindisch und lächerlich ist, aber ich traue mich gerade einfach nicht, ihm gegenüber zutreten.

Um nicht doch noch Gefahr zu laufen, ihm zu begegnen, begebe ich mich zu dem großen Wagen und verschwinde.

# 17

»Hast du mal auf die Uhr geschaut? Wir sind erst mitten in der Nacht ins Bett gekommen. Es war definitiv zu spät, um jetzt schon wieder wach zu sein«, begrüßt mich Melody, nachdem ich so lange auf die Klingel gedrückt habe, bis sie die Tür geöffnet hat.

Bei ihren Worten bekomme ich schlagartig ein schlechtes Gewissen. Ich habe nicht daran gedacht, dass die beiden immer lange unterwegs sind.

Erst jetzt betrachte ich sie genauer und merke, dass sie lediglich Shorts und ein weites Shirt trägt.

Deswegen setze ich einen schuldbewussten Gesichtsausdruck auf.

»Sorry«, murmle ich. »Ich wollte nur nicht nach Hause.«

»Wieso? Wo warst du denn?« Kaum hat sie die Frage ausgesprochen, reißt sie geschockt die Augen auf. »Jetzt sag nicht, du hast die Nacht bei deinem Bodyguard verbracht und bist wieder abgehauen?«

Während Melody die Frage ausspricht, macht sie einen Schritt zur Seite und lässt mich hinein. Da ich nicht weiß, was ich sagen soll, antworte ich einfach gar nicht. Meiner Schwester ist das Antwort genug, denn ein leises *Oh Mann* dringt an meine Ohren.

»Ist Scott schon wach?«, frage ich sie, ohne auf ihren kleinen Kommentar einzugehen. Das Letzte, was ich gerade gebrauchen kann, ist, dass er mitbekommt, wie wir uns über seinen Freund unterhalten.

»Er steht unter der Dusche.«

Während Melody spricht, geht sie voran in die Küche und stellt die Kaffeemaschine an. Ich folge ihr und lasse mich in dem kleinen Raum gegen einen der Schränke sinken, während ich meine Hände in den Hosentaschen vergrabe.

»Soll ich Brooke anrufen?«, fragt sie mich, nachdem es einige Minuten ruhig zwischen uns war.

Ich hebe meinen Kopf und bemerke, dass sie mich wartend ansieht.

»Ist wohl besser, dann brauche ich nicht alles zweimal zu berichten«, antworte ich ihr ein klein wenig vorlaut.

Melody wirft mir einen Blick zu, bevor sie nach dem Telefon greift, das auf der Arbeitsplatte liegt, und die Nummer unserer Schwester wählt.

Ich hingegen starre aus dem Fenster und denke an den Mann, den ich liebe, und an den Mist, den ich wahrscheinlich gebaut habe.

»So, wo liegt denn das Problem?«, ertönt eine halbe Stunde später die Stimme von Brooke. Allerdings schaue ich nicht auf, als sie sich mir gegenüber an den Esstisch setzt.

Ich spüre die Blicke der beiden auf mir, während ich mir in Gedanken die richtigen Worte zurechtlege. Aber so ganz gelingen will es mir nicht, weswegen ich schließlich irgendwo anfange.

Also berichte ich ihnen erst von dem Gespräch mit unserer Oma, bevor ich schildere, was danach passiert ist.

»Ich liebe ihn«, seufze ich schließlich, nachdem ich geendet habe, und nehme noch einen Schluck aus meiner Tasse.

»Und wieso bist du dann hier und nicht bei ihm?«, hakt Melody nach. Sie hat eine Augenbraue hochgezogen. Auf diese Weise lässt sie die große Schwester heraushängen, was sonst eigentlich meine Aufgabe ist.

»Ich wollte das nicht. Ihr wisst doch, dass ich mir selber versprochen habe, dass ich mich von ihm fernhalte. Wenigstens meine Gefühle wollte ich für mich behalten.«

»Jetzt hör aber mal mit deinem beschissenen Versprechen auf«, fährt Brooke mir dazwischen. »Dass das eine bescheuerte Idee war, habe ich mir schon von Anfang an gedacht. Aber irgendwie finde ich es süß, dass unsere große, vorlaute Schwester auch noch eine ganz andere Seite hat.«

Ein wenig überrascht über ihre Worte schaue ich zu ihr.

»Ich kann Brooke nur recht geben«, stimmt nun auch Melody zu. »Planen kann man die Liebe nicht. Ich hatte es auch nicht geplant, mit Scott eine Affäre zu beginnen und mich dann in ihn zu verlieben, trotzdem ist es passiert. Das gehört mit zu den schönsten Dingen meines Lebens. Obwohl ich erst nicht wusste, wie weit ich gehen soll.«

Tief in meinem Inneren weiß ich, dass die beiden recht haben. Aber unsere Oma hatte das Problem gut auf den Punkt gebracht. Ich bin es gewohnt, dass ich immer über alles die Kontrolle habe. Würde ich Travis meine Gefühle gestehen, würde ich die Kontrolle abgeben. Das ist leider etwas, mit dem ich in den letzten Jahren nicht sehr oft konfrontiert worden bin und womit ich dementsprechend schlecht umgehen kann.

»Guten Morgen, Ladys«, ertönt die Stimme von Scott, als er das Zimmer betritt. Freundlich lächelt er Brooke und mich an, während er den Tisch umrundet und neben Melody stehen bleibt. Dann beugt er sich zu ihr hinunter und gibt ihr einen sanften Kuss.

Obwohl ich die beiden eigentlich nicht beobachten will, kann ich nicht anders. Als ich sehe, wie glücklich sie ihn anlächelt und wie zufrieden sie mit ihrem Leben ist, fühlt es sich an, als würde mir jemand ein Messer ins Herz rammen.

*Das könntest du auch mit Travis haben*, schießt es mir durch den Kopf. Bei dem Gedanken schaue ich schnell zur Seite und begegne dem Blick von Brooke, die mich durchdringend ansieht.

Sie scheint zu erraten, was mir gerade durch den Kopf geht. Normalerweise liebe ich es, dass wir uns wortlos verstehen, doch gerade verfluche ich diese Tatsache.

Nachdem Scott meiner Schwester einen letzten Kuss gegeben hat, geht er an uns vorbei und betritt die Küche. Erst jetzt schaue ich wieder in die Richtung von Melody, die mich herausfordernd ansieht.

»Sag es ihm. Willst du dir wirklich in ein paar Jahren in den Arsch treten, weil du es nicht getan hast? Travis sieht gut aus und hat Erfolg. Er gehört zu den Männern, die nicht lange Single bleiben. Vielleicht wirst du auch jemand anderen kennenlernen, aber so glücklich, wie du es mit ihm bist, wirst du nicht mehr werden«, erklärt sie mir.

»Ich bin mir sicher, dass Chrystal ihn sofort nehmen würde.« Brooke zwinkert mir kurz zu, bevor sie leise lacht.

Die Vorstellung, dass die beiden zusammen im Bett landen oder vielleicht sogar eine Beziehung eingehen könnten, lässt meine Eifersucht aufflammen. Meine Hände ballen sich zu Fäusten und meine Lippen presse ich so hart aufeinander, dass sie mir bereits nach wenigen Sekunden weh tun.

»Das ist nicht so einfach, wie ihr euch das vorstellt.«

»Natürlich ist es das. Das sind nur drei kleine Worte. Wie schwer kann es sein, sie auszusprechen? Scott sage ich sie mehrmals am Tag, genauso wie er mir.« Melody zuckt mit den Schultern, als wäre all dies überhaupt kein Problem. Und eigentlich ist es das auch nicht. Bei Melody und Scott ist es schon ein paar Tage her, dass sie einander ihre Gefühle gestanden haben.

»Wie wäre es für dich denn weniger schwierig?«, fragt mich nun Brooke und reißt mich so aus meinen Gedanken.

»Wie meinst du das?«

»Es muss doch irgendetwas geben, das dir diesen Schritt einfacher macht.«

»Ist es nicht normalerweise der Mann, der diese Worte zuerst sagt?«, frage ich in die Runde.

»Nicht, wenn die Frau sich so ein bescheuertes Versprechen abgenommen hat«, antwortet Brooke.

»Vielleicht solltest du ihm einfach einen Brief oder eine Nachricht schreiben«, schlägt nun Melody vor.

Mit großen Augen starre ich meine jüngste Schwester an.

»Wie in der Grundschule?«, hake ich nach, da ich das Gefühl habe, mich verhört zu haben. »Am besten schreibe ich noch drauf, ob er mit mir gehen will.« Meine Schwestern brechen in lautes Lachen aus, doch in diesem Fall kann ich nicht mitlachen.

»Ich gebe zu, dass es schönere Wege gibt. Aber es ist besser als nichts, und so erfährst du, ob er die gleichen Gefühle für dich hat, ohne dass du ihm ins Gesicht sehen musst. Wenn er sie hat, dann fällt es dir leichter, es ihm persönlich zu sagen.«

Schweigend denke ich über ihren Vorschlag nach. Klar, es gibt wirklich schönere Wege, aber leider offenbar keinen anderen für mich. Auch wenn ich wahrscheinlich eine Ewigkeit brauche, um für eine Nachricht die passenden Worte zu finden, ist es immer noch besser, als ihm gegenüberzustehen.

Sollte er mich in diesem Fall enttäuschen, dann würde er die Traurigkeit in meinen Augen wenigstens nicht sehen.

»Ich werde darüber nachdenken«, erwidere ich leise und stehe auf.

»Fahr nach Hause und lass es dir wirklich durch den Kopf gehen. Ich weiß, dass du dir irgendwann in den Hintern treten wirst. Du liebst ihn, und alleine deswegen solltest du schon über deinen Schatten springen. Das schaffst du«, versucht Melody mich aufzuheitern.

Ja, ich muss über meinen Schatten springen. Nur leider habe ich in diesem Fall einen ziemlich großen.

»Erst einmal werde ich jetzt unter die Dusche«, murmle ich betreten. »Ich danke euch.«

»Dafür hat man doch Schwestern. Und auch wenn man die Älteste ist, braucht man zwischendurch einen Ratschlag. Worüber ich sehr froh bin«, kontert Brooke und umarmt mich.

Nachdem ich mich auch von Melody verabschiedet und Scott

ein *Tschüs* zugerufen habe, verlasse ich die Wohnung und gehe zurück zu dem Wagen meiner Oma.

Groß und kräftig steht er auf dem Parkplatz zwischen den anderen Autos, so dass es mir bei seinem Anblick schon wieder leidtut, dass ich nichts mehr für ihn machen kann. Aber vielleicht fällt mir ja noch etwas ein, nachdem ich das Problem mit Travis geklärt habe.

Eine Stunde später verlasse ich frisch geduscht und nur in Unterwäsche mein Badezimmer. Ich habe mir einen pinken BH, der am oberen Rand mit Spitze besetzt ist, und das dazu passende Höschen angezogen. Es ist meine Lieblingsunterwäsche, die jedoch auch nichts an meiner schlechten Laune ändern kann.

Mit schnellen Schritten gehe ich auf mein Bett zu, verkrieche mich unter der Decke und starre das Handy an, das ich in der Hand halte. Immer wieder drehe ich es zwischen meinen Fingern und hebe die Displaysperre auf, nur um sie im nächsten Moment wieder einzuschalten.

Ich habe keine Ahnung, was ich Travis schreiben soll, und das lässt mich noch nervöser werden. Ich weiß nicht, ob ich die richtigen Worte finde oder nicht. So etwas konnte ich noch nie. Als Kind habe ich mir sogar von Freunden sagen lassen, was ich von mir geben soll, wenn ich eine Rede halten musste, nur damit ich mich nicht total blamierte. Doch nun bin ich auf mich alleine gestellt.

Schließlich öffne ich das Textfenster und lasse meine Finger über den Buchstaben schweben.

*Es tut mir leid, dass ich heute Morgen einfach verschwunden bin.*
*Einerseits wollte ich das nicht, weil ich bei dir sein wollte.*
*Aber andererseits musste ich weg von dir, und dieser Drang war schließlich zu groß. Ich weiß, dass sich das wahrscheinlich sehr dramatisch anhört, und für mich ist es*

*das auch. Aber es ist so viel auf mich eingestürzt,*
*dass ich nicht mehr wusste, wie ich damit umgehen soll.*
*Ich liebe dich, Travis!*
*Du hast dich vom ersten Moment an in mein Herz gestohlen, obwohl ich es überhaupt nicht wollte. Aber so ist es nun einmal, und nun habe ich Angst vor deiner Reaktion, obwohl ich wahrscheinlich keine haben muss. Aber sie ist da und hält mich davon ab, es dir persönlich zu sagen.*
*Wobei es genau das ist, was ich am liebsten immer und immer wieder machen würde.*
*Ich hoffe, du bist nicht allzu sauer auf mich …*
*Haley*

Ein letztes Mal lese ich mir die Nachricht durch. Sie enthält alles, was er wissen muss. Alles, um mich zu verstehen.

Ohne noch ein weiteres Mal darüber nachzudenken, schicke ich sie ab.

Ich weiß nicht, ob dies der richtige Weg ist, aber nun ist es zu spät, um es mir anders zu überlegen.

# 18

Seitdem ich Travis die Nachricht geschrieben habe, habe ich nichts mehr von ihm gehört. Ich habe ja mit allem gerechnet, aber nicht damit.

Gestern hat Scott meinen Wagen geholt, der noch immer vor der Haustür meiner Großmutter stand, und ihn in eine Werkstatt gebracht, worüber ich mich sehr gefreut habe. Noch bevor ich heute Mittagspause gemacht habe, haben er und meine Schwester ihn mir vorbeigebracht. Die Untersuchung ergab, dass die Benzinpumpe kaputt war. Aber das ist nur nebensächlich.

Nun ist es bereits zwei Tage her, dass ich Travis geschrieben habe. Zwei Tage, in denen ich alle paar Minuten auf mein Handy gestarrt habe. Gestern Abend haben meine Schwestern mich sogar dazu gezwungen, mit ihnen ins Kino zu gehen, damit ich auf andere Gedanken komme.

Ich hatte kurz darüber nachgedacht, ob ich Melody fragen soll, ob Travis mit Scott über meine Nachricht gesprochen hat. Dann habe ich mich doch dagegen entschieden. Eigentlich will ich es gar nicht wissen.

Doch nun würde ich mir dafür gerne in den Arsch treten. Wenn Travis keine Beziehung mit mir will, dann hätte ich mich einfach auf etwas anderes konzentrieren können. Doch so habe ich immer wieder im Hinterkopf, dass ich seine Reaktion auf meine Nachricht nicht kenne.

Da er sich allerdings noch immer nicht gemeldet hat, kann sie ja nicht allzu positiv ausgefallen sein.

»Verdammt«, fluche ich, als ich erneut auf mein Handy geschaut habe und wieder keine Nachricht darauf war.

*Wenn er mich lieben würde, dann hätte er mir doch sofort zurückgeschrieben oder wäre zu mir gefahren, oder etwa nicht?*, frage ich mich.

Ich nehme gerade eine ausgedruckte Mail aus meinem Drucker, als es leise an der Tür klopft.

»Ja«, rufe ich laut.

Kaum habe ich ausgesprochen, höre ich, wie die Tür geöffnet wird. Neugierig drehe ich meinen Kopf und sehe, wie meine Kollegin Amber mein Büro betritt.

»Die wurden gerade für dich abgegeben, zusammen mit diesem Umschlag.« Während sie spricht, stellt sie einen riesigen Strauß roter Rosen auf meinem Schreibtisch ab. Dann überreicht sie mir einen Briefumschlag.

»Von wem sind die?«, frage ich. Ich habe keine Ahnung, wer mir Blumen ins Büro schicken würde.

*Travis*, geht es mir sofort durch den Kopf, doch diesen Gedanken schiebe ich schnell wieder zur Seite. Nachdem er sich in den letzten Tagen nicht gemeldet hat, kann ich es mir nicht vorstellen.

»Keine Ahnung, sie wurden von einem Boten gebracht, und der hat keinen Namen genannt.« Amber zuckt mit den Schultern und unterstreicht so noch ihre Worte.

Ein wenig verwirrt nehme ich ihr den Umschlag ab.

»Danke«, sage ich und lächle sie an.

»Kein Problem. Du scheinst einen Verehrer zu haben. Die Blumen sind auf jeden Fall wunderschön.«

Ihre Worte sorgen dafür, dass mein Herz schneller schlägt und die Hoffnung, dass sie doch von Travis sind, zurückkommt.

Kurz schaue ich sie an und sehe, dass sie verträumt die Blumen betrachtet. Dann dreht Amber sich wieder um und verschwindet lautlos aus meinem Büro.

Eine Weile bleibe ich bewegungslos auf meinem Stuhl sitzen und sehe ihr nach. Erst als ich mir sicher bin, dass sie wirklich weg ist, betrachte ich erneut die Rosen und merke, wie nervös ich deswegen bin.

Noch nie habe ich Blumen geschenkt bekommen, geschweige denn, dass sie mir ins Büro geliefert wurden. Mit zitternden Fingern öffne ich den Umschlag in meiner Hand.

Darin befindet sich eine Karte, die ich nun herausziehe. Sie zeigt zwei kleine Welpen, die miteinander kuscheln. Obwohl ich es nicht will, muss ich grinsen. Neugierig, was sich darin befindet, öffne ich sie und lese klopfenden Herzens den Text auf der Innenseite.

*Komm heute Abend um neun Uhr an die Stelle, an der wir zum ersten Mal wirklich nah beieinander waren.*

*Travis*

Überrascht lese ich die Karte noch ein paarmal.

Ich brauche nicht lange zu überlegen, um zu wissen, welchen Ort er meint. Diese Tatsache sorgt dafür, dass ich bereits jetzt durchdrehe, obwohl es noch lange nicht so weit ist. Mein Herz schlägt Saltos bei dem Gedanken daran, dass ich ihn bald wiedersehe.

Als ich auf dem großen und leeren Parkplatz stehen bleibe, ist es halb neun. Ein paar Laternen erhellen ihn gerade genug, damit ich sehen kann, dass sich hier kein zweiter Wagen befindet.

Kurz überlege ich, ob ich hier wirklich an der richtigen Stelle bin, doch da sehe ich in weiter Entfernung ein Licht. Bei genauerem Hinsehen merke ich, dass es mehrere kleine sind.

Entschlossen, aber auch neugierig steige ich aus dem Auto, schmeiße meine Schuhe hinein und schließe es ab.

Eine ungewohnte Ruhe macht sich in mir breit, als ich durch den nassen Sand gehe, während das Wasser meine Knöchel umspült. Vor wenigen Minuten war ich noch nervös. Ich habe gedacht, dass meine Beine mich keine zwei Sekunden tragen können. Doch dieses Gefühl ist nun verschwunden. Davon ist nichts mehr zu spüren.

Langsam nähere ich mich den Lichtern. Als mir klar wird, worum es sich hier handelt, treten mir Tränen in die Augen.

Vor mir befindet sich der Fels, auf dem Travis und ich gelegen haben, nachdem wir den Geburtstag seines Chefs verlassen hatten. Stundenlang hatten wir einfach die Beine ins Wasser baumeln lassen und die Stille genossen. Sowohl vor als auch auf dem Felsen drauf stehen überall Kerzen, deren Flammen im Wind tanzen. Die Schatten wandern von rechts nach links und wieder zurück.

Der Anblick ist einfach wunderschön. Schnell wische ich mir eine vereinzelte Träne weg, die sich einen Weg über meine Wange suchen wollte.

Als ich nähertrete, erkenne ich Travis, der mittendrin steht. Er trägt eine helle Jeans und ein schlichtes weißes Shirt. Schuhe hat er keine an den Füßen, dafür hält er eine einzelne Rose in der Hand. Genauso eine, wie er sie mir heute geschickt hat.

Ich kann nicht anders. Die Tränen, die ich mir gerade noch so tapfer verkniffen habe, rollen mir nun ungehindert über das Gesicht. Fassungslos gehe ich auf ihn zu und lasse meine Tasche einfach in den Sand fallen.

»Nicht weinen«, flüstert er, nachdem ich vor ihm stehen geblieben bin.

»Sorry, das ist nur so phantastisch«, erkläre ich ihm und mache eine Handbewegung, die alles mit einschließt.

Travis nimmt mein Gesicht in seine Hände und küsst mich sanft.

»Eigentlich wollte ich nicht weinen, als ich es gesehen habe«, erwidere ich leise.

Mit einem belustigten Ausdruck in den Augen sieht er mich an. Das Licht der Kerzen erhellt seine Gesichtszüge und lässt seine Augen schimmern.

»Ich weiß gar nicht, was ich sagen soll.«

»Ich gebe zu, dass ich das hier schon viel früher hatte machen wollen. Aber vorher musste ich noch ein paar Dinge erledigen, die ich unbedingt fertig haben wollte. Sonst hätte ich das niemals tun können.«

»Sonst hättest du was nicht tun können?«, hake ich nach, da ich keine Ahnung habe, wovon er spricht.

Ohne die Augen von mir abzuwenden geht er vor mir auf die Knie und zieht eine Schachtel aus seiner Hosentasche und öffnet sie.

»Haley«, flüstert er schließlich so leise, dass das Geräusch der Wellen meinen Namen fast verschluckt. Trotzdem höre ich ihn laut und deutlich. »Als ich dich das erste Mal gesehen habe, konnte ich kaum meine Augen von dir lassen. Ich musste dich haben. Auch in den Tagen danach habe ich mich immer wieder gefragt, wieso eine Frau wie du Single ist. Du bist liebenswürdig, charmant, witzig, schlau und vor allem hast du das Herz am richtigen Fleck. Jede Sekunde, die ich mit dir verbringen durfte, habe ich genossen, und ich will, dass wir noch viel mehr von dieser Zeit haben. Ich liebe dich, Haley. Deswegen wollte ich dich fragen, ob du meine Frau werden willst.«

Als seine Worte endlich bei mir ankommen, treten mir direkt die nächsten Tränen in die Augen. Doch dieses Mal wische ich sie zur Seite und konzentriere mich auf ihn. Ich will jetzt nicht weinen, da ich Travis sonst nicht richtig sehen kann. Und von diesem Moment möchte ich keine Sekunde, keine Regung in seinem Gesicht verpassen.

»Ja«, antworte ich ihm und versuche meine Stimme so fest wie möglich klingen zu lassen. »Ja, Travis. Ich will deine Frau werden.«

Kaum habe ich diese Worte ausgesprochen, erhellt ein seliges Lächeln sein Gesicht. Travis nimmt den Ring und steckt in mir an den Finger. Erst dann erhebt er sich wieder und schließt mich in seine Arme.

Ich bin so glücklich wie nie zuvor. Ich habe den Mann an meiner Seite, den ich liebe, und ich werde ihn sogar heiraten. Etwas Besseres kann ich mir überhaupt nicht vorstellen.

»Verrätst du mir eins?«, frage ich ihn, nachdem wir uns eine Ewigkeit engumschlungen im Arm gehalten haben.

»Was willst du denn wissen?«

»Was musstest du tun, um das hier auf die Beine zu stellen?« Während ich ihm diese Frage stelle, hebe ich meinen Kopf und schaue ihm in die Augen. In ihnen erkenne ich all die Liebe, die er für mich empfindet, so dass mir kurz ein wenig schwindelig wird.

Ich kann es immer noch nicht glauben, dass ich so ein Glück habe und das Herz dieses Mannes genauso für mich schlägt wie meins für ihn.

»Na ja, zuerst musste ich eine Baufirma beauftragen, damit sie sich um das Haus in den Bergen kümmern kann. Ich will ja schließlich, dass du und unsere Kinder es schön habt. Es wird alles komplett umgebaut und neu gemacht. Das wird zwar ein wenig dauern, aber in diesem Fall bin ich bereit zu warten. Meine Eltern waren übrigens auch froh, dass ich es endlich fertigstellen lasse, und sie wollen dich natürlich kennenlernen.«

Mein Kopf schwirrt von all den Dingen, die er mir gerade gesagt hat. An einem Wort bleibe ich hängen.

»Kinder?«, frage ich ihn ein wenig erstaunt.

»Ja, mindestens zwei. Ein Einzelkind zu sein ist ganz schön langweilig.«

»Und Geschwister zu haben kann manchmal ganz schön anstrengend sein«, gebe ich grinsend zurück. Die Art und Weise, wie Travis das Gesicht verzieht, zeigt mir, dass er ganz genau weiß, dass ich es nicht ernst meine.

»Aber da gibt es noch etwas.«

»Und das wäre?« Er sieht mich unschlüssig an.

»Ich habe deiner Oma den Wagen abgekauft. Er bedeutet dir viel, und deswegen wollte ich, dass du ihn bekommst. Lange habe ich mit Scott darüber gesprochen, aber er fand die Idee auch gut. Auf dem Grundstück steht eine Doppelgarage, an der wir noch anbauen, Platz ist genug vorhanden. So hat er seinen eigenen Stellplatz und steht nicht im Weg. Und du kannst jederzeit mit ihm fahren.«

»Travis«, murmle ich verlegen, »das hättest du nicht machen müssen.«

»Doch, ich will, dass du glücklich bist, und dazu gehört auch, dass du dir deswegen keine Sorgen machen musst.«

Freudestrahlend stelle ich mich auf die Zehenspitzen und küsse ihn überschwänglich.

Ja, ich bin glücklich. Wie könnte ich es nicht sein, mit diesem wundervollen Mann an meiner Seite?

# Ein Jahr später

Verschwitzt und unter großen Schmerzen liege ich seit Stunden in dem viel zu heißen Raum und verfluche gerade jeden in meiner Nähe. Aber vor allem verfluche ich Travis, denn nur ihm habe ich es zu verdanken, dass ich mich hier befinde.

»Okay, bei der nächsten Wehe pressen Sie noch einmal ganz doll, und dann ist der Rest ein Spaziergang«, spornt mich die Hebamme an und lächelt mir aufmunternd zu.

»Und was ist, wenn es nicht so ist?«, frage ich erschöpft. Noch nie in meinem Leben war ich so müde wie in dieser Sekunde.

»Ich sehe bereits das Köpfchen«, versichert sie mir und wirft dann dem Mann einen kurzen Blick zu, dem ich am liebsten in den Hintern treten würde.

»Babe, du schaffst das«, versucht mein Mann mich aufzubauen, aber es fällt mir schwer, daran zu glauben.

Doch gerade als ich das Gefühl habe, dass mir jeden Moment die Augen zufallen, erfasst mich eine weitere Wehe, die heftiger ist als die anderen davor. Automatisch kralle ich mich an Travis fest und presse.

»Genau so, immer weiter«, höre ich die Stimme der Geburtshelferin und befolge ihre Anweisung, auch wenn ich nicht mehr kann. Aber mir ist klar, dass mir nichts anderes übrig bleibt, wenn ich keinen Kaiserschnitt haben will.

»Perfekt«, ruft sie im nächsten Moment begeistert aus.

Als ich meine Augen öffne, sehe ich, wie sie ein kleines blutverschmiertes Bündel hochnimmt.

Schwer atmend lasse ich mich nach hinten sinken. Mit flinken Bewegungen kommt die Hebamme auf mich zu und legt mir das kleine Wesen, das von nun an zu mir und Travis gehört, auf die Brust. In der nächsten Sekunde greift sie nach einem Handtuch und tupft es ein wenig ab, um dann eine flauschige Decke über uns zu legen.

Doch von alldem bekomme ich kaum etwas mit.

Ich habe nur Augen für mein wunderschönes Mädchen, das die Augen ein wenig geöffnet hat und mich ansieht.

Ich habe nie ganz verstanden, wieso alle Mütter diesen Moment als magisch bezeichnen, doch nun weiß ich es. Er ist es und er wird mir für immer in Erinnerung bleiben.

»Geht es ihr gut?«, fragt Travis die Hebamme, nachdem er sich so neben mich gesetzt hat, dass er uns in seine Arme schließen kann.

»Ja, machen Sie sich keine Sorgen. Nicht alle Babys schreien nach der Geburt. Sie hat eine normale Hautfarbe und versucht erst einmal herauszufinden, wo sie ist«, erklärt sie ruhig.

Travis scheint sich bei ihren Worten ein wenig zu entspannen und legt beschützend seine Hand auf den winzigen Körper.

»Ich bin stolz auf dich. Das hast du ganz wundervoll gemacht«, raunt er mir ins Ohr und drückt mir einen sanften Kuss auf die Schläfe.

»Ohne dich hätte ich das nicht geschafft«, erwidere ich und drehe meinen Kopf ein Stück in seine Richtung. Noch vor wenigen Sekunden habe ich ihn verflucht. Mittlerweile danke ich ihm jedoch, dass er mir einen der kostbarsten Augenblicke meines Lebens geschenkt hat.

Als ich ihm in die Augen schaue, sehe ich, dass sich dort tatsächlich ein paar Tränen gesammelt haben. Das letzte Mal, dass ich ihn so mitgenommen erlebt habe, war bei unserer Hochzeit vor einem halben Jahr.

»Deine Tochter«, erklärt er mit einem gewissen Stolz in der Stimme.

»Unsere Tochter«, kontere ich und grinse ihn glücklich an.

»Ich liebe dich und die kleine Lynn. Wäre ich damals nicht so hartnäckig gewesen, hätte ich jetzt nicht die zwei schönsten Frauen der Welt in meinem Leben.«

»Ich liebe dich und unsere Tochter auch«, flüstere ich und wische mir eine Träne aus dem Gesicht. Ich gebe meiner Tochter einen Kuss auf die Stirn und lasse mich glücklich in die dicken Kissen sinken.

Ja, ich bin müde und habe das Gefühl, ich könnte Tage durchschlafen. Aber dieses Wunder in meinen Armen zu halten und zu wissen, dass sie den besten Vater hat, den man sich nur wünschen kann, ist es wert.

Nun sind wir komplett. Fürs Erste, denn Travis und ich sind uns einig darüber, dass es nicht bei einem Kind bleiben soll. Das Haus, in dem er aufgewachsen ist und in dem wir nun wohnen, ist groß und schreit danach, dass wir es mit Leben füllen.

Ende